D1375590

BIBLIOTHÈQUE ÉCOSSAISE

Dirigée par Keith Dixon

LES EMPREINTES DU DIABLE

DU MÊME AUTEUR

CHEZ LE MÊME ÉDITEUR

La Maison muette, 2003

Une vie nulle part, 2005

John BURNSIDE

LES EMPREINTES DU DIABLE

Traduit de l'anglais (Écosse)
par Catherine Richard

Traduit avec le concours
du Centre National du Livre

Éditions Métailié
5, rue de Savoie, 75006 Paris
www.editions-metailie.com
2008

Titre original : *The Devil's Footprints*

ISBN : 978-2-86424-636-7

Mieux vaut le diable qu'on connaît
que celui qu'on ne connaît pas.
(dicton)

LES EMPREINTES DU DIABLE

Voilà bien longtemps, à Coldhaven, petit port de pêche sur la côte est de l'Écosse, les gens s'éveillèrent un matin dans l'obscurité de la mi-décembre pour découvrir non seulement que leurs maisons étaient ensevelies sous une couche de neige épaisse et irréelle comme il ne s'en voit qu'une ou deux fois par génération, mais aussi qu'une chose étrange s'était produite pendant leur sommeil, une chose dont ils ne purent rendre compte qu'au moyen de rumeurs et d'histoires qu'en honnêtes croyants, ils avaient honte de colporter, des histoires évoquant le diable, ou les esprits, des histoires reconnaissant à contrecœur la présence dans le monde d'une puissance cachée que, la plupart du temps, ils préféraient ignorer. En ce temps-là, la ville de Coldhaven était pratiquement telle qu'aujourd'hui, un enchevêtrement brouillon de maisons, de jardins et de chantiers navals exigus dévalant jusqu'à la mer au long de petites rues couleur de pluie et d'étroites venelles pavées appelées des *wynds*. Les habitants de l'époque étaient les ancêtres des voisins que j'ai côtoyés ces trente et quelques dernières années : des gens de mer obstinés, possédant leurs propres superstitions et terreurs, leur propre logique, leurs propres souvenirs des bancs de sable, des marées, de la traîtrise des flots... et, bien que les enfants de leurs enfants aient quasiment perdu cette parenté avec la mer, une parenté faite pour moitié d'amour et pour moitié de crainte, comme toujours, je m'autorise à imaginer que je les connais, ne serait-ce qu'un peu et de très loin. Peut-être s'agit-il d'un pur fantasme, si rare que cela puisse être, mais il me semble voir, dans leurs descendants à l'esprit lent, fermé, les fantômes de ces vieux marins, de ces hommes trop souvent contraints de retrouver le chemin du foyer au travers d'un brouillard dense ou d'orages impitoyables, de ces femmes dont le regard ne s'arrêtait pas à l'horizon mais voyageait bien au-delà, jusqu'aux rives et chenaux qu'elles ne connaissaient que par les cartes et les bulletins de météo marine, faisant d'elles des voyantes, des oracles, des harpies. Ce devait être un fardeau terrible pour elles, une affliction terrible et ordinaire que cette façon de scruter qu'elles avaient élaborée lors de quelques moments critiques, puis étendue à toute une existence, crispées et convulsées en un rictus d'anticipation et de prémonition. J'ai vu ce regard dans les yeux de la postière, don qu'elle ne peut ni utiliser ni rejeter. J'en ai vu les dernières traces fugaces dans les yeux des écolières et des jeunes épouses qui vaquent à leurs occupations, dans l'attente d'une catastrophe.

En ce matin d'hiver d'il y a bien longtemps, les premiers levés, boulangers et marchands d'accastillage, femmes sortant chercher du charbon, pêcheurs qui ne prenaient pas la mer ce jour-là mais s'étaient réveillés par habitude ou par impatience, furent les premiers témoins du phénomène que, plus tard, la ville entière décida d'appeler "Les Empreintes du diable", désignation qui non seulement perdura, mais qui constituait en outre, pour des raisons jamais admises, même en leur for intérieur, une description aux évocations fantasques qui resterait à tout jamais, pour les gens de l'extérieur aussi bien que pour la descendance locale, voilée d'incrédulité ou d'ironie. *Les Empreintes du Diable*: un titre, tel celui d'un cantique ou d'un livre emprunté à la bibliothèque par un après-midi de pluie et relégué plus tard comme un *ramassis de sornettes*; une formule jamais énoncée qu'en tant que citation, pour peu qu'elle le soit, comme si l'appellation attribuée par leur soin à ce qu'ils avaient vu leur avait été envoyée du tréfonds de l'au-delà, de même que ces traces dans la neige, des traces nettes, noir d'encre, laissées par quelque créature aux pieds fourchus, quelque être qui non seulement était allé sur deux jambes par les rues et les venelles d'un bout de la ville à l'autre, mais avait aussi escaladé leurs murs et traversé leurs toits pentus bordés de redents, poursuivant une trajectoire rectiligne au travers de leur territoire endormi. Plus tard, ils se pencheraient sur ce phénomène, cherchant une explication qui leur permette de retourner, sereins et bienheureux, à leurs fours, filets ou éviers, et découvriraient que les traces commençaient sur la grève, juste au-dessous du petit cimetière situé à la sortie ouest du bourg, comme si la créature avait émergé des vagues, franchi l'étroite plage lavée par les marées où la neige n'avait pas tenu, puis en silence, à grands pas décidés, avait remonté James Street, pris Shore Street, grimpé sur le toit de l'église pour ensuite en redescendre en sautant par-dessus le filet d'eau d'un torrent qui traversait Coldhaven par le milieu et départageait ainsi l'ouest et l'est de la ville, longé Cockburn Street et escaladé les maisons dans Toll Wynd avant de décamper plus loin dans les champs, vers l'arrière-pays, où personne ne prit la peine de suivre. Ils ne sauraient jamais jusqu'où cette ribambelle de nettes empreintes noires se poursuivait, mais ils seraient tous fixés, ou tous d'accord, plus tard, une fois la neige fondue, quand il n'y aurait plus aucune preuve du contraire, sur la nature de la bête qui les avait laissées. Ces empreintes-là n'étaient pas humaines, disaient-ils, et ce n'étaient les traces d'aucun animal, terrestre ou marin, qui ait jamais été vu dans ces parages. Pointues, fourchues, noires, c'étaient les empreintes d'un être agile aux mouvements rapides – l'impression de prestesse qu'ils avaient était indéniable, quoique totalement infondée – qui avait traversé leur mince bourgade de bord de mer comme pour fuir, ou poursuivre, quelque terrible résolution surnaturelle. Certains soutenaient qu'il devait y avoir une explication rationnelle à ce phénomène, d'autres affirmaient que tout ce qui se produit sur terre peut s'expliquer, car seul Dieu dépasse l'entendement, mais la plupart des habitants de la ville se contentaient de dire que le diable était passé par là, un être qu'ils n'avaient jamais tout à fait considéré comme réel, mais qu'ils tenaient pourtant en réserve pour ce genre d'occasion, de même que le croquemitaine, les lutins ou, tout bien considéré, Dieu.

Ce ne sont là que ouï-dire, bien sûr. On m'a raconté cette histoire lorsque j'étais enfant ; ou plutôt, je l'ai entendu raconter. J'en saisissais une bribe par-ci, un aperçu par-là, et je l'ai reconstituée petit à petit, avant d'y ajouter détails et modifications de mon cru, de l'étoffer, de la rendre haute en couleur, légendaire, solide. De la mettre en forme. J'ai imaginé cette ribambelle d'empreintes traversant un étroit jardin enneigé ou gambadant sur le toit d'une fumerie, et je les ai suivies, jusqu'au sommet de la colline et par-delà, devant le cottage de la vieille Mrs Collings, devant les ruines du manoir de Ceres, devant l'ancien chaufour. J'ai imaginé un enfant à la fenêtre de sa chambre, un garçon pareil à celui que j'étais lorsque nous habitions encore Cockburn Street, contemplant ce manteau de neige miraculeux dans la première lumière du jour et discernant les profondes empreintes noires qui en trouaient l'épaisseur immaculée, scintillante. J'ai imaginé le diable marchant à grands pas entre les cheminées : pas un homme à proprement parler, mais un être vivant, néanmoins, quelque part entre l'ange et la bête, entre Ariel et Caliban. Je savais, en mon for intérieur, qu'il n'existait pas plus que le père Noël, ou le séraphin au teint diaphane de ma bible illustrée pour les enfants, mais dans le secret de mon cœur, je croyais à ces deux-là aussi. Quand je les questionnais à ce sujet, les professeurs étaient gênés ou bien ils éludaient en riant mais, un jour, Mrs Heinz, mon professeur principal de quatrième, prit la peine de me donner une explication. Cette histoire, dit-elle, était une vieille légende qui se racontait dans le pays bien avant l'époque chrétienne. Aux dires de certains, le diable était un ancien dieu païen, un des esprits pictes implantés dans ces régions, et il était rare d'entendre de tels récits sur le littoral, car ils avaient cours dans les anciennes communautés paysannes et les bois sombres de l'arrière-pays. Chez nous, en bordure de mer, les légendes typiques faisaient état de monstres marins comme les *kelpies* et de bêtes étranges pris dans les filets de pêche, mi-poissons mi-humains. Ces histoires anciennes étaient inoffensives, dit-elle, dans la mesure où on ne perdait pas de vue qu'il ne s'agissait que d'histoires. Puis elle me prêta un livre intitulé *Mythes et légendes des Grecs et des Romains* et me conseilla de le lire. J'obéis, mais je n'y trouvai pas ce que je cherchais.

DANS L'*EVENING HERALD*

Il y a un an, presque jour pour jour, on retrouva une femme du nom de Moira Birnie et ses deux fils, Malcolm, âgé de quatre ans, et Jimmie, trois ans, morts dans une carcasse de voiture calcinée, à trois ou quatre kilomètres de Coldhaven. Moira avait trente-deux ans et elle était mariée à un nommé Tom Birnie, un dur de la ville, avec qui elle partageait un appartement de rez-de-chaussée tout en bas de Marshall Wynd, une venelle froide et humide. Cet appartement, j'avais su par hasard qu'elle le louait à Henry Hunter, entre-temps décédé, mais qui fut de son vivant un propriétaire et un entrepreneur notoirement pingre dont la réputation de magouilleur remontait à une bonne trentaine d'années, quand il fit l'acquisition de sa première maison, à côté de la friterie de Sandhaven Road, et la loua – installations électriques défectueuses, mauvaise ventilation, le grand jeu – à une bande d'étudiants du lycée maritime. Je ne pense pas que le loyer de Tom et Moira Birnie ait été très élevé, mais de toute façon il l'était trop. Henry Hunter était plus connu pour sa rapacité que pour ses scrupules.

La presse locale mentionna l'incendie, le qualifiant d'abord d'accident malheureux, mais à mesure que les précisions arrivaient et que le déroulement exact des agissements de Moira se faisait jour, les journaux nationaux s'en mêlèrent. Il se trouva que je ne pris connaissance du compte rendu des événements à l'origine de cette tragédie et des détails sordides de l'incendie à proprement parler que le samedi suivant, alors qu'Amanda était allée voir sa mère. J'aime acheter tous les journaux du samedi et les étaler sur la table de la cuisine, faire les mots croisés, lire un article par-ci par-là, au hasard, m'informer des nouvelles de la semaine, découper les rébus, les critiques, les histoires vécues, et les conserver pour plus tard. Je n'aurais peut-être pas remarqué cet article-là si, deux jours plus tôt, la police n'avait fait une déclaration annonçant en substance que l'incendie était d'origine criminelle, et l'affaire considérée comme suspecte. Le temps que les journaux nationaux s'en emparent, le fait divers était devenu un événement de première importance, une histoire d'envergure tragique, voire perverse : Moira Birnie avait drogué ses deux fils avant de les conduire dans un chemin tranquille, près d'un site touristique, puis elle avait mis le feu à sa voiture, enfermée à l'intérieur avec ses deux garçons. Apparemment, personne ne savait pourquoi elle avait fait une chose pareille, mais les autorités en place n'avaient aucun doute sur sa culpabilité. L'unique question qui occupait tous les esprits était la suivante : comment une femme, une *mère*, avait-elle pu commettre un tel acte ? Et pourquoi n'avait-elle tué que ses fils et non sa fille de quatorze ans, abandonnée au beau milieu des champs, seule et terrorisée ?

Je lus l'article entre les mots croisés du *Scotsman* et les pages de critiques du *Guardian*. Naturellement, je trouvai l'histoire horrible, et le fait qu'elle s'était passée si près de chez moi m'intrigua, mais je mis quelques secondes à me rendre compte que j'en connaissais la protagoniste, Moira Birnie ; ou plutôt, que je l'avais jadis connue, quand elle n'était encore que Moira Kennedy, âgée de dix-huit ans et presque jolie, avec un sourire radieux, un peu nerveux, et – c'est quasiment irrévérencieux de le dire à présent, alors que ce fut la première chose que je remarquai quand je fis sa connaissance et la première chose qui me revint en mémoire à la lecture de sa mort tragique – des jambes comme on n'en voit habituellement que dans les publicités pour les bas de soie. Quand je dis que je l'avais connue, cela signifie que j'étais sorti avec elle quelque temps, en m'imaginant, sans doute en partie à cause de ses jambes, mais aussi parce qu'elle était intéressante à toutes sortes d'égards, que j'étais peut-être même amoureux d'elle. J'étais à l'université, à l'époque, mais pas elle, ce qui pourrait expliquer que l'histoire se soit terminée si vite, bien que je pense qu'en réalité notre liaison dut sa brièveté à Tom Birnie que je me rappelais, sans l'avoir vraiment connu, comme un type vigoureux, d'une beauté physique sommaire, fabriqué par Dieu un jour de congé, comme dirait Mrs K, notre femme de ménage.

Il se trouve que Moira Kennedy fut ma première vraie petite amie. Ma première maîtresse, en d'autres termes, et pendant quelques mois, ce fut une liaison assez suivie. À l'époque, déjà, je crois que je savais plus ou moins qu'elle ne durerait pas, si bien que je ne fus pas étonné quand Moira m'écrivit, au milieu du dernier trimestre de ma première année, pour me dire que c'était fini entre nous. Je crois que je fus peut-être même soulagé car, j'avais beau adorer les jambes de Moira, son joli sourire et nos ébats amoureux, je voyais bien que nous n'avions pas grand-chose en commun et, une fois rhabillés, presque rien à nous dire. Notre liaison avait commencé plus ou moins par hasard et avait toujours été entachée d'un secret que je ne lui révélai jamais, un secret qui – si j'avais gardé la tête froide – aurait dû m'empêcher dès le départ de seulement approcher Moira. En fait, je me sentais coupable et attiré, paralysé par une sorte de fascination morbide, si c'est le mot qui convient, car, même si Moira ne le savait pas, même si personne d'autre que moi ne le savait, j'étais l'individu qui avait tué son frère, quand j'avais treize ans et lui quinze, qui l'avait tué et abandonné sur place à la putréfaction dans l'ancien chaufour un après-midi de semaine, alors que nous aurions dû être en classe, en cours de maths ou d'éducation physique, à l'abri du froid et de la pluie, en train de rêvasser à Noël, ou aux œufs à dénicher, ou à la jolie fille de 4e C, avec ses yeux noirs et ses longs cheveux bouclés. Voilà ce qui attira réellement mon attention ce samedi après-midi-là. Ce ne fut pas l'acte inqualifiable de Moira ni l'image de ses deux enfants morts, mais le souvenir d'un épisode que je n'avais jamais raconté, que j'avais fait en sorte de reléguer puis de maintenir à l'arrière-plan de mon esprit, mais que je revivais encore dans mes rêves de temps à autre : l'histoire d'un simple mensonge ; la logique imparable de la peur chez un enfant et un jeune garçon surpris qui sombre dans un gouffre noir d'ombres et d'eau.

Quand elle rentra à la maison ce jour-là, Amanda était énervée. Cela arrivait souvent lorsqu'elle revenait de chez sa mère et, en général, c'est à moi qu'elle en voulait – ou plutôt, à l'idée qu'elle se faisait de moi, de l'homme sur lequel elle aurait aimé avoir davantage d'influence, l'homme qui déconcertait tant sa mère, une brave femme qui aurait tellement voulu apprécier le mari de sa fille. Amanda était, et reste sans doute à ce jour, jolie, vive, intelligente, travailleuse, et *drôle à côtoyer*. Si elle devait faire paraître une annonce matrimoniale dans un journal, elle recevrait quantité de réponses. Elle aimait passer du temps avec des amis, appréciait la bonne cuisine et les vins de qualité et, bien qu'elle ne lise guère, elle se tenait informée des sujets d'actualité et des manifestations artistiques. Elle méritait mieux que moi.

– Tu es obligé de mettre un désordre pareil ? demanda-t-elle en entrant dans la pièce.

Elle lança sa remarque si vite, avant même d'avoir eu le temps de voir le désordre, que je me demandai si elle préparait ces entrées en matière, sachant précisément ce qu'elle allait trouver et peaufinant sa tirade d'ouverture en conséquence.

Je levai la tête et souris.

– Non. (Je déchirai une page du *Telegraph* que je souhaiterais sans doute relire plus tard.) C'est totalement délibéré.

– Quel capharnaüm, là-dedans, marmonna-t-elle en se dirigeant vers la bouilloire. Il me faut un café, bon sang !

Amanda disait toujours qu'il lui fallait un café quand elle avait eu une journée pénible au travail ou Dieu sait quelle friction avec sa mère. C'était une expression toute faite ; elle employait toujours cette même formulation précise, destinée à éveiller la compassion, la sollicitude, l'intérêt.

Je fis mine de ne pas entendre.

– J'aime bien le capharnaüm, dis-je. Et de toute façon Mrs K va venir lundi.

– Ma parole, reprit Amanda, tu fais exprès de mettre un désordre pareil, histoire de donner un peu plus de travail à cette pauvre vieille.

– Et alors, qu'est-ce qu'il y a de mal à ça ?

– Comment ça, *qu'est-ce qu'il y a de mal* ? Mais ça crève les yeux, ce qu'il y a de mal à ça.

J'aimais bien qu'Amanda m'imite. C'était une des rares choses que je trouvais encore charmantes chez elle.

– Mrs K fait le ménage, expliquai-je. C'est son travail. Elle fait le ménage.

– Elle le fait sans doute bien assez chez elle, tu ne crois pas ? Sans que tu lui en donnes un peu plus à faire ici.

Je secouai la tête. Soupirai.

– Tu ne la comprends pas du tout, hein ? (J'attendais une réponse, sans vraiment en espérer. Amanda était beaucoup trop bien pour s'abaisser à ce genre de futilité. En fait, Amanda était beaucoup trop bien pour un mari comme moi, point. Elle tolérait – à peine – Mrs K, mais se fichait éperdument de ses sentiments ou de ses pensées.) Elle ne peut *pas* faire le ménage chez elle, repris-je. Ça ne sert à *rien* de faire le ménage chez elle. Si elle le faisait, tout serait de nouveau en désordre cinq minutes plus tard. Ici, elle voit forcément le résultat. (Je réfléchis un instant à ma remarque. Je n'y avais jamais songé jusque-là – bien que ce soit évident – mais maintenant que j'y pensais, je me rendais compte que je lui donnais *bel et bien* un peu plus de travail, je disséminais *bel et bien* dans toute la maison de petits îlots de capharnaüm qu'elle devait ensuite ranger, et je me doutais un peu qu'au fond, tout cela était destiné à lui donner l'occasion de voir le résultat de ses efforts. À moins que ce ne soit destiné à me donner l'occasion de le voir ?) À la réflexion… lançai-je.

Amanda n'écoutait plus. Son café était prêt et elle se disposait à passer au salon pour s'informer des sujets d'actualité et des manifestations artistiques à la télé. Travail, maman, télé. Maman, café, travail. Télé, télé, télé. Ça ne me faisait ni chaud ni froid. Je pensais à Mrs K. À l'origine, je l'avais engagée parce qu'elle avait épousé un membre d'un des clans familiaux de Coldhaven qui avaient rendu la vie de mes parents à Cockburn Street intenable. À présent, c'était elle qui vivait un enfer, comme tout un chacun aurait pu le prédire le jour où elle épousa Alec. Je suppose qu'à l'époque, le fait de l'employer comme femme de ménage m'avait procuré une sorte de satisfaction perverse, bien que je n'aie aucun grief personnel à son égard. C'était une femme correcte qui avait commis une grave erreur dans la vie et décidé, comme le veut la coutume locale, de passer les quelques décennies suivantes à la payer. Amanda ne faisait que tolérer Mrs K, mais pour ma part j'avais plaisir à la voir chez moi, ranger et nettoyer, tout remettre en ordre. Elle aimait bien son travail et j'aimais bien le lui laisser faire. Il m'arrivait même parfois de me dire que si j'aimais bien la voir chez moi, ce n'était pas seulement parce que les King, les Gillespie et consorts la traitaient aussi mal qu'ils avaient traité mes parents, mais parce qu'elle avait la malchance supplémentaire d'être originaire de Coldhaven. Elle était née dans la partie ouest de la ville, le quartier même où le diable est censé avoir émergé des vagues ce fameux matin d'hiver, voilà bien longtemps. Aujourd'hui, elle habitait une maison de Cockburn Street, en face de celle où mes parents vécurent autrefois, cernée par les King, entourée de ses enfants et des membres innombrables du clan, une tribu aussi sombre et farouche que des animaux sauvages. Quand j'essayais d'imaginer ce que pouvait être sa vie, la vie qu'elle menait lorsqu'elle n'était pas en train de ranger derrière moi, je me représentais quelque chose qui ressemblait à l'enfer : le grand Alec King, assis derrière son journal, humectant ses lèvres porcines desséchées en marmonnant à mi-voix ; le chien pelotonné et recroquevillé comme un contorsionniste, se léchant les couilles devant le faux feu de charbon, les gamins accroupis autour du poste de télévision, couverts de boue et de débris de spaghettis, pareils aux combattants d'un match de lutte japonaise.

Peut-être n'étais-je pas très objectif, mais quand bien même, je savais que Mrs K ne faisait pas vraiment partie des King. À première vue, elle n'avait rien qui sorte particulièrement de l'ordinaire : femme replète d'une quarantaine d'années à la peau étonnamment fine et aux cheveux sans couleur. Au bout de quelques semaines de proximité, cependant, je remarquai chez elle une chose surprenante, à savoir qu'elle était pratiquement la copie conforme d'Ingrid Bergman, tant de visage que de maintien, si ce n'est qu'elle ne possédait pas le plus infime soupçon de la beauté de Bergman. C'était véritablement surprenant. Ce n'était pas toujours facile à déceler, mais de temps à autre, en décochant un bref regard à cette femme en compagnie de laquelle je pouvais passer des après-midi entiers, il m'arrivait de voir passer sur ses traits le fantôme affadi de la grande star du cinéma. C'était étrange et je ne m'en lassais pas. Mais malgré cela, la principale raison pour laquelle j'employais Mrs K n'était autre que ses commérages. Cette femme incarnait mon unique lien avec la ville, un chaînon humain vers la vie sordide et minable de Coldhaven.

J'habite au bout de la pointe, à Whitland. Un lieu qu'on peut dire solitaire, je suppose : lorsqu'on vient en voiture, en suivant la route principale qui passe par Seahouses, contourne Sandhaven, puis Coldhaven, on arrive à un curieux assemblage de poteaux télégraphiques, sans rien d'autre alentour que le ciel, le flanc de la colline et, à l'occasion, les oiseaux qui s'assemblent en vastes nuées, ondoyant et virant dans les airs comme des pans d'étoffe sensitive. Lorsqu'on atteint l'embranchement qui mène à Whitland – un habitant à ce jour – il n'y a rien ; on roule sur une courte distance sans rien voir d'autre que les eaux froides et grises de l'estuaire. C'est le point le plus à l'est qu'on puisse gagner à pied sec ; plus loin, il n'y a guère que des moutons et des buses et, tout au bout de la pointe, les grandes colonies d'oiseaux marins et d'échassiers que mon père photographiait sans relâche durant ses dernières années. Certains diront donc que la maison est isolée – bien qu'elle ne soit pas très loin de Coldhaven, à pied. À l'intérieur, on a l'impression d'être en altitude, surtout au dernier étage, mais il faut à peine une ou deux minutes pour rallier Shore Road par le sentier qui part du portillon, sur le côté de la maison, après quoi il n'y a plus que quelques mètres jusqu'aux premières maisons de Toll Wynd. On s'y sent pourtant douillettement à l'écart en cette époque motorisée et elle n'est visible de nulle part en ville, pas plus que de la route, du reste, si bien que je peux parfois sembler coupé de tout. Passer pour un solitaire. Un reclus.

Ce fut mon père qui choisit cette maison. Il souhaitait être seul, se concentrer sur son travail. Il en était arrivé à vouloir vivre à l'écart ; je me rappelle une phrase qu'il affectionnait, une citation d'un poème lu quelque part : "Être seul, être à part, c'est être à nouveau un tout." Il avait aussi choisi notre première maison, dans Cockburn Street, mais il avait toujours eu envie d'être un peu plus à l'écart, loin des gens, plus près des oiseaux. Il adorait les oiseaux qu'on trouve sur la pointe, ce fut pour cela qu'il s'y établit ; il les aimait plus que tout. Les oiseaux ne ressemblaient pas aux autres espèces vivantes, à ses yeux, ils étaient plutôt une sorte de prolongement de son propre esprit, de sa propre façon d'être au monde. Il sortait tous les jours avec ses jumelles et sa sacoche photo, et passait des heures sur les rochers, mais ce n'était pas vraiment un ornithologue amateur au sens conventionnel du terme ; ce n'était pas un être humain se livrant à l'observation des mouettes, cormorans et échassiers qui vivent sur cette côte, c'était l'un d'eux, leur congénère, selon sa propre conception des choses, selon son âme. Il essayait toujours de me décider à l'accompagner dans ses sorties et je regrette aujourd'hui de ne pas l'avoir fait. J'étais enfant et j'avais peur de passer – à mes propres yeux, peut-être – pour un ornithologue du dimanche, loisir aussi lamentable, voire pire, que la philatélie ou l'observation des trains. Collectionner les photos de footballeurs ou de vedettes de télé qu'on trouvait dans les paquets de chewing-gums vendus à la coopérative de l'école était bien vu, collectionner les timbres à titre de loisir était presque excusable, car on pouvait toujours dire qu'ils avaient de la valeur et qu'en fait on faisait ça pour l'argent, mais observer les oiseaux était impardonnable. Surtout de la part d'un garçon.

Mon père avait choisi la maison de Cockburn Street et ensuite, plus tard, cette villa ancienne de style XVIIIe siècle, isolée sur la pointe. Dans un premier temps, ma mère avait sans doute approuvé ces choix, mais passé les quelques premières années, quand nous habitions encore Coldhaven, je crois qu'elle aurait été heureuse de regagner Londres pour de bon. Londres, ou peut-être Paris. Elle avait vécu à Paris plusieurs années avant de connaître mon père ; c'était à Paris qu'ils s'étaient rencontrés. Il y était en mission, peu avant de finalement renoncer à travailler pour des revues et se mettre à faire les photos de paysages austères, dépouillés même, pour lesquelles il est maintenant presque célèbre. Je crois qu'au moment de leur rencontre, il s'orientait déjà dans cette direction : il avait profité de son déplacement à Paris pour réserver un peu de temps à une mission personnelle dans l'ouest de la France, où il avait déjà entamé une série de photos de marais, en Brière et ailleurs, en vue de ce qui devint finalement son premier livre. Il rencontra ma mère dans une réception et, à en croire la légende familiale, ce fut le coup de foudre. Ma mère venait du Massachusetts et s'était installée à Paris peu après ses vingt ans, pour y faire des études artistiques et vivre de la rente que sa grand-mère avait fait constituer pour elle : jeune femme indépendante financièrement, elle travaillait dur pour devenir, non pas l'artiste amateur, peignant pour l'amour de l'art, qu'elle aurait pu sans peine décider d'être, mais un artisan qui gagnait sa vie, quelqu'un capable de se mettre à travailler pour des revues ou sur commande aussi bien que de vendre ses propres toiles dans des expositions. Elle ne tenait pas à faire partie des *autres* Américains, qui n'avaient pour eux que leur argent et leurs belles paroles, traînaient dans les cafés en critiquant leurs compagnons expatriés et en se plaignant de la balourdise crasse des compatriotes restés au bercail. Elle avait envie de travailler, d'être une professionnelle. Elle parlait parfaitement le français, avec à peine une pointe d'accent, et la plupart de ses amis étaient français, des gens rencontrés par le biais de galeries ou de journaux. Elle dut donc être heureuse à Paris, indépendante, plongée dans le travail : un esprit libre, disposant d'assez d'argent pour vivre à sa guise. Puis elle rencontra mon père et comprit tout de suite qu'il serait son mari – ce qui revient seulement à dire, sans doute, qu'il remplit dans la vie de ma mère je ne sais quelle fonction, obscure et plus ou moins subconsciente, quelque chose en relation avec le passé, le conditionnement et le besoin. La famille est un mécanisme qui s'autoperpétue, comme un virus. Personne n'y échappe. Ma mère, vivant seule à Paris, était heureuse, mais il manquait à son bonheur quelque chose que seul mon père pouvait lui apporter, une batterie d'échos, un théâtre d'ombres qu'on lui avait appris à habiter dès le jour de sa naissance. Alors que mon père, solitaire naturel s'il en fut, s'était épris d'une idée de la féminité qu'il nourrissait dans le secret de son âme depuis l'enfance, aussi, quand la possibilité d'un tel amour se présenta à lui, se devait-il d'en assurer la longévité. En d'autres termes, leur histoire fut une histoire d'amour. Pas une histoire vraie : une histoire d'amour. Je suppose que je pourrais en dire autant de moi, à peu de choses près. Tout bien considéré, j'ai sans doute épousé Amanda pour des raisons similaires. Forcément. Je crois même qu'au fond de moi, je l'ai épousée en partie à cause de son prénom, parce que je n'avais encore jamais rencontré personne qui s'appelle Amanda et que cela la singularisait, la rendait digne de quelque chose. Sinon d'amour, au moins d'un sentiment voisin.

Ce fut donc la maison et la distance qui me séparait de Coldhaven qui m'incitèrent tout d'abord à engager Mrs K comme femme de ménage, car Mrs K, comme bon nombre d'exilés intérieurs, pratiquait en experte l'art du commérage, et elle ne tarda pas à devenir ma principale source d'information. Ce qu'elle avait de particulier, c'est que, contrairement à bon nombre de commères, elle ne colportait pas le premier mot d'une histoire tant qu'elle n'était pas sûre de sa véracité. Comme Miss Marple, dans les romans d'Agatha Christie, elle attendait d'être en possession de tous les éléments, après quoi elle révélait le tout, dans ses moindres détails subtils et ironiques. Jamais elle n'expliquait comment elle avait appris ce qu'elle savait ; mais elle se débrouillait toujours. C'est elle qui me parla des enfants sexuellement maltraités, des épouses battues, qui me révéla le véritable motif du suicide de Janet Carruth, là-bas, à la ferme de Ceres. Elle, qui était au courant des liaisons amoureuses, savait qui s'était fait dépouiller de son argent par tel ou tel frère, qui se faisait soigner pour une dépression nerveuse sous prétexte d'être parti s'occuper d'un lointain parent malade… et ce fut elle qui, finalement, me livra les détails manquants dans l'affaire de la tuerie Birnie. Pour autant que je puisse en juger, elle était au courant de tout ce qu'il fallait savoir sur tout le monde à Coldhaven. Tout le monde, sauf moi, bien sûr. Pour autant que je puisse en juger, j'étais la seule personne de sa connaissance dont le secret restait intact. Il se peut, bien sûr, qu'elle ait su dès le départ que j'étais impliqué dans la mort du frère de Moira, mais je n'arrive pas à croire que, sachant cela, elle m'aurait témoigné une telle connivence tout au long de l'affaire Birnie. Je ne pensais pas qu'elle aurait éprouvé la moindre compassion à l'égard de Malcolm Kennedy ni jugé mes actes répréhensibles, mais elle se serait sans doute montrée plus curieuse et, en même temps, un peu plus distante si elle avait seulement soupçonné qu'un événement douteux s'était produit vingt ans plus tôt.

J'eus presque envie de lui raconter l'histoire, juste pour voir comment elle réagirait, mais ce n'était pas facile à raconter. Ma première rencontre avec Malcolm Kennedy, par exemple, fut un épisode lamentablement prévisible. Je rentrais à pied de l'école par un après-midi froid et humide, presque hivernal, peu après les vacances de Pâques. Je détestais l'école, comme je l'avais prévu, quoique beaucoup moins âprement que les premiers temps. Au bout d'un moment, je crois, l'école anesthésie la plupart des enfants – raison pour laquelle elle prépare si bien au monde du travail – et ils la subissent en somnambules, apprenant mécaniquement tables et règles de grammaire. Ils jouent, mangent et se disputent avec des gens pour lesquels ils n'ont ni affection ni aversion, des gens qui pourraient tomber raides morts l'instant d'après sans que cela cause beaucoup d'émotion… puis ils rentrent chez eux pour faire des exercices d'orthographe et des équations du second degré dans de petits cahiers pleins de commentaires abracadabrants rédigés à l'encre rouge par le dernier individu à les avoir notés. Telle fut, en tout cas, ma propre expérience de cette institution. Cela m'ennuyait d'y aller, mais pas au point d'entreprendre une quelconque action. Pas une fois je n'envisageai de rester tout simplement à la maison, même quand Malcolm Kennedy décida de faire de moi son ami attitré. L'école, c'était l'activité des enfants. Les adultes prenaient des photos et rédigeaient des articles, ils peignaient, ils découpaient de la viande et faisaient cuire du poisson, ils enseignaient les mathématiques et l'instruction religieuse. Les enfants allaient à l'école pour, un jour, pouvoir faire la même chose.

Je faisais toujours seul les trajets jusqu'à l'école, dans les deux sens. Je n'avais pas d'ami proche, je n'avais même pas vraiment d'amis tout court et, depuis que nous habitions Whitland, il n'y avait plus d'enfants de voisins sur qui tomber par hasard en chemin. Les jours de pluie, j'aimais ce trajet à pied, car le fait d'être seul n'attirait pas l'attention. Par beau temps, en revanche, les gens me dévisageaient quand je les croisais dans la rue, s'efforçaient de retrouver qui j'étais et m'adressaient à contrecœur une petite grimace ou un sourire entendu lorsqu'ils se rappelaient. Ce jour-là, il faisait humide et froid mais il ne pleuvait pas, par conséquent je marchais plus vite que d'ordinaire. Quand il pleuvait, j'aimais traînasser ; j'aimais sentir mon manteau d'école, mon Burberry, se gorger d'eau ; j'aimais sentir la pluie goutter de mes cheveux et ruisseler sur mon visage. Peut-être, s'il avait plu ce jour-là, Malcolm Kennedy ne m'aurait-il pas repéré et n'aurais-je jamais dû tuer personne ?

Il était à quelques mètres quand il me héla :

– Hé ! cria-t-il. Je te *connais*, toi.

Je compris presque aussitôt qu'il s'adressait à moi, mais je tentai la ruse habituelle qui consiste à regarder de l'autre côté en faisant mine de ne rien remarquer.

– Hé, *toi* là-bas, reprit-il un peu plus fort, bien qu'il fût maintenant presque à ma hauteur.

Je le regardai. C'était un grand gaillard dégingandé, un sac d'os mal ficelés dans l'uniforme scolaire et, semblait-il, dans sa propre peau. On aurait dit que son squelette était trop grand pour son enveloppe, à moins qu'il ait eu quelques os en trop, un coude supplémentaire par-ci, une omoplate surnuméraire par-là, luttant tous pour se ménager un peu de place.

– Je te connais, répéta-t-il. Tu es Michael Gardiner.

C'était futé de sa part. Nous fréquentions alors la même école depuis six ou sept ans, et il avait compris qui j'étais. J'eus envie de le lui dire, mais je me mordis la langue et hochai la tête.

– Tu es dans la classe de Miss Ketchup, ajouta-t-il.

Miss Ketchup était le surnom que certains élèves donnaient à Mrs Heinz, une Écossaise mariée avec un professeur allemand qui enseignait dans un autre établissement. Je hochai la tête à nouveau.

– Qu'est-ce qu'y a ? demanda-t-il avec un sourire mauvais. On a perdu sa langue ?

On a perdu sa langue était l'expression favorite de Mr Connors, le professeur principal de *sa* classe. Personne ne donnait de surnom à Mr Connors, l'homme qui distribuait des coups de fouet quand quelqu'un se comportait mal dans la classe d'une femme. Les femmes n'avaient pas le droit d'administrer les coups de fouet, règle que Mrs Heinz, ancienne championne d'athlétisme, déplorait grandement.

Je ne sus que dire et hochai de nouveau la tête. Ce fut une erreur, je le compris aussitôt, mais Malcolm ne donna pas le moindre signe d'agacement. En fait, son sourire s'élargit en quelque chose qui dépassait le simple contentement, qui dépassait toute autre mimique faciale qu'il m'ait été donné de voir chez un être humain. Il avait de grandes dents pareilles à des bouts d'os ; quand il sourit, il me fit penser à un chimpanzé. Finalement, trop tard, je répondis :

– Oui.

Il rit.

– Oui ?

Je hochai la tête.

– Oui, quoi ?

J'avais envie de m'en aller. Il le voyait dans mes yeux. J'avais envie de rentrer chez moi en courant et de me cacher dans la petite pièce attenante au palier, avec mes livres, mes disques et mes maquettes Airfix. Quand j'allais me promener avec mes parents, il nous arrivait de croiser un chien errant, un gros animal dépenaillé, mi-berger allemand mi-autre chose, qui semblait vagabonder dans l'arrière-pays de dunes et de champs, au-dessus de la pointe. Ma mère et moi avions peur de ce chien. Quand nous le voyions, elle me prenait le bras, comme pour me protéger – d'ailleurs, c'était peut-être ce qu'elle croyait faire. Bien entendu, la tactique de mon père consistait à ignorer l'animal.

– N'ayez pas peur, disait-il. Les bêtes sentent la peur. Ce chien ne vous fera aucun mal, à moins que vous le provoquiez.

Je me demandais comment quelqu'un pouvait tout bonnement décider de ne pas avoir peur, mais jamais je n'en vins à lui poser la question. Cela dit, je savais, bien sûr, que j'étais censé *ne pas avoir peur* de Malcolm Kennedy, mais je ne savais pas comment faire. En revanche, je savais très bien qu'il était assez animal pour sentir ma peur. Je jetai un coup d'œil à la ronde, dans l'espoir de voir intervenir quelque adulte impartial. Il n'y avait personne alentour.

– Je t'aime bien, poursuivit Malcolm. Tu es malin. (Il scruta mon regard, sans cesser de sourire.) Tu es un vrai personnage, dit-il. Je crois que toi et moi, on va être une paire d'amis.

Puis il me décocha un coup de poing. Pas au visage, comme je m'y attendais, mais dans le bras, un coup de poing oblique qui atteignit l'os entre le coude et l'épaule, l'endroit le plus sensible. Je ne réagis pas. J'aurais pu le frapper à mon tour, ou m'enfuir, mais la vie ne m'avait préparé à aucune de ces deux attitudes, si bien que je restai planté là. J'attendais, je pense, que quelqu'un vienne me sauver.

Malcolm sourit.

– À tout à l'heure, lança-t-il. (Il me regarda un instant, comme s'il attendait une réponse, puis, voyant que je ne disais rien, il se rembrunit et me frappa de nouveau : à peine une tape, un coup léger, amical.) Allez, dit-il, on se voit plus tard, vieux !

La formule était tirée d'un livre ou d'une bande dessinée. Ou peut-être d'un film qu'il avait vu à la télévision. Tandis qu'il s'éloignait, les mains dans les poches, sans m'adresser un regard, je pensai : *tu sors ça d'une bande dessinée, pauvre abruti. Tu n'es même pas capable d'inventer tes propres répliques.* C'était presque comique. "On se voit plus tard, vieux." Qui dit des choses pareilles ? L'espace d'un instant, il me fit presque peine. Puis je rentrai en courant et filai jusqu'à la petite pièce attenante au palier, pour m'assurer que mes livres de l'ours Rupert étaient encore là, intacts.

Je n'eus la version complète de la tuerie Birnie qu'au bout d'une semaine ou deux. Mrs K remplit son office, parlant aux gens, écoutant, comblant les lacunes du tableau, pièce par pièce, mais gardant pour elle son avis jusqu'au moment où il fut établi. Une fois prête, elle me fit une tasse de thé, disposa des gâteaux secs sur une assiette et m'appela dans la cuisine. Je me serais cru dans un des romans de Dorothy Sayers, mais je ne pus me défendre de savourer la scène tandis qu'assis à table, par un après-midi pluvieux à souhait, j'écoutais le fantôme replet d'Ingrid Bergman me raconter en détail la vie et la mort de mon ancienne petite amie.

Apparemment, il y avait en fait trois enfants : les garçons, Malcolm et Jimmie, et une sœur aînée, prénommée Hazel. Comme le spécifièrent les journaux, Hazel avait quatorze ans. Ce qui signifiait qu'elle vint au monde avant que Moira soit mariée, bien que les gens aient toujours considéré Tom Birnie comme le père, puisque Moira sortait avec lui à l'époque et l'épousa peu après. Moira avait connu Birnie à l'école, après quoi ils avaient continué de se fréquenter, bien que leur histoire ait toujours été mouvementée, et quand, à la surprise générale, ils finirent par se marier, les problèmes perdurèrent.

– Qu'ils soient encore ensemble, malgré la boisson et les disputes, tout le monde trouvait ça miraculeux, commenta Mrs K. Mais Tom n'était pas le seul responsable. Moira savait rendre coup pour coup quand elle était en rogne. (Elle me coula un petit regard furtif.) Mais ça, vous devez bien le savoir, j'imagine.

– Pardon ?

Elle détourna pudiquement les yeux.

– Enfin bon, vous la fréquentiez, à une époque, dit-elle. Tout le monde sait ça.

Cela m'étonna, sans que je sache pourquoi. Elle avait bien travaillé, cette Mrs K, et elle suivait la piste avec une belle ténacité. C'était un des risques que j'avais pris en l'engageant. Mais de toute façon, elle se serait débrouillée pour apprendre cela par ses propres moyens : l'histoire était trop savoureuse pour qu'elle la laisse passer.

– Ça remonte à bien longtemps, dis-je. De l'eau a passé sous les ponts. D'ailleurs, quand j'ai connu Moira, c'était encore une gamine.

Mrs K hocha la tête. Peut-être n'en croyait-elle rien, mais pour l'heure elle resterait muette là-dessus.

– C'était un joli brin de fille, à ce moment-là, dit-elle. Je n'ai jamais compris pourquoi elle s'était acoquinée avec Tom Birnie et sa bande. (Elle me regarda pensivement. Elle aurait pu être en train de parler d'elle-même.) Enfin, on ne sait jamais comment les choses vont tourner, au bout du compte. On court à la catastrophe, ça crève les yeux, mais on continue comme si de rien n'était. (Elle trempa les lèvres dans son thé.) En tout cas, Moira n'était plus la même depuis un bon moment, quand l'accident est arrivé.

Je me demandai si elle cherchait à m'épargner en s'abstenant de prononcer le mot tuerie, le mot que tous les journaux employaient. C'était touchant qu'elle puisse penser que j'éprouvais encore quelque chose pour Moira, si longtemps après.

– Comment ça? insistai-je.

Mrs K fit la moue.

– Elle buvait beaucoup, répondit-elle, et elle s'était mise à sortir en laissant les garçons à la maison. Quand Tom rentrait le soir, il trouvait Hazel en train de faire le ménage ou de préparer à manger pour ses frères, au lieu de faire ses devoirs. Ce n'est pas qu'il s'en soit beaucoup soucié. Je crois qu'il adorait ses garçons, à sa manière, mais il traitait Hazel aussi mal qu'il traitait Moira. Et il ne tenait pas non plus à ce que Moira se la coule douce et passe son temps dans les bars, à boire du Southern Comfort, alors qu'il avait envie de mettre les pieds sous la table en rentrant. (Elle prit un gâteau sec.) Et voilà qu'à peu près quinze jours avant que tout ça se produise, Moira s'est mis dans la tête que Tom était le diable. Elle a confié à Maggie Croft que son mari était malfaisant et que ses fils étaient les enfants du diable. Elle ne voulait plus entendre parler d'eux. D'après Maggie, Moira parlait tout à fait sérieusement, elle envisageait même d'appeler la police. Seulement, elle ne l'a pas fait. (Elle s'interrompit pour casser son gâteau en deux et le tremper dans son thé.) Il paraît qu'elle a essayé de tuer Tom juste avant que ça se produise, ajouta-t-elle subitement.

– Qui ça ? Maggie Croft ?

Mrs K eut un grand sourire facétieux.

– Non, non, non, répondit-elle en pouffant presque. Moira ! Elle s'est jetée sur lui avec un couteau. Bien entendu, ils étaient tous les deux soûls. (Elle secoua tristement la tête. Je savais que son propre mari buvait, mais pour sa part, elle ne touchait pas une goutte d'alcool. Dieu sait quelles souffrances elle avait connues à cause de la boisson.) C'était à peine deux jours avant. Le reste, vous le savez, plus ou moins. Ce matin-là elle s'est levée et pour une raison quelconque, Tom n'était pas à la maison. Elle a dit à Hazel qu'elle la conduirait à l'école, puis elle l'a déposée au coin d'un champ, sur la route de Balcormo, et l'a laissée là. Elle lui a donné de l'argent et un sac de vêtements, et lui a dit de s'en aller à pied. Hazel ne voulait pas descendre de la voiture, mais Moira l'a jetée dehors et elle est partie.

– Sur la route de Balcormo ? relevai-je.

– C'est ça. Pourquoi ?

Je secouai la tête. Je connaissais le tronçon de route dont elle parlait. Il ne se trouvait pas "au beau milieu des champs", comme les journaux l'avaient dit : c'était une route secondaire un peu à l'intérieur des terres, sept kilomètres de rien, un chemin étroit, presque tout droit, qui partait de la route côtière et coupait par Balcormo avant de s'éloigner en serpentant Dieu sait où. Il n'y circulait presque personne, si ce n'est, de temps à autre, un ouvrier agricole allant et venant en transportant des bottes de paille ou remorquant des chargements de fumier aux heures tranquilles du matin, en été. C'était un drôle d'endroit où déposer un enfant sans autre bagage qu'une poignée de billets et des vêtements de rechange, mais je croyais savoir pourquoi Moira l'avait choisi. À une petite centaine de mètres de cette route, en bordure d'un chemin de terre qui ne menait nulle part, se trouvait le chaufour, le bâtiment de ferme abandonné où son frère était mort.

– Je connais cet endroit, dis-je. J'allais y jouer quand j'étais gosse.

Mrs K me décocha un drôle de regard et je me demandai ce qu'elle savait ou quelles questions elle se posait sur l'accident de Malcolm Kennedy. Il était temps, estimai-je, de reprendre le fil de la conversation.

– Moira a donc tué ses autres enfants, mais laissé Hazel sur le bord de la route, résumai-je. Pourquoi, à votre avis ?

Mrs K tressaillit quand je prononçai le mot *tué* et m'adressa son regard d'Ingrid Bergman.

– Ma foi, ça me paraît évident, répondit-elle gravement. Les petits gars étaient de Tom, mais peut-être que Hazel n'était pas du même père… ce qui signifiait pour cette pauvre Moira, qu'elle n'était pas une enfant du mal comme ses frères. (Elle secoua la tête d'un air triste.) Imaginez un peu, dit-elle. Deux petits gars, des petits bonshommes qui n'allaient même pas encore à l'école. Comment quelqu'un a-t-il pu s'imaginer qu'ils étaient malfaisants ?

Je secouai la tête.

– L'esprit humain est étrange, dis-je.

Que dire d'autre ?

– En effet, c'est vrai, renchérit Mrs K.

Quand la conversation s'enlisait dans des stéréotypes *vraiment trop* évidents, Mrs K passait à la vaisselle. C'était une règle tacite de nos séances de commérages, et le fait qu'elle prenne l'initiative de l'appliquer chaque fois que nécessaire m'impressionnait passablement. Je ne manquai donc pas d'être un peu étonné quand elle vint me trouver, plus tard, dans mon petit antre sur le palier que j'appelle désormais, presque sérieusement, “la bibliothèque”. Apparemment, elle avait oublié quelque chose.

– C'est tout de même drôle, lança-t-elle debout dans l'embrasure de la porte, un torchon à la main.

L'heure approchait à laquelle, d'ordinaire, Amanda rentrait à la maison, aussi Mrs K avait-elle l'air vaguement contrariée. Amanda désapprouvait nos petites discussions. Je répondis d'un sourire tiède mais assez encourageant. Mrs K reprit :

– Quand Hazel s'est retrouvée toute seule là-bas, sur la route de Balcormo, elle n'a pas eu la réaction à laquelle on aurait pu s'attendre. Le réflexe, ç'aurait été de rentrer à pied à Coldhaven, vous ne croyez pas ?

Je hochai la tête.

– Ça paraît logique.

– Eh bien, ce qu'il y a de bizarre, c'est qu'elle est partie à pied pile dans l'autre sens, enchaîna Mrs K. (Nous entendîmes tous les deux une voiture arriver dans l'allée.) Pourquoi a-t-elle continué à pied, ajouta Mrs K à la hâte, alors qu'elle avait un domicile tout indiqué qui l'attendait à Coldhaven ?

C'était une question intéressante. Toutefois, je n'eus pas le loisir d'y répondre. À peine venais-je d'ouvrir la bouche que déjà Mrs K avait disparu, regagné la cuisine en toute sécurité pendant qu'Amanda finissait de garer la voiture.

À cette époque, j'allais à pied en ville tous les jours, quel que soit le temps. Je ne sais pas trop pourquoi je partais toujours dans cette direction alors que toutes les promenades de mon enfance nous éloignaient de Coldhaven, nous menaient jusqu'aux petites criques et îles rocheuses du bout des terres, où se trouvaient les oiseaux. Je n'aimais guère la ville. Là-bas, j'avais toujours l'impression de revenir au royaume du sommeil sans fin : une telle torpeur y régnait, en si phénoménale quantité, ténébreuse, lourde, dépourvue de rêves. Même lorsque les rues étaient animées, quand les gens allaient et venaient, vaquaient à leurs emplettes, se croisaient dans les rues, s'arrêtaient pour bavarder à la poste ou à l'arrêt de bus devant l'ancienne bibliothèque, cela me paraissait très figé. Là-bas, sur la pointe, tout n'était que mouvement permanent, transformations incessantes, flux héraclitéen. Là, les étoiles ont toujours l'air plus proches, le vent d'être un participant de ma vie quotidienne, qui me donne les rêves que je rêve, entre à ma suite à l'intérieur de la maison les jours de bourrasque, comme un chien familier, humant le vestibule quelques instants avant de disparaître dans la cuisine. La pluie s'abat tout à coup et cingle les volets ; la lumière du matin arrive comme un télégramme. En plein été, quand je travaille dehors, dans le jardin, je dois me redresser ou tourner la tête pour chercher la présence que je viens de sentir derrière moi, l'impression que quelqu'un rentre à la maison à travers les prés d'août roussis, quelqu'un de retour après bien longtemps. Évidemment, ce n'est rien : un vol d'étourneaux surgissant des brise-vent qui frangent l'extrémité des champs de pois, une mouette planant dans les airs, une rafale de vent.

Ma promenade ne changeait jamais ni d'heure ni d'itinéraire. Je prenais le petit sentier qui rallie Shore Road, au bas de la colline, puis je suivais Toll Wynd jusqu'à Cockburn Street et je poursuivais par diverses petites ruelles pour déboucher sur le front de mer. Cette promenade n'avait guère varié au fil des ans et, pour moi, elle était chargée de souvenirs. Je traînais souvent, je me rappelle, devant l'ancienne loge maçonnique, dans John Street, où je regardais les colombes entrer et sortir à tire-d'aile par l'unique fenêtre cassée que personne n'avait pris la peine de réparer depuis des années, plus blanches qu'aucune créature vivante semblait pouvoir l'être, d'un blanc semblable à celui du lin empesé ou des voiles neuves d'il y a bien longtemps. Elles nichaient à l'intérieur, sous les poutres de la charpente, et personne ne les dérangeait guère. En été, les hirondelles arrivaient et s'assemblaient sur les fils téléphoniques d'un bout à l'autre de la ville. Les arbres en face de mon ancienne école étaient encore couverts de fruits sombres, rouge sang, quand la municipalité les fit abattre, en automne, il y a trois ans de cela, pour agrandir le parking. Et cependant mes principaux souvenirs étaient ceux de mes parents et de l'immense patience de Malcolm Kennedy.

Maltraiter un souffre-douleur prend du temps et Malcolm prit le sien avec moi, je le reconnais. Il devait déployer une énergie considérable pour seulement arriver à déterminer en permanence où j'étais et à quel moment je serais seul, de façon à pouvoir tendre ses petits pièges sans se faire prendre. Il se montrait toujours très affable dans ses propos et souriant, presque jovial. Il me débusquait et m'obligeait à lui remettre l'argent reçu pour l'achat d'une petite friandise à l'heure de la récréation, qu'on appelait le cale-faim. Il s'avançait vers moi, la main tendue, en agitant les doigts, et je lui remettais aussitôt l'argent. Il fallait agir vite, pour éviter qu'il ne se fasse prendre ; il me suffisait d'hésiter trente secondes, voire à peine dix, et il aurait dû passer sans s'arrêter, en faisant mine de ne pas même me connaître. Et pourtant, jamais je n'hésitai. Dès que je l'apercevais, je préparais l'argent, le petit tas de pièces chaudes, moites, ramassé au fond de ma poche. De temps à autre, il me frappait. Toujours au même endroit, entre l'épaule et le coude. Il était très doué pour ça, comme s'il s'était entraîné. Il ne le faisait pas systématiquement, mais assez souvent pour que je sache qui était le patron. Quelquefois, il me prenait ma bouteille de lait, buvait la crème du dessus et me rendait la bouteille ; d'autres fois, il s'approchait à pas de loup derrière moi pendant que je buvais et me bousculait ; la bouteille heurtait alors mes dents ou bien je renversais l'épaisse crème jaunâtre sur mon pull. Bien entendu, je ne soufflais pas un mot de tout ça à quiconque. Pas plus que je ne laissais voir que j'avais mal, ou peur. Je ne faisais rien. Je ne disais rien. Sans la vieille femme qui ne m'aimait guère, du moins au début, les mauvais traitements auraient pu durer toute ma scolarité.

Je savais qui elle était bien avant de faire sa connaissance. J'avais entendu parler d'elle parce qu'elle faisait partie des personnalités locales. Elle s'appelait Mrs Collings, et Dieu seul sait pourquoi elle s'attacha à moi : elle n'avait pas d'enfants ; elle était seule, dans son petit cottage, à huit cents mètres de l'embranchement de Clifford Road, entre le bourg et les premiers champs cultivés ; peut-être, comme le disaient certains élèves à l'école, n'avait-elle vraiment pas toute sa tête. Ça n'avait guère d'importance, car ce fut elle qui me choisit, et non le contraire, or il faut plus de talent que n'en ont bien des enfants pour ne pas être choisi. Pourtant, il faut reconnaître que notre première rencontre était passablement mal engagée. L'été battait son plein et je traînais, seul comme toujours, désœuvré, dans la campagne derrière la ville. Je m'étais muni d'un des instruments habituels de l'enfance – un vieux pot de confiture pris dans le garde-manger de ma mère – et j'avais découvert un tapis d'épilobes dans un creux entre la route et le sentier qui descendait vers la grève. Ce jour-là, j'étais un scientifique, un spécialiste solitaire du monde naturel ; quand Mrs Collings me trouva, je barbotais dans les épilobes, plongé jusqu'à mi-corps parmi les fleurs et les abeilles, serrant à deux mains le pot de confiture dont le couvercle était à peine vissé, de manière à ce que je puisse le soulever très vite quand je trouvais une abeille posée sur une fleur et le refermer aussitôt.

J'en avais déjà attrapé une vingtaine, une nuée noire de bestioles prises au piège, enragées, qui s'élevait et redescendait à chaque claquement du couvercle, vrombissant et palpitant contre la paume de ma main droite comme une seule créature en folie, mais j'en voulais davantage – pourquoi, je l'ignorais –, aussi étais-je encore au milieu des fleurs, occupé à pêcher des abeilles dans la chaleur d'un après-midi de juillet, quand la vieille femme vint à passer. Je me figeai instantanément : j'avais entendu des rumeurs, à l'école, et je savais qu'elle avait la réputation d'être folle, irascible et imprévisible. J'ignorais, à l'époque, qu'elle n'avait plus que quelques saisons à vivre et qu'elle venait de l'apprendre à l'occasion d'une visite au cabinet médical de Shore Street, mais je ne l'imaginais pas se risquant au beau milieu de la végétation, si d'aventure ma tête ne lui plaisait pas, aussi me contentai-je de poursuivre mon activité quand elle s'arrêta sur le sentier et resta plantée là, immobile, à m'observer d'un regard noir.

– Tu aimerais ça, toi, lança-t-elle, que quelqu'un vienne, t'attrape et t'enferme dans un grand bocal ?

Ce n'était pas une entrée en matière très originale, mais il filtrait dans le ton une conviction qui retint mon attention – du moins, assez pour me faire tourner la tête. Elle était pâle, presque livide, mais aussi farouche qu'un faucon crécerelle. Je ne l'avais jamais encore vraiment vue : je l'avais croisée plusieurs fois sur la grève, mais je ne m'étais jamais arrêté pour la regarder. Les vieilles gens avaient un air vague, une distance innée qui les tenaient passablement à l'écart de mon univers enfantin ; je n'avais pas de grands-parents, ni le moindre vieux voisin bienveillant qui soit aux petits soins pour moi, si bien que j'avais toujours échappé aux attentions des personnes âgées. Cet après-midi-là, cependant, même de loin, Mrs Collings était inévitable. Je vis une femme aux cheveux argent, fragile et mince comme un bâton de craie, portant un bonnet de laine gris anthracite et un Burberry malgré la chaleur ; elle était plus grande que je l'aurais supposé et pas du tout aussi âgée, bien qu'elle semble fatiguée et faible, avec cet air qu'ont les gens malades de faire un effort pour simplement tenir debout. Mais ce fut son visage qui me frappa : un visage sans couleurs ni reliefs, pourtant enflammé d'une vertueuse indignation pour ces abeilles et tous les êtres sans défense de la terre.

– Alors? insista-t-elle. Tu as perdu ta langue?

Et, de fait, j'avais bel et bien perdu ma langue. J'étais dans l'incapacité d'articuler un mot; ou plutôt, j'avais subitement toutes sortes de choses à dire, mais je ne savais pas comment les dire. Il ne m'était encore jamais venu à l'idée, jusque-là, de parler de Malcolm Kennedy à un adulte; et voilà que, face à cette fougueuse vieille femme qui me parlait sur le même ton que lui, l'envie me vint de tout déballer, l'histoire entière, dans ses moindres petits détails mesquins. Mais je n'y parvins pas; pas sur le moment. Elle me faisait peur, un peu; et elle me fascinait, un peu; mais j'étais surtout déconcerté qu'elle m'ait seulement remarqué.

– Je vais les relâcher, risquai-je après une longue réflexion muette.

– Aha! (Elle secoua la tête d'un air triste, puis me gratifia d'un petit sourire crispé.) Et comment vas-tu faire?

Je la regardai fixement. Je n'en avais aucune idée; j'avais néanmoins l'intention de relâcher les abeilles, car je n'étais pas le méchant gamin qu'elle croyait, j'étais un scientifique, un observateur objectif du monde naturel. J'étais en quête de savoir, et non de cruauté. Cela dit, comment s'y prenait-on pour libérer une cinquantaine d'abeilles d'un pot de confiture?

– Je ne sais pas, dis-je, espérant sans doute qu'elle allait m'expliquer.

– Bon, reprit-elle en s'adoucissant. Eh bien, tâche de ne pas te faire mortellement piquer, d'accord?

Sur quoi, sans un regard de plus, elle s'éloigna.

Ainsi s'acheva notre première rencontre, et je suppose que, de son point de vue, il n'y avait rien de plus à dire. Pour moi, en revanche, ce n'était qu'un début. J'essayai, bien sûr, de minimiser toute l'affaire pour la chasser de mes pensées: cette vieille fouineuse, pour qui se prenait-elle? Ce genre de chose. Mais voilà que tout l'après-midi je pensai à elle, m'efforçant de reconstruire l'intégralité du tableau à partir des quelques bribes entendues çà et là: elle avait tenu un temps la boutique de fleurs de Shore Street, puis elle l'avait vendue et s'était installée seule dans un vieux cottage, vers Ceres, après la mort de son mari. Certains disaient qu'elle était riche, qu'elle cachait un tas d'argent quelque part dans sa maison ; d'autres affirmaient que c'était une sorcière. Je savais bien sûr que ce n'étaient que des histoires à dormir debout ; mais j'avais entendu une autre anecdote, et bien qu'elle soit tout aussi incroyable, tout aussi ridicule, je ne pouvais la chasser de mes pensées.

Tout le monde savait qu'un jour, à Coldhaven, une femme avait mis au monde un bébé à deux têtes. L'une des deux était parfaitement formée, très belle, même ; l'autre était un horrible amas de nez et d'oreilles, avec de petits yeux minuscules. L'enfant à deux têtes mourut presque à la naissance, bien sûr, mais la femme ne s'en remit jamais vraiment. Elle passa quelque temps à l'hôpital et quand on la laissa sortir, elle était devenue une sorte de fantôme, une présence physique, certes, mais jamais totalement là, toujours ailleurs, parmi les fées. On dit qu'un mois après sa sortie de l'hôpital, des gens la virent se promener le long de la grève, poussant un landau vide, le visage couvert d'une écharpe, comme si c'était elle, l'être difforme. Elle chantonnait à mi-voix, disaient les gens, d'une voix grave et mélodieuse, dans une langue qui semblait étrangère. Plusieurs personnes indépendamment les unes des autres la virent aller ainsi, et toutes affirmèrent que c'était un spectacle glaçant. Puis, tout à coup, elle disparut. Aux dires de certains, elle avait déménagé ; pour d'autres, elle s'était noyée dans l'estuaire et son corps n'avait jamais été retrouvé. Toute l'histoire était voilée de mystère, objet de rumeurs et de conjectures, et nul n'était en mesure de confirmer davantage que le simple fait suivant : cette femme, morte ou vivante, folle ou saine d'esprit, avait aimé Frank Collings, qui était le père de son enfant. Vraie ou pas, l'unique autre donnée de l'affaire qui puisse être tenue pour certaine, à en croire les contemporains, c'était que Frank Collings, le propriétaire du dépôt de matériaux de construction situé juste derrière Cockburn Street, avait succombé à une mystérieuse maladie à peine trois mois après la disparition de sa maîtresse. Peu de temps plus tard, Mrs Collings, la jeune veuve, avait fermé sa boutique de fleurs de Shore Street et vendu le dépôt. Elle vivait désormais dans son petit cottage, jetant des sorts et comptant son argent, vieille folle au cœur de pierre.

Ce fut seulement le jeudi après-midi que Mrs K reprit la conversation pour exposer ce qui était, à ses yeux, l'ultime détail énigmatique de son récit. Apparemment, dit-elle, Hazel se dirigeait vers l'intérieur du pays par la route située au nord de Balcormo quand une patrouille de police la retrouva. Cela se passa quelques heures après l'incendie, quand Tom Birnie, rentrant chez lui et trouvant la maison vide, appela la police. Ce qui était curieux, précisa Mrs K, c'était que la fille marchait comme une somnambule et qu'il avait fallu un certain temps pour lui tirer des propos sensés. La voiture avait été retrouvée, à cette heure, mais Hazel ignorait complètement ce qui s'était passé.

– Elle ne faisait que marcher, ajouta Mrs K. Comme dans un rêve.

Ce détail était frappant à plus d'un titre. Premièrement, parce que, comme l'avait souligné Mrs K le premier jour, il n'était pas logique pour Hazel de *s'éloigner* à pied de chez elle, surtout au vu des circonstances dans lesquelles elle venait d'être abandonnée. Et en deuxième lieu, pour une raison que Mrs K elle-même ne pouvait découvrir – contrairement à moi, qui avais été somnambule quelque temps, au début de mon adolescence. Bien entendu, je n'avais jamais fait de crise dans des circonstances aussi bizarres ni en plein après-midi, mais la coïncidence me parut hautement significative, en cette période où je commençais tout juste à devenir provisoirement fou.

Les somnambules rêvent comme tout le monde, si ce n'est que là où un autre rêveur reste allongé dans son lit, observateur passif de son propre film intérieur, le somnambule se lève et y prend part, se livrant à des actes qu'il croit sans doute réels, obéissant à d'obscurs motifs d'angoisse et de désir dont les événements de la journée ont imprégné son esprit. Il sort dans le noir et exécute sans hésitation des gestes dont jamais un individu endormi ne serait capable ; puis il s'éveille et ne se souvient de rien. À l'âge de douze ou treize ans, alors que j'habitais depuis peu dans la maison de Whitland, j'ai connu quelques épisodes bénins de somnambulisme, mais ce n'était que passager et, au dire de mes parents, sans grande conséquence. Ce fut pourtant captivant, pendant quelque temps, de penser que je pouvais me glisser hors du lit, de nuit, et descendre au bord de l'eau pour contempler, gamin endormi scrutant, avec les yeux de l'esprit, les lumières de l'autre côté de l'estuaire et les voyant tout comme il les aurait vues les yeux ouverts. J'ai entendu parler de somnambules conduisant des voitures ou faisant fonctionner des machines, et j'imaginais que l'on me retrouvait au beau milieu de l'eau, dans un bateau à rames emprunté pour l'occasion, sous un ciel empli d'étoiles, toujours endormi mais contemplant l'infini. Mon père ne fit jamais grand cas de mon somnambulisme, et ce, parce qu'il pensait que j'avais peur pour moi-même, tout comme il avait peur pour moi. Mais je n'avais pas peur. Pas à mon souvenir. Je savais que mon esprit recelait quelque chose, un principe correcteur, une aspiration innée à je ne sais quel ordre spectaculaire, qui m'empêcherait de pousser trop loin ou de faire des choses réellement dangereuses pendant mon sommeil. Je le savais ; j'en étais certain et c'était un soulagement, je pense, de savoir que rien d'horrible n'arriverait au cours de la nuit... mais c'était aussi décevant quand ma mère me racontait qu'elle m'avait trouvé dans la cuisine en train de remplir à ras bord un verre de lait que je buvais ensuite sans en renverser une goutte, alors que j'étais visiblement inconscient de mes actes. C'était décevant de m'éveiller dans mon propre lit sans rien qui témoigne de mes vagabondages nocturnes : aucune trace de sang, rien de cassé, pas le moindre mystérieux brin de coton ou de soie au creux de mon poing serré. Et décevant, surtout, que mes errances nocturnes ne me révèlent rien que je ne sache déjà. Il n'y avait pas de code, rien à déchiffrer ou à interpréter. On aurait dit que je n'avais aucun secret, et rien à cacher. Pourtant, il devait bien y avoir un lien entre ces crises de somnambulisme et les cruautés quotidiennes de plus en plus fréquentes que Malcolm Kennedy me faisait subir exactement à la même période, car le somnambulisme cessa définitivement la nuit de sa mort. Je ne savais même pas qu'il était mort, mais j'avais été délivré de quelque chose ce jour-là, quand je le laissai là-bas, à l'ancien chaufour, et revins à pied en ville pour m'acheter un sachet de beignets.

Or, en écoutant Mrs K décrire la marche somnambulique entreprise par Hazel ce jour-là, une idée commença à se former dans mon esprit. Je n'en eus pas conscience, pas alors ; et ce n'est que rétrospectivement que je peux affirmer qu'à ce moment précis, tout en bavardant à bâtons rompus avec ma femme de ménage, je commençai à devenir fou. Une graine avait été semée dans mon imagination et, déjà, commençaient à poindre ses minuscules racines souterraines. La fille de Moira était un genre de somnambule, de même que je l'avais été moi-même... ce qui signifiait, n'est-ce pas, que nous avions quelque chose en commun ? Je ne pensais pas en termes de parenté du sang, du moins je ne crois pas, mais tout commence avant que nous ne le voyions et, même sans en avoir conscience, j'établissais déjà des liens, j'assemblais des pièces, je me livrais à des calculs. Mrs K en faisait probablement tout autant... d'ailleurs peut-être me précédait-elle sur ce terrain, tout en continuant de parler, tandis qu'elle m'observait de ses yeux tristes et brillants, me jaugeait, m'inoculait sa curiosité et sa compassion, guettait une réaction appropriée. Bien entendu, je ne réagis pas ; pas sur le moment. Je me contentai d'écouter. J'appréciais les commérages de Mrs K : ils aidaient à passer le temps, ils étaient inoffensifs et, d'une certaine façon, ils me préservaient, dans mon isolement, du monde qu'elle apportait, par petits bouts, dans ma maison solitaire. Je ne me doutais absolument pas que, par contagion, elle me transmettait une idée qui tôt ou tard me pousserait à agir. J'aurais dû comprendre. J'aurais dû me rendre compte que tout récit est une contamination, d'une façon ou d'une autre. J'aurais dû m'apercevoir que, sans vouloir me nuire le moins du monde, Mrs K avait sa propre conception de la façon dont les choses devaient se passer et que, même si elle ne le savait pas à ce moment-là, cela servait ses intérêts – ou plutôt, satisfaisait ses attentes concernant la marche du monde – que je devienne fou.

Avant de rencontrer Malcolm Kennedy, je croyais savoir ce qu'était la peur. C'était un spectre au fond des bois; ou vivant dans l'ancien chaufour, créature momifiée enveloppée de haillons froids, barbouillée de suie, à vif, se décomposant lentement sous les néons cassés. À moins qu'au lieu de se décomposer, elle ne resurgisse, tel Lazare. Peut-être se métamorphosait-elle: un homme en train de se muer en oiseau, ou un oiseau commençant à se muer en homme, effroyablement laid peut-être, mais capable d'inspirer la pitié, faisant son nid sous la charpente, coupé de ses congénères le temps que la métamorphose s'achève. J'avais lu trop de bandes dessinées et vu trop de films; c'est pourquoi je m'imaginais la peur sous une telle forme, et pourquoi je pouvais flirter avec elle, en flânant le long de l'ancienne voie ferrée un jour d'été ou installé au chaufour, sous les arbres sombres, guettant le spectre. C'est pourquoi j'étais aussi anesthésié quand Malcolm Kennedy décida de faire de moi son ami attitré. J'aurais voulu que la peur soit plus belle, j'aurais voulu qu'elle soit plus palpitante. C'est à peine si je pouvais supporter qu'elle soit à ce point ordinaire.

Et qu'elle dure. Tous les jours ou presque, c'était le même scénario, qui m'excédait autant qu'il m'effrayait et me mettait en rage. De temps à autre, cependant, il l'agrémentait d'une nouveauté ou d'une autre, quelque projet qu'il avait mûri un moment, dans l'attente d'une occasion de le mettre en œuvre. D'ordinaire, il n'y avait que lui, ce qui était bien assez angoissant, mais un après-midi – un samedi, je m'en souviens – il vint accompagné d'un autre garçon, quelqu'un que j'avais déjà vu mais ne connaissais pas de nom. J'étais au chaufour, je passais l'après-midi à traîner sous les arbres, quand les deux garçons surgirent en travers de mon chemin, me coupant de Whitland et de la sécurité. Ne sachant que faire – car, bien sûr, il n'y avait rien que je *puisse* faire –, je continuai à marcher, à vaquer à mes occupations, en espérant qu'ils me laisseraient m'en sortir au culot. Je savais que la pire chose à faire serait de me mettre à courir; si étrange que cela puisse paraître, toute tentative de fuite aurait été un aveu – un aveu de culpabilité, l'aveu que je méritais ce qui m'attendait – en même temps qu'une insulte à l'égard de mon ami attitré. Le principal, c'était de lui montrer qu'il détenait le pouvoir, toujours, et que je reconnaissais cet état de fait comme juste et bon. Tout en continuant de marcher en direction de chez moi, tête basse, sans les regarder, je me répétais que les choses pouvaient en rester là, que Malcolm Kennedy avait l'occasion, pour peu qu'il le décide, de se montrer clément.

– Hé, toi là-bas!

Ce fut l'autre garçon qui m'appela. Ça n'avait rien de vraiment nécessaire, il n'était qu'à quelques mètres de moi, mais il appela quand même, pour que je sois obligé de lever la tête et de le regarder. Ou peut-être simplement pour le plaisir d'entendre sa voix retentir dans le calme de cette journée d'été.

– Hé, gamin! Où tu vas?

Je levai la tête. Le garçon était un peu enrobé, mais costaud quand même, et il avait l'air mauvais.

– Tu es sourd? reprit-il.

Ils étaient plantés devant moi, à présent, me barrant le passage.

– Je rentre chez moi, dis-je en m'efforçant de ne pas avoir l'air insolent, de ne pas paraître effrayé.

Le garçon s'esclaffa.

– Oh, non! décréta-t-il. Tu rentres pas chez toi. Hein que non, Malkie?

Je regardai Malcolm Kennedy. Il avait l'air grave, comme s'il réfléchissait à une chose que lui seul pouvait régler. Finalement, il parla, mais sa réponse ne s'adressait pas à moi.

– Ferme-la, Dess, dit-il. Tu me tapes sur les nerfs. (Il me regarda.) T'occupe pas de Dess, reprit-il. Il est malpoli, c'est tout. Tu vois, quoi. Pas du genre raffiné. (Il sourit.) Ce qu'il veut dire, c'est qu'on aimerait bien que tu viennes au loch avec nous. Hein, Dess?

Dess ne répondit pas. Il boudait. Malcolm Kennedy insista, d'une voix plus dure:

– J'ai dit: hein, Dess?

Dess acquiesça à contrecœur et me décocha un regard furieux.

– On aimerait bien que tu viennes au loch avec nous, répéta-t-il d'un ton presque mais pas tout à fait moqueur.

– Bon, reprit Malcolm Kennedy, tout à coup de nouveau enjoué. Alors, tu viens ? On va pas passer la journée ici.

– Il faut que je rentre chez moi, dis-je. Mon père…

Malcolm m'adressa un sourire suave.

– Tu seras pas en retard, dit-il. On se débrouillera pour que tu rentres bien à l'heure. Hein, Dess ?

Dess hocha la tête.

– Oh, oui ! dit-il. On se débrouillera pour que tu rentres bien à l'heure.

Le jour déclinait rapidement vers ce moment gris, vaguement fuligineux, du crépuscule, quand le lointain semble plus clair et plus proche que le sol sur lequel on marche. Nous avions pris le chemin de terre qui partait vers l'est puis vers le nord, auquel s'embranchait la route de Seahouses ; puis nous avions suivi un sentier noir et boueux traversant la bande de terrain marécageux qui s'étendait au-delà, lieu que mon père adorait en raison des oiseaux qu'il y trouvait. À un moment donné, nous étions même passés en vue de notre maison et j'envisageai à nouveau de me mettre à courir, tout en sachant que ça ne servirait à rien. Dess ouvrait la marche, un bâton à la main, cinglant et fauchant la végétation de part et d'autre du sentier, pendant que je cheminais en silence à côté de Malcolm Kennedy en me creusant la tête pour deviner quelle nouvelle humiliation m'attendait. Le sol était spongieux à cet endroit-là, un peu boueux, mais le ciel au-dessus de nos têtes restait clair. Finalement, nous étions arrivés à l'étendue bourbeuse de roseaux et d'eau que certains appelaient le loch, bien qu'il ne s'agisse en fait que d'un marais cerné de bouleaux et de saules rabougris, une petite nappe d'eau à un ou deux kilomètres du bord de mer.

– C'est là, avait annoncé Malcolm Kennedy.

Sur quoi, nous nous étions arrêtés.

Ils se mirent ensuite à chercher des nids dans les creux d'eau, au bord du loch, des nids de poules d'eau ou de foulques, faciles à trouver dans ce coin-là. Je me rappelai alors que Malcolm Kennedy avait toute une collection d'œufs d'oiseaux, une collection dont il était fier au point de l'avoir apportée à l'école pour l'exposer lors d'une journée portes ouvertes. Je me rappelai l'avoir vue : plusieurs plaques à muffins aux moules remplis d'œufs bruns, crème et bleus, tous froids et vides, accompagnés d'une petite étiquette blanche sur laquelle le nom de chaque oiseau était mentionné dans une calligraphie étonnamment soignée. Les professeurs n'avaient pas vraiment approuvé son initiative, mais il raconta que c'était une ancienne collection que son père lui avait donnée et que lui-même ne dénichait pas les oiseaux, si bien que les professeurs l'avaient laissé faire. J'imagine, rétrospectivement, qu'ils cherchaient simplement un moyen d'encourager un élève qui par ailleurs ne s'intéressait à rien. Il dénichait les oiseaux, bien sûr, mais ce n'était pas la saison propice ; à cette époque de l'année, il ne devait plus y avoir d'œufs, juste des nids vides et de petites bandes de poussins sur le loch. La panique s'empara de moi. Il m'était déjà arrivé d'avoir peur, mais cette expédition avait semblé adopter une tournure plutôt ordinaire, trois garçons partant en promenade dans la campagne un samedi après-midi, aussi avais-je repris espoir. À présent, je comprenais qu'il allait y avoir du vilain.

Tout à coup, Malcolm Kennedy s'immobilisa ; puis, scrutant l'eau, il tendit le bras.

– Regardez ! dit-il.

Je regardai, mais Dess n'eut pas l'air intéressé. C'était une famille de poules d'eau, la mère et une huitaine de poussins, en train de barboter dans un petit creux d'eau sombre, couleur de suie. La mère eut l'air effrayée et nagea de manière à se poster entre nous et sa couvée en émettant un drôle de son flûté et modulé, qui signalait sans doute le danger. Les poussins restèrent groupés derrière la mère.

Soudain, Malcolm Kennedy se déchaîna en gestes violents, pataugeant dans l'eau, aspergeant la mère et sa couvée puis empoignant quelque chose. Je crus d'abord qu'il avait vu un poisson et essayait de l'attraper ; puis je compris ce qu'il avait en tête. Dess vint se poster à côté de moi au bord de l'eau. Il avait l'air vaguement intéressé, à présent, remis de sa bouderie.

– Vas-y, Malcolm, lança-t-il. Vas-y !

Après quelques minutes de pataugements et d'éclaboussures, Malcolm Kennedy ressortit de l'eau. Il tenait quelque chose au creux de ses deux mains.

– Je l'ai eu, annonça-t-il. (Il me regarda. Il avait le visage ruisselant, les cheveux dégoulinant.) Tu veux le voir ? demanda-t-il.

Dess s'avança furtivement pour essayer de voir la prise de Malcolm. Derrière nous, dans la première grisaille du crépuscule, la mère appelait à nouveau pour rassembler ses petits, vérifier qu'ils étaient tous bien là. Je devinai qu'il en manquait un. Dess s'avança un peu plus.

– Pas toi, connard, lança Malcolm Kennedy d'un ton rogue. *Lui.*

Il brandit sous mon nez la cage osseuse que formaient ses doigts et ses phalanges. Je secouai la tête.

– J'en veux pas, dis-je.

– Non ?

– Non.

– Mais je viens de l'attraper pour toi.

– Non.

– Vraiment ?

Je hochai la tête.

– Allez, tiens. C'est pour toi.

Je secouai la tête. Je n'avais pas envie de tuer quoi que ce soit et je savais que c'était *précisément* ce qui allait se passer.

Malcolm Kennedy eut l'air déçu. Puis, sans me lâcher des yeux, il ouvrit les mains. Le poussin tomba à terre et se mit à voleter frénétiquement en tous sens, mais sans lui laisser le temps de s'enfuir Malcolm Kennedy baissa la tête, repéra où il se trouvait dans le couchant estival et, sans bruit, calmement, sans précipitation particulière, l'écrasa d'un coup de talon.

– Merde, dit-il. Regarde un peu ce que tu m'as fait faire.

C'était fini. Je compris que c'était terminé, qu'il avait fait ce qu'il voulait faire. Pendant qu'il enfonçait le poussin dans la vase et les roseaux, je tournai les talons et pris la fuite, détalant dans l'eau et la boue, perdant mon chemin puis le retrouvant, sans rien percevoir d'autre que le bruit de mon propre souffle, jusqu'au moment où j'atteignis la route et m'arrêtai, hors d'haleine.

Il n'y avait aucun véhicule en vue, pas le moindre bruit. Je traversai la route et pris le chemin qui descendait en direction de Whitland, remarquant au passage à quel point j'étais crasseux et trempé, maculé de boue et d'eau sale. J'étais en retard, mes parents allaient me demander des explications ; je ne savais pas quoi leur dire. La seule chose que je savais, c'est que je ne pouvais pas dire la vérité. Je sentais qu'elle aurait fait trop mal à mon père, sans vraiment comprendre pourquoi.

Une bonne semaine durant, je passai mon temps libre à refaire les calculs. Hazel Birnie avait quatorze ans, ce qui signifiait qu'elle était née courant 1990. L'année qui suivit ma brève, mais peut-être féconde aventure avec Moira. Bien entendu, cela ne prouvait rien : car, pendant au moins une partie de notre liaison, Moira voyait également Tom Birnie et, comme Mrs K l'avait laissé entendre à mots couverts, peut-être d'autres encore. Pour parfaire mes calculs, il aurait fallu que je sache la date de naissance de Hazel Birnie, et même alors, je resterais cantonné dans le domaine des possibilités. Cela dit, quand je prenais le temps de réfléchir, j'étais bien forcé de me demander ce que je trafiquais. Qu'est-ce que ça pourrait changer que le véritable père de Hazel soit Tom Birnie, moi, ou quelqu'un d'autre ? Elle avait un père, à l'heure actuelle, point final. Je n'avais aucune envie de m'immiscer dans les affaires de Tom. Et aucune envie non plus de me retrouver avec un enfant. La seule explication que je puisse trouver à ces jours passés à calculer et recalculer, c'est que le problème en lui-même avait quelque chose de fascinant, quelque chose d'étonnant. *Qui* était le père de Hazel Birnie ? La vraie réponse consistait à dire que personne n'en saurait jamais rien… et c'est sans doute pour cela que le sujet me préoccupait à ce point. Je voulais savoir ce que je n'avais pas la possibilité de savoir. Rien d'extraordinaire à cela. Car à quoi servirait de savoir ce qu'on a la possibilité de savoir ? Je me rappelle avoir entendu mon père prononcer un jour la phrase suivante, sans raison précise, et, pour autant que je m'en souvienne, ce fut la seule fois où il lui arriva d'évoquer le sujet de la spiritualité : “Si l'existence de Dieu était prouvée, plus personne ne croirait en lui." J'aimerais me rappeler pour quelle raison il prononça cette phrase. J'aimerais savoir.

Je crois que ma mère était athée jusqu'au bout des ongles. Elle aimait que les choses soient claires et nettes. En tenant ces propos, mon père la taquinait probablement ; il le faisait généralement au cours de nos rares dîners, quand des gens venaient de loin et restaient chez nous le temps du week-end. Mes parents passaient tellement de temps seuls, sur la pointe, à travailler ou à marcher sur la plage, à lire, sans presque échanger un mot que lorsqu'il venait quelqu'un, ils n'arrêtaient plus de parler, assis autour de la table jusqu'à l'aube, buvant et bavardant de tout et de rien. Ils me laissaient parfois veiller, me servaient du vin à doses homéopathiques, m'autorisaient à goûter les fromages ou les sucreries que leurs invités avaient apportés de la ville, et je restais là, je les écoutais, en me demandant quel était le but de tout ça. Lorsqu'il n'y avait que nous à la maison, je ne les trouvais jamais solitaires ; dès qu'il arrivait des invités, en revanche, il devenait évident qu'ils l'étaient bel et bien. Ils avaient tourné le dos à la vie qu'ils avaient menée des années durant et, pour autant que je sache, qu'ils avaient aimée ; puis ils étaient venus s'installer dans un lieu tranquille, presque désert, non seulement parce qu'ils voulaient travailler, mais parce qu'ils avaient un passé dont jamais je ne sus rien. Ou pas avant la toute fin, quand ma mère mourut. J'aurais aimé savoir, alors, savoir qu'ils étaient solitaires, qu'ils ne pouvaient revenir en arrière, que ces visites d'anciens collègues et amis étaient leur dernier lien avec un monde qu'ils avaient perdu. Car je pensais qu'ils avaient renoncé à tout de leur plein gré. C'est pourquoi, quand ils semblaient malheureux, je les jugeais. Ils avaient choisi cette vie, après tout.

Je fis et refis les calculs, et je voyais bien que, tout en vaquant à ses occupations, Mrs K en faisait ou en avait déjà fait tout autant. Je ne sais pas ce qu'elle savait ou ce qu'elle pensait savoir, ni à quelle conclusion elle arriva. Je crois qu'en son for intérieur, elle laissa l'affaire en suspens, faute de preuves. Mais je la voyais parfois me regarder, une lueur pensive au fond des yeux, et me demandais si par hasard elle ne ressentait pas de la pitié pour moi – moi qui peut-être éprouvais encore “quelque chose” pour Moira, moi qui peut-être avais une fille mais ne pourrais jamais en être sûr, et quand bien même je le pourrais, n'oserais jamais assener un choc aussi terrible à cette pauvre gamine orpheline après tout ce qui s'était passé – ou si elle réprouvait intérieurement ma froideur apparente, ou mon inertie. Placée dans ma situation, elle aurait fait quelque chose, j'en suis certain. Mais qu'étais-je censé faire ? Que pouvais-je faire, compte tenu du peu d'éléments dont je disposais ? Rien. Je ne pouvais rien faire. Je n'avais pas d'autre option que de refaire l'addition ; et voir si j'arrivais à produire une preuve concluante établissant que Hazel Birnie pouvait bien être la fille de n'importe qui, mais pas la mienne : affaire classée.

Ce fut Malcolm Kennedy qui me présenta de nouveau à Mrs Collings, de façon détournée. Cela se passa un mercredi, après la sortie de l'école ; je sais que c'était un mercredi parce que je revenais de ma leçon de piano. Je me sentais bien, cet après-midi-là, jusqu'à ce que Malcolm Kennedy me rattrape sur la route côtière, à moins de cinquante mètres de chez moi. Il n'y avait personne d'autre alentour ; je voyais le bout du chemin qui remontait à Whitland et j'enrageais à l'idée que Malcolm Kennedy avait sciemment attendu que je sois presque arrivé pour me rattraper. Depuis l'épisode du marais, il gardait ses distances, se contentait de surgir brièvement de temps à autre, dans la cour de récréation ou quand je rentrais chez moi à pied, pour me marmonner quelque sombre avertissement, sans me frapper, s'arrêtant à peine mais m'assurant que je ne perdais rien pour attendre, menaçant de me tuer, parfois dans des termes murmurés si vite et si bas que je n'arrivais pas à les comprendre. Ce que je comprenais, en revanche, c'était la profondeur de sa malveillance à mon égard. Il était furieux ; il était décidé à véritablement me nuire. Je le savais. Il guettait son heure et, en attendant, il savourait le simple plaisir de me regarder souffrir. Il n'avait pas besoin de me frapper, il me *tenait* déjà… et il le savait.

Tu es mort, Gardiner.

Je t'aurai, Gardiner. C'est pas une menace. C'est une promesse.

De quoi, Mikey ? Tu as la trouille ? (Grand sourire tout en dents, comme le Corsaire rouge.) *Ça vaudrait mieux pour toi.*

Cette fois, il me rattrapa à un endroit où personne ne pouvait nous voir, et je compris que le moment était venu pour lui de mettre ses promesses à exécution.

– Ah, tiens, lança-t-il, Mikey ! (Il s'était mis à m'appeler ainsi ces quelques dernières semaines.)

Je tournai la tête. Il était là, dans son uniforme d'école, tout en os et en angles, un grand sourire aux lèvres. Je ne prononçai pas un mot : c'était inutile.

– Alors, on dit pas bonjour ? demanda-t-il.

J'envisageai de fuir. Quelque chose, dans son attitude, une gaieté forcée, m'effrayait. Ce jour-là allait être un jour particulier. Cela dit, si je me mettais à courir, il me rattraperait. Il était plus grand et toujours disposé, toujours prêt. En fait, il aurait dû être scout. Il voyait dans mes yeux ce que j'allais faire avant même que je le fasse ; il voyait, en cet instant précis, que j'envisageais de me mettre à courir et il promena la langue sur ses lèvres le temps d'une évaluation mesurée, comme s'il soupesait, lui aussi, les chances qui m'occupaient l'esprit.

Je me recroquevillai.

– Bonjour, dis-je.

– C'est mieux. (Il m'adressa un sourire rayonnant.) Allez, Mikey, viens avec moi. Il y a une petite expérience que j'ai envie de tenter.

Il fit demi-tour et, marchant en tête, il redescendit la colline, sachant que je ne chercherais pas à m'enfuir. Quand nous arrivâmes dans Toll Wynd, il s'engouffra entre les deux premières maisons et m'entraîna dans une ruelle étroite, presque impraticable, dont j'ignorais jusqu'alors l'existence. C'était un passage froid et humide, caillouteux, qui puait la pisse. Il traînait là quelques charognes et des amas de vieux vêtements, parmi des cagettes éventrées et des détritus, le tout gorgé de mois de crasse et de pluie, mais presque sec à présent, fétide et feutré sous le pied, comme si on marchait sur des feuilles ou des chairs en décomposition. Plus loin, devant moi, Malcolm Kennedy lâcha un petit ricanement.

– Doit y avoir des rats là-dedans, m'étonnerait pas, dit-il. Et des gros. (Il me lança un regard par-dessus son épaule.) Peut-être même des serpents, ajouta-t-il. Tu aimes ça, les serpents, Mikey ?

Je m'abstins de répondre. Il se détourna en ricanant et je suivis. Nous finîmes par déboucher dans la plus petite cour que j'aie jamais vue. À une époque, elle devait desservir la première maison de Toll Wynd, mais les fenêtres qui donnaient sur l'arrière, au rez-de-chaussée, avaient été murées. Au fond de cette cour se trouvait une annexe désaffectée, un bâtiment de plain-pied, en grès, dont la porte était grande ouverte. Je me souvins alors : dans le temps, l'endroit avait abrité une crémerie, mais elle avait fermé depuis longtemps et désormais seule la maison donnant sur la rue, où se trouvait autrefois la boutique, était encore utilisée. L'homme qui y habitait, un petit vieux au goitre phénoménal, se contentait d'occuper le salon et la cuisine, situés l'un et l'autre côté rue. Derrière ne se trouvaient guère que des dépendances et un vieux W-C extérieur dont la citerne grise pendait au mur, soulignée de traînées de rouille, sèches depuis le temps mais encore brunâtres, pareilles à des plaies tout juste cicatrisées. Je regardai Malcolm. Je n'avais qu'une envie : qu'on en finisse, quoi qu'il ait en tête.

– Tu sais où on est ? demanda-t-il.

Je hochai la tête.

– C'est l'ancienne crémerie, répondis-je.

– C'est ça. (Il se rembrunit tout à coup.) Enlève ton pull, lança-t-il.

– Quoi ?

– Tu as entendu ce que je t'ai dit.

– Non.

Il s'avança et me décocha un coup de poing en pleine figure. Je reculai, mais il m'empoigna.

– Enlève ton pull, répéta-t-il.

Il était vraiment en colère cette fois, mais s'abstenait de crier.

Je me dégageai et restai là, à le regarder. Il était redevenu calme, plein d'assurance, de sang-froid. Les larmes montaient à présent. J'étais terrifié. Je pensais qu'il détenait en secret là-dedans une bande de rats, de rats ou de serpents, auxquels il allait me donner en pâture. Je pensais qu'il allait faire une chose innommable, une chose que je ne pouvais même pas imaginer. Je hochai la tête de droite à gauche, éperdument, et sentis ma lèvre inférieure se mettre à trembler. C'était la première fois que je pleurais vraiment devant lui. Il lui était arrivé de me faire monter les larmes aux yeux, de me pousser à deux doigts des sanglots, mais jamais je n'avais chialé pour de bon en sa présence.

– Enlève ton pull, répéta-t-il sans hausser le ton.

Je secouai la tête de plus belle, tâchant de comprendre ce qui se passait, sanglotant de trouille. Il pouvait me tabasser tant qu'il voulait, mais il ne me donnerait pas en pâture aux rats. La morve me coulait du nez, les larmes ruisselaient sur mes joues.

Il baissa la tête, comme s'il réfléchissait.

– Bon, dit-il au bout d'un moment. Comme tu veux.

Il se rua alors sur moi et me jeta à terre. Je tombai de tout mon long, sur le dos, et perçus un bruit mou, étouffé : le choc sourd de mon corps s'affalant. Épaules, dos, colonne vertébrale, poumons, côtes. Il m'avait coupé le souffle. Je ne pouvais plus respirer, je ne voyais plus rien, je ne pensais plus. Je restai là, inerte, au cœur d'un espace sans air, bleuâtre, pendant que Malcolm Kennedy se relevait et se penchait sur moi, présence invisible qui inspirait et expirait. Immense.

Je rêve encore de lui, parfois. Pas souvent, et généralement tel qu'il était le dernier jour, se débattant dans l'eau, au chaufour, et appelant à l'aide ; quelquefois, cependant, je le vois sous l'aspect qu'il avait cet après-midi d'automne, plus grand, plus carré et plus sombre qu'il ne l'était en réalité, une immensité, un demi-dieu. Je prête à cet être imaginaire, à cette réplique, une gravité qu'il n'eut jamais de son vivant et je m'éveille ensuite à la lueur du clair de lune par-delà l'estuaire, ou au chant des oiseaux de l'aube, et je suis heureux d'être en vie ; et je suis heureux qu'il soit mort. Ce bonheur est immense, lui aussi, plus vaste que tout ce que j'ai jamais connu par ailleurs. On dirait que le monde avait attendu des années pour se matérialiser, attendu patiemment dans la terreur, dans le chagrin, dans le poids de mon être.

Ce qui se passa ensuite, je ne le vis pas plus que je ne l'entendis vraiment. J'étais encore suffoqué, encore étourdi, je resurgissais lentement des limbes ; mais, à présent, j'avais la nausée, froid à l'intérieur de la tête et envie de vomir.

– Ça va ? (C'était une autre voix. Une voix de femme. Une voix âgée.) *Ça va*? (Debout à côté de moi, la femme me regardait. Puis elle détourna la tête.) Tout va bien, il a simplement le souffle coupé, dit-elle. On va lui laisser le temps de reprendre sa respiration.

Elle reparut une ou deux minutes plus tard, quand, selon ses propres termes, mes couleurs me furent un peu revenues.

– Tu te sens mieux, maintenant ?

Je me relevai tant bien que mal.

– Un peu, dis-je.

Je la regardai et constatai que c'était Mrs Collings. Pendant une fraction de seconde, je fus saisi : comment se faisait-il qu'elle soit là ? Et à qui parlait-elle ? Je ne voyais personne. Apparemment, elle était seule, femme menue, âgée, vêtue d'un manteau bleu, le visage blanc et les lèvres très rouges.

– Qui était ce garçon ? demanda-t-elle.

Je gardai le silence. Je pense qu'elle n'attendait pas de réponse de ma part. Je portai la main à mon visage. Il se passait quelque chose, mais je ne savais pas vraiment quoi : j'avais une moiteur sucrée et humide dans le nez, et je me sentais étourdi ; il me fallut un instant pour comprendre que je saignais du nez. Ce n'était pas la chute qui avait provoqué ce saignement, mais la peur, tout simplement, et Mrs Collings le savait aussi bien que moi. Elle fouilla dans la poche de son manteau et en sortit un minuscule mouchoir bien plié, brodé d'une frise de fleurs rouges et bleues sur le pourtour.

– Tiens, dit-elle. Tu as le nez en sang.

Je hochai la tête. Je n'avais pas vraiment envie de prendre ce mouchoir si blanc, et si petit.

– Allons, insista-t-elle. J'en ai d'autres.

Je pris le mouchoir et l'appliquai contre mes narines.

– Renverse la tête en arrière, conseilla-t-elle.

J'inclinai la tête en arrière, le mouchoir toujours pressé sous mon nez. Je sentis le sang refluer dans ma gorge et mes sinus. Je l'imaginai coulant dans mes oreilles.

– Reste comme ça une minute, dit-elle. La tête en arrière. Complètement immobile. Ça ira mieux en un rien de temps.

Je suivis ce conseil. Mrs Collings n'en dit pas plus et me tourna le dos pour se remettre à parler à son compagnon invisible. Je ne voyais toujours personne. J'en venais à me demander si, par hasard, elle n'était pas vraiment folle, quand je m'aperçus qu'elle levait la tête en direction d'un des étages supérieurs du bâtiment, derrière nous. Je fis de même. Là-haut, à la fenêtre, une vieille femme était accoudée : un visage et une paire de mains, sans plus, tout en rides et mèches grises hirsutes. Elle était plus âgée que Mrs Collings, et minuscule, on aurait dit une poupée, une de ces marionnettes de ventriloque que j'avais vues à la télévision.

– Dis bonjour à mon amie Angela, lança Mrs Collings.

J'écartai le mouchoir de mon visage et dis bonjour. Mon nez semblait saigner un peu moins, mais ce n'était pas encore fini.

– Eh bien, mon garçon, reprit Mrs Collings. Je t'ai présenté mon amie. Maintenant, c'est à toi de te présenter.

– Michael, répondis-je en replaçant le mouchoir sous mon nez.

– Comment ça ? cria Angela de sa fenêtre.

– Il dit qu'il s'appelle Michael, lança Mrs Collings sur le même ton.

– Ah, bon ! (Angela réfléchit un instant.) Tu es de par ici ? demanda-t-elle avec une curiosité qui n'avait rien de feint.

Je hochai négativement la tête.

– J'habite là-bas, dis-je en tendant vaguement le bras en direction de chez moi. Sur la pointe.

– Ah, bon, répéta Angela à l'intention de Mrs Collings. Il habite sur la pointe.

Pour une raison que j'ignore, Mrs Collings trouva la chose drôle, et son rire m'étonna : beaucoup plus sonore et grave que j'aurais pu l'imaginer.

– Alors, comme ça, dit-elle, tu es *bel et bien* de par ici.

Je hochai la tête.

– Oui, je crois, répondis-je. (Tout cela commençait à me paraître un peu ridicule ; je ne souhaitais plus qu'une chose : rendre le mouchoir et m'en retourner chez moi. D'un autre côté, peut-être Malcolm Kennedy m'attendait-il à ce qu'il estimait être une distance respectueuse ?) J'habite à Whitland, précisai-je sans raison réelle.

Mrs Collings rit à nouveau.

– On avait compris, dit-elle.

– Tu habites chez tes parents ? demanda Angela.

– Bien sûr qu'il habite chez ses parents, répondit Mrs Collings. Chez qui d'autre voulez-vous qu'il habite ?

– Je ne sais pas, moi. Il pourrait habiter chez des proches...

– Il faut que je rentre, dis-je. Ils doivent m'attendre.

Mrs Collings hocha la tête.

– Bon, dit-elle. Mais ne ressors pas par là. Passe plutôt par la maison, allez viens. (Elle m'entraîna en direction d'une porte que je n'avais pas remarquée jusqu'alors et qui ouvrait sur un escalier en bois brut d'un côté et de l'autre dehors, sur la rue, comme un vestibule d'immeuble ancien.) Garde le mouchoir, précisa Mrs Collings. Tu pourrais en avoir besoin. (Elle se dirigea vers l'escalier.) Il s'en va maintenant, Angela, lança-t-elle.

Il y eut un silence, puis Angela cria, un petit peu plus fort que lorsque nous étions dehors :

– Il ne veut pas une petite goutte de thé ?

Mrs Collings m'adressa une grimace.

– Non, répondit-elle. Il rentre chez lui, chez ses parents. Dites-lui au revoir.

Un nouveau silence suivit, puis la même voix haut perchée lança d'un ton chantant :

– Au revoir, Tom.

Mrs Collings secoua la tête d'un air accablé.

– Ne fais pas attention à Angela, me dit-elle. Elle n'a aucune mémoire des noms.

– Ce n'est pas grave.

– Allez, file maintenant, dit-elle. Et méfie-toi de ce garçon. À mon avis, c'est une grosse brute.

Je hochai la tête, puis franchis la porte d'entrée à reculons et regagnai la lumière du soleil, le mouchoir toujours à la main. Il était trempé de sang.

Le samedi suivant, je gravis la pente jusqu'au cottage de Ceres pour rendre son mouchoir à Mrs Collings. J'avais parlé à ma mère du saignement de nez et de Mrs Collings, mais pas de Malcolm Kennedy. Elle avait dit qu'elle savait comment détacher le sang, puis avait lavé et repassé le mouchoir pour qu'il ait l'air comme neuf, en le pliant de la même façon que Mrs Collings, en un petit carré, de façon à mettre en valeur les roses brodées. Puis elle m'annonça que je devais aller le rendre à Mrs Collings et je m'étais mis en route, ma curiosité l'emportant tout juste sur ma timidité. C'était encore une journée de chaleur, mais le ciel était couvert quand j'arrivai au cottage. Je frappai. Personne ne répondit tout d'abord et j'envisageai de renoncer ; puis Mrs Collings apparut, les mains sales, les cheveux un peu en désordre. Elle me regarda, puis regarda le mouchoir.

– Tu me l'as rapporté, dit-elle. C'est gentil.

– Ma mère l'a lavé, précisai-je.

– C'est ce que je vois. (Elle prit le mouchoir que je lui tendais et l'examina.) Et elle a fait du beau travail, avec ça. Je n'aurais pas fait mieux. (Je ne sus que répondre, si toutefois une réponse était nécessaire, aussi gardai-je le silence. Je me demandai s'il serait impoli que je m'en aille. Puis je me demandai s'il serait impoli que je reste. Mrs Collings mit le mouchoir dans sa poche et me dévisagea avec intérêt.) Tu vas bien entrer prendre un bout de gâteau ? dit-elle. C'est à ça que servent les vieilles dames, non ? À faire des gâteaux à longueur de journée, des fois qu'un jeune garçon affamé vienne à passer par là.

Je hochai la tête et elle rit. Ce fut le début de notre amitié, quoique je ne sois pas sûr qu'"amitié" soit vraiment le mot qui convienne. Autrement dit, je ne suis pas sûr que Mrs Collings avait envie de lier amitié, à proprement parler, avec *moi.* Elle se montrait toujours gentille à mon égard et faisait effectivement des gâteaux chaque fois que je venais lui rendre visite. Pourtant, je n'arrivai jamais à m'ôter complètement de la tête l'idée qu'en réalité, ce qui l'intéressait, c'étaient mes déboires avec Malcolm Kennedy; elle était âgée, sur le point de mourir, et je crois qu'elle avait envie de livrer un dernier combat avant de disparaître. Cela dit, je n'en savais rien à l'époque. À l'époque, j'étais flatté qu'elle m'invite à revenir la voir – de façon très formelle, avec un curieux petit hochement de la tête – chaque fois que je lui rendais visite. J'étais heureux de pouvoir parler à quelqu'un des choses dont je ne discutais pas avec mes parents et, bien qu'elle n'ait pas reparlé de l'incident, je savais qu'elle ne tarderait pas à m'expliquer ce que je devais faire pour échapper aux attentions de Malcolm Kennedy. J'ignore comment je le savais, mais j'en étais *sûr*: elle connaissait la solution, et la seule chose à faire, pour moi, c'était de montrer, je ne savais encore comment, que j'étais prêt à l'entendre.

Pendant ce temps-là, elle parlait de sa vie. Elle me raconta comment elle avait acheté la boutique de fleurs – qui avait été une boulangerie, autrefois, puis un magasin de fruits et légumes – plus ou moins sur un coup de tête, parce qu'elle avait l'argent et le temps nécessaires, et aussi parce qu'elle aimait les fleurs.

– Même quand on n'a pas besoin de fleurs, dit-elle, il faut entrer chez un fleuriste une fois de temps en temps, le jour de la Saint-Valentin, par exemple, simplement pour voir toutes ces couleurs… tout ce carmin, ce parme, ce rose tendre. (Elle me regarda d'un air songeur.) La couleur, c'est bon pour l'âme, petit, dit-elle. Souviens-toi de ça, quand tu seras grand. Achète des fleurs de temps en temps, ça te fera du bien. Ne les achète pas pour ta petite amie, achète-les pour toi.

Je grimaçai à l'évocation d'une petite amie, mais esquissai un hochement de tête, et je me souvins de ce conseil, de même que de tous les autres qu'elle me donna. Je les gardais en tête et y repensais de temps à autre, en me demandant s'ils étaient justes, ou vrais. Je pense que, dans une certaine mesure, ils m'aidaient à vivre.

Elle me parla aussi de son mari, Frank. Cela me choqua un peu, car elle ne mâcha pas ses mots.

– Frank était un imbécile, dit-elle un jour, quand je lui demandai ce qu'il faisait. Il avait hérité d'un domaine et il avait su en tirer profit, c'est vrai. Mais c'était quand même un imbécile.

– Pourquoi ça, un imbécile ? demandai-je.

Ma question la fit rire.

– Affaire de nature, sans doute, répondit-elle. Nous avons tous une nature qui nous est propre. On peut lui donner libre cours ou la réfréner, mais c'est bien tout ce qu'on peut faire. On ne peut pas changer. Le mieux qu'on puisse faire, c'est d'apprendre à se maîtriser.

J'ignorais complètement de quoi elle parlait et ma mine dut le trahir. Mrs Collings rit à nouveau, de son grand rire presque masculin qui retentit dans le salon du petit cottage.

– Ne t'en fais pas, dit-elle. Tu comprendras bien assez tôt ce que je veux dire.

Elle me parla de Frank et de sa petite amie – c'est l'expression qu'elle employa, *petite amie*, qu'elle prononçait en accentuant bizarrement la première syllabe, ce qui rendait l'expression dérisoire et sotte, le genre de chose qu'un adulte aurait dû savoir éviter.

– Une jolie fille, ajouta-t-elle. Quel gâchis qu'elle se soit acoquinée avec mon idiot de mari. Tragique, vraiment.

– C'était elle, la fille qui s'est noyée ? demandai-je.

Elle me regarda d'un air étonné.

– Noyée ? Où as-tu entendu ça ?

– Je ne sais pas, répondis-je. Quelqu'un a dû dire ça un jour. Excusez-moi.

– Oh, ne t'excuse pas, petit, dit Mrs Collings. (Elle aimait m'appeler "petit", et j'aimais bien aussi. On aurait dit Miss Havisham, des *Grandes espérances.*) Je sais que tout le monde colporte des ragots sur Frank et moi, en ville. (Elle hocha tristement la tête.) Je me demande bien pourquoi je l'ai épousé. Je devrais croire que c'était une bonne idée, à l'époque. (Elle regarda l'assiette sur laquelle les quatre tranches de gâteau qu'elle avait coupées un peu plus tôt n'étaient plus qu'un lointain souvenir.) Tu aimes le gâteau, hein, petit ? dit-elle.

Je hochai la tête.

– J'aime *votre* gâteau, répondis-je.

Elle se leva.

– La flatterie t'ouvrira toutes les portes, déclara-t-elle. Voyons si j'arrive à trouver de quoi remplir le gouffre sans fond qui te tient lieu d'estomac.

Elle ne me mettait jamais mal à l'aise. Ses propos étaient toujours aimables, même lorsqu'ils devenaient un peu blessants. Elle me traitait en égal et je sentis toujours qu'elle me dispensait de grand cœur les moments que je passais au cottage de Ceres, de même qu'elle me dispensait de grand cœur des parts de gâteau. Elle devait en passer, des heures, à faire de la pâtisserie pour moi. Elle-même touchait à peine à ses gâteaux et se contentait de rester au coin du feu – il y avait toujours un feu, même en plein été – en buvant des litres de thé.

– De toute façon, reprit-elle en revenant avec l'assiette regarnie, je me moque éperdument de ce qu'on dit ou de ce qu'on disait. Frank s'est couvert de ridicule, sa petite amie a eu le cœur brisé – pour un temps, en tout cas – et moi, j'ai regardé mourir mon mari avec un certain soulagement. (Elle me décocha un curieux regard.) Je sais que ça te choque sans doute, mais c'est comme ça. La vérité vaut mieux que n'importe quel mensonge. Frank est mort comme il avait vécu : en imbécile. Jamais il ne s'est rendu compte des dégâts qu'il avait causés, ni de sa bêtise. Quant à moi, j'ai fermé la boutique et je me suis installée ici. Depuis, je suis heureuse. La seule personne que je vois désormais, c'est Angela. Elle est complètement folle, bien sûr. Elle ne sort jamais de chez elle. Je lui fais quelques courses, je passe boire un thé, écouter ses divagations. Il n'empêche qu'elle est bien vivante, et en forme. Pas noyée.

Elle se rembrunit.

– Vous voulez dire que c'était… ?

Je ne pus achever ma question.

– C'était, en effet. (Mrs Collings sourit gravement.) Angela m'aidait à la boutique, autrefois. Elle adorait les fleurs. J'ai toujours préféré Angela à Frank.

– Mais elle…

– Quoi, petit ? Qu'est-ce qu'elle a fait ?

Ne sachant que dire, je changeai de sujet.

– Et pourquoi avez-vous fermé la boutique ? demandai-je. Alors que vous aimez tant les fleurs.

– En effet, j'aime les fleurs. Mais je ne voulais pas être obligée de continuer à parler à ces gens comme s'ils étaient mes amis et mes voisins. (Elle se resservit une tasse de thé.) Et d'ailleurs, je n'avais pas envie de finir mes jours dans l'appartement au-dessus de la boutique, entre un poste de radio et un chat. Je n'avais pas envie de passer mon temps à ruminer des conversations remontant à vingt ans plus tôt. Je n'avais pas envie de rester assise, à écouter la pluie sur les vitres... (Elle s'interrompit soudain et contempla fixement le feu. Lorsqu'elle se remit à parler, ce fut à voix basse, plus basse encore que d'ordinaire.) Je n'avais pas envie de rester assise à écouter la mer, à entendre des voix dans le vent. Tous ces hommes disparus s'appelant d'un pont de bateau à l'autre, en sombrant dans cette eau mortelle. (On aurait dit une citation, et peut-être en était-ce une, quelque chose qu'elle avait entendu à la radio longtemps auparavant, mais chargé de signification pour elle.) Mon père était marin pêcheur. Comme mon frère, qui s'appelait Frank, lui aussi. C'est sans doute pour ça que j'ai épousé l'imbécile, parce qu'il portait le même nom que mon frère mort.

– Votre frère est mort ?

– Mon père et mon frère, tous les deux, répondit-elle. Perdus en mer. On en a connu de dures, ma mère, ma sœur et moi. Elles sont mortes aussi, à présent. Il ne reste plus que moi. Pour le moment, en tout cas. (Elle gloussa doucement, sous cape.) La dernière de la lignée, reprit-elle. Ce n'est pas plus mal, en fait. On ne saurait mieux faire que de laisser une place derrière soi en s'en allant. Une bonne place, vide, que quelqu'un d'autre puisse prendre. Qu'est-ce que tu en dis, petit ?

Je n'en savais rien. Je compris alors qu'elle allait mourir. Mais je ne savais pas que sa fin était toute proche.

– Je n'en sais rien, dis-je.

Je n'avais pas envie qu'elle s'en aille. Pas envie qu'elle laisse une place vide.

Elle rit. Je ne manquais jamais de sursauter en entendant ce grand rire soudain qu'elle avait. Il n'y avait aucune explication au fait qu'un rire pareil sorte d'un corps comme le sien.

– Reprends un peu de gâteau, dit-elle. Je l'ai fait pour toi.

J'étais déjà bien repu, mais je pris quand même une nouvelle part de son cake doré et savoureux. Il était délicieux. Sucré, moelleux, juste assez consistant. Savoureux. Des fruits confits et à peine un soupçon d'épices. Le genre de gâteau qu'on ne devrait manger que par un jour de pluie, au coin d'un feu dans un cottage d'autrefois, en compagnie d'une vieille femme qui, sans véritablement s'accrocher à la vie, n'est pas d'humeur, du moins pas encore, à lâcher prise.

Je ne sais pas ce qui me valut d'être admis à l'examen, mais un jour, sans tambour ni trompette, Mrs Collings se mit à me parler de Malcolm Kennedy. Entre-temps, elle avait appris comment il s'appelait, qui étaient ses parents, ce qu'ils faisaient, de qui se composait le cercle familial… tous détails importants dans une petite ville. Pour commencer, elle ne dit pas grand-chose, pas plus qu'en temps normal, du reste, et se contenta principalement de suggérer. Elle m'expliqua que je n'avais pas vraiment peur de Malcolm Kennedy, mais de moi-même. J'avais peur de faire quelque chose d'irréparable, peur d'agir. Comme la plupart des gens, ajouta-t-elle. On détourne la tête pour regarder ailleurs, ou bien on supporte un temps, de façon à ne rien devoir faire de définitif. Car c'est *faire quelque chose* – c'est agir par soi-même – qui nous effraie. Et ce qu'il faut, avec la peur, c'est la transformer. On ne peut l'éviter ; on ne peut s'en débarrasser ; on ne peut l'évacuer. Il faut donc s'en servir. Il faut la transformer. S'il nous faut une arme, elle devient une arme. S'il nous faut un refuge, elle peut en devenir un… mais d'abord, il faut la transformer. Voilà tout ce que m'enseigna Mrs Collings. Transforme ta peur en quelque chose d'autre. En juste colère. En compassion. En combativité. On peut même la transformer en amour, à condition d'y travailler assez. Telle fut la leçon que me donna Mrs Collings. Il fallait que je transforme ma peur en ce dont je manquais le plus, or ce dont je manquais, à ce moment précis, c'était de ruse. Quelqu'un de rusé peut devenir invisible, s'il s'y emploie. Il peut devenir chasseur, et non plus proie. Si Malcolm Kennedy me traquait à longueur de journée, il fallait que je devienne invisible – pour ensuite me mettre à le traquer à mon tour.

– Quand on a un ennemi, m'expliqua-t-elle, la première chose à faire, c'est d'apprendre à le connaître. Il faut savoir comment il réfléchit, ce qu'il sait, et surtout ce qu'il lui manque. Car ses manques sont ses faiblesses.

Ou bien elle disait :

– Ce n'est pas lui qu'il faut que tu transformes, c'est toi. Il faut que tu te détaches de tout ça, que tu apprennes à être patient. Attends ton heure, c'est ça le secret. *Attends ton heure.*

Je ne prétends pas qu'elle parlait toujours autant ni dans ces termes précis. Parfois, elle me racontait des histoires, de petites paraboles sur la peur et la ruse. Elle me raconta que les guerriers samouraïs se préparaient à livrer bataille en se persuadant qu'ils étaient déjà morts et n'avaient donc plus rien à perdre. Elle me parla des stoïciens, qui s'affranchissaient de l'esclavage mental et physique par un pur effort de logique. Ce n'était pas tant Mrs Collings m'expliquant ce que je devais faire ou m'apprenant tout de moi-même et du monde qui m'environnait, qu'une vieille femme racontant des histoires à un gamin de douze ans. Pourtant, longtemps, je rejetai ce qu'elle disait. Elle avait beau jeu de parler de peur, de ruse et d'invisibilité, assise au coin du feu, pensais-je. Mais comment étais-je censé devenir invisible ? Comment étais-je censé devenir rusé ? Tout ça n'était que de belles paroles, me disais-je. Comme lorsque mon père nous conseillait, à ma mère et moi, de ne pas avoir peur quand nous croisions le chien au cours de nos promenades dominicales. Soit on avait peur, soit non, on n'y pouvait rien. D'ailleurs, avoir peur était une bonne réaction, parfois. Peut-être même la plupart du temps. Avoir peur était une très bonne préparation au monde, pour autant que je puisse en juger. Meilleure, en tout cas, que de se montrer bête au point de ne rien voir venir.

Et puis un jour, tout à coup, je compris. J'avais mal interprété les propos de Mrs Collings depuis le début car, pour vaincre Malcolm Kennedy, je m'imaginais qu'il fallait que je *sois* comme lui, mais en pire. Il fallait que je sois aussi grand, puis encore plus grand, aussi cruel, puis encore plus cruel, aussi fort, puis encore plus fort. Chose impossible, car je n'étais pas du tout comme lui. Mais, désormais, je comprenais que c'était là mon grand avantage. Désormais, je me rendais compte que, pour le vaincre, il fallait que je découvre l'unique trait que nous avions en commun, le lien, la voie d'accès. Il fallait que je découvre la part de lui qui ne voulait pas être un enfant malheureux dans une petite ville étriquée du bord de mer, un garçon parmi des adultes maussades dont l'existence se résumait à l'église et au travail, un garçon qui rêvait de s'enfuir, d'être ailleurs – en Terre de Feu, par exemple, ou en train de chevaucher à travers les Grandes Plaines, seul au monde, sous un ciel immense. Un garçon que pouvait prendre au piège, de temps à autre, un effluve de parfum quand Miss Pryor se penchait sur la table qu'il occupait et qui, étourdi d'un désir auquel il ne comprenait encore rien, oublie qui il est censé être et n'existe plus qu'en tant que désir. Le garçon qu'il devait être, par moments, quand il n'y avait personne à brutaliser, un garçon marchant sur une plage, un après-midi d'été. Un garçon capable de bonheur ; un garçon capable de faiblesse. Bien entendu, je ne pouvais formuler mes pensées en ces termes alors, mais je compris. Je *compris.*

Mrs Collings remarqua le changement.

– Bien, dit-elle. Tu es prêt, maintenant. Donne-toi onze jours. Deviens invisible. Surveille-le. Découvre qui il est. Vois en lui.

J'acquiesçai. J'étais surexcité ; je pensais vraiment que tout allait marcher. L'ennui, c'est que je ne pris pas le temps de réfléchir à ce que Mrs Collings souhaitait que je fasse. Peut-être qu'elle non plus. C'est là un problème assez courant, je crois. C'est une très bonne chose que les opprimés et les persécutés retrouvent un peu de pouvoir, mais l'essentiel est de savoir s'en servir. Dans la plupart des cas, me semble-t-il, le plus simple est de retourner ce pouvoir contre soi-même, et l'unique question qui subsiste consiste à déterminer dans quelle mesure cela s'opère directement, ou indirectement. Ce n'est jamais le fruit d'une décision proprement dite, cette prise de pouvoir, mais plutôt un instinct de l'inévitable, du moment opportun. L'instant se présente et il semble possible, et même nécessaire, d'agir. Alors, sans vraiment décider de le faire, on agit. On fait ce qu'on ne peut éviter de faire – comme Moira, quand elle décida de fuir le diable en Tom, emportant avec elle les âmes de ses petits, et comme Hazel, quand elle me trahit, non parce qu'elle le voulait, mais au nom d'une logique qu'elle ne pouvait dépasser ou d'un prestige qu'elle ne pouvait totalement renier, faute de pouvoir les remplacer par autre chose, n'ayant ni logique ni prestige en propre.

Une quinzaine de jours s'était écoulée depuis la tuerie Birnie, peut-être un peu plus. Amanda et moi rentrions en voiture d'un dîner quand nous tombâmes sur un accident. Deux véhicules étaient entrés en collision à l'orée du bois qu'on appelait Callie Woods, dans le virage serré juste avant le terrain de golf. Je dus donner un bon coup de frein pour éviter le premier, qui avait pivoté sur lui-même et barrait la route : une voiture bleu foncé, immobilisée perpendiculairement au bas-côté, toutes portières ouvertes. De part et d'autre, le sol était jonché d'objets : livres et cartes, matériel de pique-nique, chapeau de paille, cassettes éparpillées. D'un sac à main marron imitation crocodile projeté sur le bitume, à côté de la roue arrière, s'étaient déversés rouge à lèvres et tampons, ainsi qu'un porte-monnaie assorti. Pour autant que je puisse le constater, il n'y avait personne au volant. L'autre véhicule, une fourgonnette rouge, avait quitté la route et atterri dans le fossé. Les phares étaient encore allumés et le moteur en marche, mais je ne voyais pas le conducteur. Je serrai le frein à main et tournai la tête vers Amanda.

– Reste ici, lançai-je. Je vais aller jeter un coup d'œil.

Elle secoua négativement la tête. Je crus un instant qu'elle voulait venir avec moi et m'apprêtais à répondre, à expliquer qu'il n'y avait pas besoin d'y aller à deux, quand je compris qu'elle voulait que je reste, que je fasse comme s'il n'y avait pas d'accident et que nous poursuivions notre route sans nous soucier de rien.

– On ferait mieux de continuer, finit-elle par dire. D'aller chercher du secours.

– On ne peut pas faire ça, protestai-je. Mais c'est bon. Je n'en ai pas pour longtemps.

Là-dessus, je sortis sans lui laisser le temps de répondre et m'approchai du premier véhicule. Maintenant que j'étais descendu de voiture, j'entendais la musique et je fus surpris de ne pas l'avoir perçue plus tôt. Le volume était assez fort. Je reconnus le morceau, un titre que j'aimais particulièrement : *Mercy*, d'Alanis Morissette, avec Salif Keita. Cela me fit un drôle d'effet de penser que le conducteur de cette voiture était quelqu'un qui aimait la même musique que moi. Peut-être aimait-il les mêmes livres, les mêmes films ? Je me pris alors à espérer qu'il allait bien, qu'il n'était pas grièvement blessé.

Il n'y avait personne dans la voiture, et pas de clé sur le contact. Je supposai donc que le conducteur était plus ou moins indemne et parti chercher du secours. Je contournai la voiture aux portières béantes pour aller inspecter la fourgonnette. Maintenant que j'arrivais à voir par-delà les phares, je discernais le conducteur, un type assez jeune, visiblement mort. Dès que je l'aperçus, je le compris, sans l'ombre d'un doute. Peut-être était-il mort sur le coup ; il semblait avoir la nuque brisée. Son visage était déjà gris et il ressemblait au mannequin d'un tailleur, le corps en angles bizarres, les bras comme rajoutés. Je restai là un moment, à l'observer, intrigué, un peu décontenancé. Tout cela semblait très banal et, en même temps, pas tout à fait réel. Ce n'était pas assez frappant. La scène manquait de théâtralité... et je me rendis compte que je n'avais encore jamais rien vu de tel, hormis à la télévision ou au cinéma.

La fille surgit de nulle part, brusque embrasement blanc et rouge. Je crus d'abord qu'elle était blessée, mais mes yeux s'accommodant, je vis que la tache rouge, autour de son cou, n'était qu'une écharpe en polyester nouée lâche. Elle était groggy, chancelante ; peut-être en état de choc, peut-être s'était-elle cogné la tête.

– Ça va, vous ? demanda-t-elle.

– Moi ?

– Ça va ?

Elle me dévisagea, une lueur égarée dans les yeux, l'étincelle de panique aveugle qu'on voit chez un oiseau blessé qui s'apprête à prendre son essor tout en sachant que ses ailes sont hors d'usage. Dans sa frayeur, je crois qu'elle aurait été capable de s'enfuir, ou de passer à l'offensive, si Amanda n'avait ouvert la portière à cet instant précis, ce qui détourna son attention.

– Ça va, vous ? demanda-t-elle à Amanda.

– *Nous*, ça va, répondis-je. Notre voiture n'est pas accidentée... On s'est simplement arrêtés pour vous porter secours.

La fille se figea en entendant ma voix, puis elle fit quelques pas chancelants en direction de notre voiture, la main tendue, comme pour solliciter l'aide d'Amanda. Amanda recula – à peine, mais visiblement – et la fille s'en rendit compte. Cela la déconcerta et elle tourna la tête vers moi.

– Tout va bien, dis-je.

Je me rappelai une chose lue quelque part, à propos de la façon dont les victimes d'accident deviennent obsédées par la notion de choix, s'imaginent que, par leur seule volonté, elles peuvent déclencher l'impossible. Réaction compréhensible, bien sûr, à la soudaine irruption de l'arbitraire dans le monde, un arbitraire qui pouvait les frapper, et l'avait fait.

– Sophie, dit-elle en tendant le bras vers le bois.

– Pardon ?

– Sophie est partie, dit-elle.

Je ne compris pas. L'espace d'un instant, je crus qu'elle voulait dire qu'une personne prénommée Sophie était morte, aussi allai-je me poster sur le bas-côté, à l'endroit qu'elle semblait avoir désigné, pour voir s'il y avait là quelque chose qui m'aurait échappé.

– Pour chercher du secours ?

Amanda s'efforçait de parler d'un ton rassurant, même en posant cette question.

– Non, répondit la fille. Elle est partie.

Elle vacilla. Elle parut prête à tomber ; mais elle baissa alors les bras, laissa ployer ses genoux et s'assit sur le bas-côté de la route. Je regardai Amanda. Prête à céder elle-même à la panique, elle dévisageait la fille d'un air bizarre, choqué.

– Il vaudrait mieux que ce soit toi qui ailles chercher du secours, dis-je. J'attendrai ici.

Elle sembla soulagée.

– Oui, dit-elle. J'y vais.

Elle remonta en voiture, me laissant seul avec la fille. Je traversai la chaussée pour la rejoindre et restai planté devant elle, à la regarder, désemparé.

– Comment vous appelez-vous ? demandai-je.

Elle leva la tête. Elle avait le teint cendreux.

– Sophie, dit-elle.

L'idée me vint que c'était elle qui aimait *Mercy* et j'eus envie de lui demander quelque chose, de lui poser une question qui établisse un lien, lui montre que nous étions pareils, qu'elle n'avait rien à craindre. Que nous nous occupions d'elle. Je voulais qu'elle sache que tout allait bien, mais en fait, ce n'était pas vrai. C'est ce qu'on dit dans son propre intérêt, parce qu'on peut à peine supporter d'être témoin des souffrances d'autrui.

J'appris à être invisible au cours des onze jours durant lesquels j'observais Malcolm Kennedy. Réellement. Et ce fut plus facile que je ne l'aurais imaginé ; rétrospectivement, je vois bien que Malcolm Kennedy ne se doutait pas que je le surveillais. Pourquoi le suivrais-je partout, pourquoi surveillerais-je ses moindres gestes, au risque de subir une nouvelle agression de sa part ? Pourquoi risquerais-je de perdre mon supposé statut d'ami attitré et de devenir ainsi un ennemi déclaré ? Il n'avait aucune raison de soupçonner que les rôles aient été inversés, car c'était une chose qui ne lui serait jamais venue à l'idée… et parce qu'il savait qu'elle ne me serait jamais venue à l'idée non plus. Malgré tout, je fus surpris de ma propre patience et de ma capacité à rester à la fois caché et vigilant. Je gardais en mémoire ce que Mrs Collings m'avait dit. *Attends ton heure.* C'était ça, le secret. Cette expression avait quelque chose de profondément satisfaisant. Je découvrais le trésor de patience dont je n'aurais jamais cru être doté, et sa profondeur m'étonnait. Onze jours durant, j'observai Malcolm Kennedy comme un scientifique de terrain ou un réalisateur de films animaliers observe un animal dangereux, avec toutes les précautions de mise, mais aussi un certain détachement, sans la peur ni la crainte, sans même la pitié qui m'avaient entravé jusqu'alors. Des mois durant, je m'étais étonné de l'incroyable ténacité, de l'incroyable inventivité de sa malveillance. Des mois durant, il avait été le chasseur et moi la proie. Désormais, j'étais en paix, tranquille, autonome. J'apprenais Malcolm Kennedy, tout comme Mrs Collings m'avait conseillé de le faire. *Surveille-le*, avait-elle dit. *Apprends à le connaître. Découvre à quel point il est petit. Trouve ses faiblesses.* Et finalement, j'étais prêt à agir. J'avais un plan, élaboré avec soin ; il n'était pas forcément infaillible, mais il avait un vernis d'innocence qui séduisait ce que Mrs Collings appelait mon joueur d'échecs intérieur.

C'était un vendredi après-midi, juste après l'école. La plupart du temps, je le savais maintenant, Malcolm Kennedy traînait devant la grille après l'heure de la sortie ou rentrait chez lui sans se presser, en prenant le chemin le plus long, flânait en regardant les vitrines ou s'attardait devant l'ancienne bibliothèque, tuait le temps. Je mis quelques jours à déterminer pourquoi ; puis je me rappelai avoir entendu quelqu'un dire que sa mère travaillait tard au Spar et je compris qu'il ne pouvait pas rentrer chez lui parce qu'il n'avait pas la clé. Il déambulait en ville pour se réchauffer, les mains dans les poches, le visage rougi de froid. Il avait ses haltes préférées : chez Mackie, avec son étalage de couteaux de chasse et matériel de pêche, disposés juste à côté des tuyaux de cuivre et des tiges de drainage en vitrine ; chez Henderson, où on fabriquait les minuscules beignets à l'américaine que j'aimais tant, entièrement saupoudrés de sucre.

Ce jour-là, cependant, j'avais une surprise pour lui. Il ne m'avait pas vu depuis si longtemps qu'il fut déconcerté, je crois, quand je surgis brusquement devant lui, bien conscient qu'il était là, et *l'attendant.* Sans lui laisser le temps de parler, j'allai à sa rencontre.

– Tu devineras jamais ce que j'ai vu, lançai-je tout essoufflé, conciliant. C'est incroyable. On en trouve pas par ici, mais mon père en a vu une, et il m'a montré où elle était.

– De quoi tu parles ? releva-t-il, agacé.

Le charme n'opérait pas. Il avait sans doute envisagé de me frapper, dans le simple but de me faire taire et de reprendre le contrôle de la situation, mais nous étions au beau milieu de

Shore Street et certains professeurs passaient peut-être par là pour rentrer chez eux… et voilà que, subitement, je lui proposais quelque chose. Pour l'instant, en tout cas, j'avais toute son attention.

– L'hypolaïs ictérine, répondis-je. Tu en as entendu parler dans les journaux, non ? C'est un oiseau presque inconnu…

Il ouvrit brusquement la main gauche, mais ne me toucha pas.

– Minute, dit-il. Tout doux. Du calme. (Ça aussi, il le tenait de la télévision.) Tu dis que tu as vu ça où ?

Je lui adressai un grand sourire ; naïf, confiant, plein d'espoir.

– Je vais te montrer, dis-je.

Il me dévisagea avec une suspicion bien normale. Pourquoi aurais-je envie de faire une chose pareille ? D'un autre côté… quel mal pouvait-il y avoir à cela ? Je ne présentais aucun danger pour lui, petit freluquet que j'étais. Qu'allais-je faire, lui tendre un piège ? C'était ridicule. Je voyais les rouages fonctionner.

– C'est bon, dit-il. Mais tu as intérêt à pas te tromper. J'ai mieux à faire de mon temps que d'aller courir pour rien, bon Dieu.

Je souris d'un air joyeux. Il fallait au moins lui reconnaître une chose : ce gars-là regardait la télé.

– C'est par là, annonçai-je avec un enthousiasme à la fois feint et authentique. (Maintenant que tout était en marche, je n'avais plus peur du tout.) Suis-moi.

Il restait sceptique mais ne put résister à la tentation. Il n'avait rien à craindre. Et si je lui racontais des mensonges, il aurait une excuse toute trouvée pour s'occuper sérieusement de mon cas. Un risque que je prenais sciemment, bien sûr. Mais j'étais plein d'enthousiasme. J'étais prêt. Je le connaissais, je l'avais observé et je le savais plus petit dans la vraie vie que je me l'étais jamais imaginé. J'ouvris donc la marche. Je le bernai. Je l'amenai à l'ancien chaufour.

Le chaufour était un vieux bâtiment en pierre situé en bordure d'une frange de terres agricoles, juste au-dessus de la ville. Il était abandonné depuis des années ; le toit avait subi des dégâts. À l'intérieur se trouvaient deux longues et profondes fosses pleines d'une eau noire d'aspect visqueux. L'endroit puait le diesel, la vieille toile de jute, les animaux et la pourriture, mais plus encore la chaux. Dans la pénombre du fond, à une trentaine de mètres de la porte, des bacs en acier galvanisé étaient alignés contre le mur, pleins de toiles d'araignées, de poussière et de reliefs de feuilles pourries. J'y allais en été pour m'asseoir à l'ombre, sans rien faire d'autre qu'écouter les oiseaux dans les arbres, au-dessus, ou la pluie goutter des branches, sur le toit. Personne d'autre n'accordait la moindre importance à cet endroit; personne n'y allait jamais. Le nom même de chaufour, c'est moi qui le lui avais attribué. Je pense que les gens le considéraient comme un vieux bâtiment de ferme, mais pour moi c'était véritablement un lieu saint. Les matins d'été, je m'y rendais de bonne heure à vélo et je regardais le jour se lever par la porte entrebâillée. Dans ce coin-là des champs, le soleil apparaissait entre les arbres et non sur l'eau, si bien qu'il avait un tout autre air que sur la pointe ou sur le front de mer. Certaines fois, il émergeait presque blanc, fantomatique, et il fallait le guetter attentivement au travers des feuilles; d'autres fois, surtout au début du printemps, il semblait jaillir de la ligne d'horizon comme un gros ballon rouge et inondait les arbres nus d'une lueur d'incendie liquide, cramoisie.

À cette époque, une fille venait livrer le journal à Whitland en grimpant la côte à vélo, le matin, à la fin de sa tournée. Ann Greer. Elle avait deux ans de plus que moi et elle était très jolie, avec de longs cheveux dorés, presque platine, qu'elle portait tressés la plupart du temps mais qu'elle laissait parfois libres, masse folle qui dansait autour de son visage, sur ses épaules et jusqu'au milieu de son dos. C'était la beauté de l'école. Les professeurs hommes se crispaient un peu en sa présence, s'efforçant de paraître nonchalants, évitant de la regarder dans les yeux; les femmes la trouvaient extraordinaire, elles aussi, parce qu'elle était vive, bien élevée et plus intelligente que les garçons de sa classe. Ses parents n'étaient pas très riches, mais elle présentait toujours bien; même dans des vêtements donnés, elle avait une élégance naturelle qui lui permettait de s'en sortir brillamment en toutes circonstances. En outre, elle était modeste, peut-être même un peu discrète. Étant donné qu'elle avait deux ans de plus que moi, je ne pensais vraiment pas plus que cela à elle, mais j'étais toujours content de la voir quand je la croisais dans les couloirs ou au portillon, en rentrant chez moi. Toutefois, je ne tombai véritablement amoureux d'elle que le soir de la représentation théâtrale de l'école, quand on m'autorisa à prononcer une seule et oubliable réplique, en remerciement de la rude besogne abattue dans les coulisses.

La pièce n'était autre que *Macbeth*. Ann Greer était sûrement trop jolie pour jouer Lady Macbeth, mais elle s'imposait sans conteste, du moins aux yeux du professeur de littérature, Mr Connors, qui dirigeait également la troupe de théâtre de l'école. De l'avis de Mr Connors, Ann Greer aurait pu jouer Anna Karénine, la reine Christine et Hedda Gabler le même soir. Dans son cours, elle avait été conviée à lire un monologue de *Roméo et Juliette* et s'en était si bien acquittée, jouant sans pour autant outrepasser les limites de la salle de classe, qu'il avait aussitôt décidé qu'elle deviendrait une star. Il était moins convaincu en ce qui me concernait, mais je tenais tellement à faire partie de la distribution qu'il me laissa entrer en scène à la fin de la pièce et prononcer cette réplique immortelle : “La reine, Messire, est morte”, permettant ainsi à Matthew Campbell, misérable paquet de nerfs mais authentique tragédien, de se lancer dans la tirade du *Elle serait morte tôt ou tard*. Ce n'était pas grand-chose, mais je montais sur scène... pas mal pour un élève de quatrième.

Si bon que soit Matthew, cependant, il n'y avait qu'une présence vraiment marquante sur les planches. Je crois que plusieurs hommes mûrs, dans le public, eurent les larmes aux yeux quand Ann Greer s'avança sur la scène, les mains empoissées d'un sang imaginaire, le visage pâle comme une brume de mer, les yeux un tout petit peu trop charbonneux et la bouche trop rouge. Après cette scène, la pièce était terminée. Comme lorsqu'on va voir un film dans lequel l'acteur qu'on aime le plus meurt au milieu de l'intrigue ; on reste par politesse, en attendant la fin et en repensant aux quelques instants inoubliables qu'on vient de voir à l'écran. Comme dans *Marathon*

Man, par exemple, quand Roy Scheider meurt et que l'affaire se mue en un vaste jeu de massacre qui voit Laurence Olivier et Dustin Hoffman passer à l'action – *seriez-vous tenté par la scène, cher ami?* –, dynamiques et acharnés jusqu'au bout. Ou *Henry V*, quand on comprend que Falstaff ne sera pas de la partie. Quand j'arrivai sur scène pour annoncer à Matthew Campbell que Ann Greer était morte, mon unique réplique, qui semblait jusqu'alors si terne – pour ne pas dire syntaxiquement dérangeante – avait pris une gravité, une intensité tragique, qui nous rappelait à tous, acteurs aussi bien que spectateurs, que la mort était non seulement inévitable, mais effroyablement *personnelle*. Le tout, grâce à Ann Greer. Laquelle, entre-temps, s'était glissée dehors pour prendre un peu l'air ou parler à son frère Nick, qui jouait Banquo. Elle revint pour le salut final mais, avec une modestie caractéristique, laissa Macbeth endosser toute la gloire… or Matthew Campbell n'était pas du genre à refuser de se mettre en avant.

À la suite de cette soirée, j'eus très envie de lui parler. Je ne nourrissais pas de bien grands espoirs, je voulais simplement lui parler et l'inviter au chaufour, pour qu'elle voie de quel genre d'endroit il s'agissait. Ensuite, nous serions amis. J'y pensai longtemps; puis, une nuit, je restai allongé dans mon lit en attendant l'aube, écoutant les oiseaux et guettant le bruit de son vélo grimpant la côte. Elle finissait sa tournée aux alentours de sept heures, sans doute pour pouvoir rentrer chez elle et se préparer pour l'école. J'avais envisagé de l'attendre dehors, près du portillon ou même sur le sentier, mais j'avais ensuite jugé que cela semblerait un peu trop empressé, si bien que je m'habillai et attendis sous les draps. Elle finit par arriver. Elle avait un vieux vélo d'homme et portait un grand sac de toile en bandoulière. Tous les jours, elle s'arrêtait au portillon, calait le vélo contre la haie, puis remontait l'allée jusqu'à la porte d'entrée. Je l'avais regardée faire plusieurs fois et je lisais sur son visage la satisfaction d'avoir livré le dernier journal et fini sa tournée. Ce matin-là, quand elle remonta l'allée, toute vive et fraîche dans l'air du matin, j'ouvris la fenêtre aussi grand que possible.

– Bonjour! lançai-je.

– Bonjour, répondit-elle en levant la tête.

Elle s'arrêta un instant, à quelques mètres de la porte, et attendit.

– Tu veux voir un truc ? demandai-je.

On aurait dit un gamin de cinq ans.

– Quoi donc ?

– Un endroit. Pas loin d'ici.

Elle me regarda un moment, puis hocha négativement la tête.

– Je ne peux pas, dit-elle. (Elle gagna la porte et glissa le journal dans la fente. Je l'entendis tomber sur le sol du vestibule dans un léger froufrou de pages. Puis elle reparut, exactement au même endroit que l'instant d'avant, et se retourna.) Je ne peux pas, répéta-t-elle. Excuse-moi.

– C'est un endroit spécial, insistai-je.

Elle secoua la tête, puis son regard retourna vers l'endroit où elle avait posé son vélo, toujours douillettement appuyé contre la haie où le guidon commençait à s'enfoncer, comme cela arrive toujours.

– Je ne peux pas, lança-t-elle à nouveau. Excuse-moi.

C'était navrant, vraiment. Faute de trouver autre chose à dire, je hochai la tête et reculai à l'intérieur de ma chambre. Chaque fois que je la vis, par la suite, elle me gratifia d'un curieux petit sourire, sans jamais dire un mot.

À présent, j'allais au chaufour pour une autre raison. J'avais choisi cet endroit parce qu'il était isolé et parce que je pensais qu'il me porterait chance. Certains lieux portent chance, quand on les connaît assez bien. Je choisis le fond du bâtiment, au-dessus de la longue et profonde fosse d'eau noire croupie, comme emplacement du nid de l'hypolaïs ictérine. Je ne savais rien des oiseaux, à cette époque, alors que j'aurais dû être un véritable connaisseur. Mon père n'arriva jamais à comprendre que je ne veuille pas aller observer les oiseaux avec lui. Il m'acheta même mes propres jumelles, pour me motiver, mais je n'arrivai pas plus à me décider. Et, après sa mort, je regrettai sincèrement de ne pas l'avoir fait. Il adorait vraiment les oiseaux et connaissait tout d'eux, leurs habitudes, leurs cris, les lieux où ils aimaient nicher. Bien entendu, j'ignorais complètement où une hypolaïs ictérine construit habituellement son abri – sûrement pas dans un vieux bâtiment froid et humide – mais d'un autre côté, comme ces oiseaux-là ne se voyaient pas en Grande-Bretagne d'ordinaire, je ne pensais pas que Malcolm Kennedy se douterait de quoi que ce soit. D'ailleurs, ce n'était pas un amateur d'oiseaux. Il ne les aimait même pas. Il avait simplement envie d'ajouter un œuf à sa collection. Un problème subsistait, cependant. Je l'avais amené au chaufour, à présent il fallait que je l'entraîne dans ce recoin sombre et dangereux sans avoir l'air de mûrir quoi que ce soit. Il fallait que je fasse preuve de ruse, il fallait que je le berne.

– Bon sang, ça pue là-dedans, dit-il quand nous franchîmes la porte entrebâillée. C'est quoi, ici ?

Je haussai les épaules.

– J'en sais rien, répondis-je. Juste un vieux bâtiment de ferme, à mon avis.

Planté dans la pénombre, il regarda autour de lui.

– À quoi elle sert, cette grande fosse ? demanda-t-il.

– J'en sais rien. (J'avançai vers le fond du bâtiment.) Toi, reste ici, lançai-je en me dirigeant vers l'étroite corniche, large d'à peu près cinq centimètres, qui courait le long du mur, au-dessus de la fosse. (Je l'avais traversée une fois, sans encombre, un après-midi… mais j'étais seul alors, rien ne risquait de me distraire.) Je vais aller à l'autre bout. C'est là que se trouve le nid.

Il agrippa ma manche.

– Comment ça, *tu* vas à l'autre bout ? dit-il. C'est *moi* qui y vais. (Il scruta l'obscurité.) Et d'abord, il est où, ce nid ?

– C'est bon, assurai-je en essayant de me dégager. Je sais exactement où il est. Et je sais comment y aller. C'est vraiment étroit…

De nouveau, il me tira en arrière.

– C'est *moi* qui y vais, dit-il. Toi, tu me dis juste où est le nid.

Je parus alors céder à contrecœur, avec l'impression de me faire avoir une fois de plus.

– Bon, dis-je. Mais regarde bien où tu mets les pieds. C'est vraiment…

– Tu l'as déjà dit. (Il grondait presque.) Il est où, ce putain de nid ?

Je montrai du doigt le fond du bâtiment.

– Tu vois, là-bas, dis-je, cette tache noire ? Il y a un petit trou juste au-dessus. On peut pas le voir d'ici, mais on le trouve au toucher. C'est là qu'est le nid.

Il leva la tête. Il ne pourrait atteindre le trou – car il y avait vraiment un trou à cet endroit-là, j'avais vu des oiseaux s'y engouffrer, une fois – qu'en se haussant sur la pointe des pieds. C'est alors qu'il serait le plus vulnérable. En équilibre sur la pointe des pieds, le bras tendu le plus haut possible pour essayer de sentir où se trouvait le nid, essayer de toucher les œufs… et c'est alors qu'il tomberait. Il suffirait de l'y aider un peu. À ce moment-là, je n'avais pas du tout l'intention de lui faire un tort irréparable. Je voulais juste qu'il tombe dans cette eau noire grasse et qu'il s'y débatte un moment en barbotant dans la boue. C'est lui, cette fois, qui serait humilié ; lui qui passerait pour un imbécile. Il comprendrait que je l'avais roulé, et dans la mesure où je l'aurais roulé une fois, que j'aurais eu le dessus une fois, je serais à même de recommencer. Je n'avais pas peur… du moins pas aussi peur que je l'aurais pensé. J'étais totalement concentré sur l'image de Malcolm Kennedy dans la fosse, en train de patauger dans l'eau en appelant à l'aide. Une aide que seul je pourrais lui apporter. Or je refuserais. Je rirais de lui et je regagnerais la fraîcheur printanière, dehors, en le laissant se débattre là.

Il prit le temps de se repérer, d'enregistrer mentalement l'endroit où se trouvait le nid supposé ; puis il se mit en route. Il déployait une belle agilité, se coulait le long de la corniche, dos au mur, s'y appuyant pour garder l'équilibre, soigneusement, sans se presser mais sans précautions excessives non plus. Il prit son temps, mais je crois qu'il frimait aussi un peu. Il voulait que je voie qu'il en était capable, qu'il pouvait faire mieux que je ne ferais sans doute jamais ; il voulait que je retire ce que j'avais dit sur l'étroitesse de la corniche et la difficulté de la traversée. Lentement, les traits figés par la concentration, il progressait vers l'autre bout. Il en fut bientôt tout près.

– Tu y es presque, dis-je un peu trop fort.

Je voulais qu'il pense que je l'encourageais. J'étais exactement tel qu'il le souhaitait : servile, obséquieux, le témoin ébahi de son courage viril supérieur. L'ennui, c'est que je le fis un peu sursauter et qu'il vacilla, presque imperceptiblement.

– C'est bon, répondit-il. Pas la peine de crier. Tu vas faire peur aux oiseaux.

Je hochai la tête d'un air idiot.

– Excuse-moi, lançai-je à peine moins fort.

Il tourna la tête vers moi et grimaça.

– C'est bon, dit-il. Là, j'y suis ?

– Oui, braillai-je. Tu es juste en dessous. Tu te tournes, tu lèves la main gauche et tu vas trouver le trou.

– Tu vas *arrêter* de gueuler, oui ? cria-t-il. J'essaie de me concentrer, là. (Il se tourna précautionneusement, déplaçant les pieds à tout petits pas, comme une danseuse, jusqu'à ce qu'il me tourne le dos. Il était tout au bout, plaqué contre le mur. Il leva le bras gauche et tâtonna au-dessus de lui.) Je trouve pas, dit-il. Tu es sûr ?

– Un petit peu plus à gauche, lançai-je en attrapant la perche.

C'était une sorte de piquet que j'avais trouvé dans la friche, à côté du chaufour, un long bâton en bois un peu comme une potence de fil à linge, mais sans l'encoche en V à l'extrémité. J'ignorais totalement à quoi il avait servi avant d'être oublié là, mais je savais quel usage en faire à présent. Comme Malcolm Kennedy ne regardait pas, qu'il s'étirait aussi loin qu'il le pouvait, l'esprit occupé, enfant avide tout entier absorbé dans ce qu'il espérait retirer de l'entreprise du jour, il faisait une cible facile. J'avais répété la scène un nombre incalculable de fois, en mon for intérieur et dans ce sombre recoin du monde réel, et je savais que c'était faisable, avec un peu de chance, encore plus de jugement, et surtout de résolution. Il fallait que je me blinde. Que j'arrête d'avoir peur. Je comprenais maintenant ce que mon père voulait dire quand nous croisions ce chien errant au cours de nos promenades. "N'ayez pas peur", répétait-il. Je comprenais maintenant et je n'avais pas peur. C'était simplement une affaire de volonté.

– Là, voilà, lançai-je. Tu y es pile.

– Oui, mais…

– Mets la main dedans. Je t'explique…

Je soulevai la perche et la brandis au-dessus de la fosse, comme une gigantesque canne à pêche. Elle trembla et frémit, et pendant un court instant je craignis qu'elle ne fasse pas l'affaire.

– Y a pas de nid, là-dedans… dit-il. Il commençait à avoir l'air vraiment énervé.

La perche était derrière son dos. Tout ce que j'avais à faire, c'était donner de l'élan et pousser. J'avais répété… mais sans tenir compte du fait qu'il risquait de tourner la tête et de voir ce que je faisais, ni du fait qu'il pesait beaucoup plus lourd que tous les objets – sac, branche – avec lesquels je m'étais entraîné.

– Tu crois peut-être que tu vas pouvoir te payer ma tête…

Malcolm Kennedy tourna la tête et vit ce qui se passait, mais trop tard. Il se peut même que cela m'ait aidé qu'il se tourne, déséquilibré et distrait par ce mouvement, quand la perche l'atteignit, le frappa de plein fouet, me glissant presque des mains au moment où je la tirai en arrière pour lui redonner de l'élan, tout excité à présent, tout à coup sûr de ma victoire. Je vis son visage – incrédule, bien sûr, mais l'incrédulité ne dura qu'un instant quand il constata ce que je venais de faire et aussi qu'il perdait l'équilibre. Aussitôt après, il tombait, un instant figé en l'air avant de disparaître, tel un personnage de dessin animé qui vient de dépasser en courant le bord d'une falaise, et à ce moment-là il eut l'air vraiment bouleversé, comme s'il venait d'être trahi sans raison par un véritable ami et non un minable gamin qu'il avait torturé pendant des mois.

Il fendit violemment la surface de l'eau. J'en fus impressionné. Ce fut un bruit plat, un bruit de gifle, moins un éclaboussement que le bruit que fait le vent lorsqu'il gonfle une voile, ou celui que j'avais fait en tombant de tout mon long, le jour où il m'avait coupé le souffle. Je l'avais eu du premier coup et il n'avait aucune idée de ce qui l'avait touché. Il sombra instantanément, puis resurgit, suffoquant, battant désespérément des bras, le nez et la bouche emplis d'eau, l'air terrifié. Cette vision fugace me suffit pourtant à constater qu'il était réellement effrayé. Il avait peur. Il ne comprenait pas ce qui s'était passé et voilà qu'il se retrouvait dans la fosse, sans aucun moyen d'en sortir. À la profondeur où il se trouvait, il n'avait aucun moyen de s'agripper à bout de bras pour se hisser au sec, il ne pouvait rien faire d'autre que nager ou battre des pieds pour se maintenir, en attendant que quelqu'un lui vienne en aide. Je restai là un moment, à le regarder resurgir, attentif, soucieux de bien m'assurer que j'avais pensé à tout, qu'il n'avait aucun moyen de se hisser hors de la fosse et de me tomber dessus. Puis je tournai les talons et m'éloignai dans la pénombre de façon à ce qu'il ne puisse pas me voir. Je ne le voyais pas non plus, mais j'en avais déjà assez vu. Il avait peur. Il ne comprenait pas ce qui l'avait touché. C'était tout ce qui comptait.

Finalement, il parla.

– Putain, mais oh! cria-t-il. Hé! (Je l'entendais se débattre à grand bruit là-dedans, essayer de se rapprocher du bord. Ça ne servait pas à grand-chose. Il n'y arrivait pas. Je restai là, aux aguets, savourant l'instant. Puis il se remit à crier.) Tu as intérêt à me sortir de là. Sinon tu vas mourir.

Je ne dis pas un mot. Il était temps de m'en aller. De le laisser mariner. De lui faire goûter ce que c'était que d'avoir peur. D'être humilié. La tentation me vint de jeter un dernier regard, juste pour le voir se débattre dans toute cette eau répugnante, mais je me réfrénai. Je me dominai. Après tout, j'étais là pour lui faire comprendre quelque chose, pas pour triompher. Mrs Collings aurait été fière de moi.

Tout au long de mon retour en ville, je restai convaincu qu'il ne lui arriverait rien de vraiment grave. On allait le trouver au bout d'un moment; quelqu'un allait l'entendre crier et irait le sortir de là, et je le reverrais à l'école – calmé ou d'humeur à se venger – le lundi suivant. Il aurait eu tout le week-end pour réfléchir à ce qui s'était passé, et peut-être pour projeter de nouvelles agressions à mon égard, mais je m'en moquais. Ce jour-là, au moins, j'eus le sentiment d'avoir accompli quelque chose, je me sentis *fort*. Si tout devait recommencer, je reprendrais ma croisade et je l'aurais, tôt ou tard. Je connaissais ma propre force, désormais. Et qui sait? Peut-être déciderait-il de changer d'ami attitré?

D'un autre côté, cependant, je dois avouer que l'idée me traversa l'esprit, à plusieurs reprises, qu'il pourrait se noyer là-bas et, bien que je ne me sois pas attardé sur cette considération, cela ne me faisait ni chaud ni froid. Je ne me souciais pas de son sort et je savais qu'il n'existait aucun lien susceptible de me rattacher à ce supposé accident. Alors, pendant une heure ou deux, je me réjouis d'avoir fait ce que je devais faire et quand j'y repensais un tant soit peu, ma seule certitude était que, si Malcolm Kennedy se noyait, je serais libéré de son emprise. Mais à aucun moment, je n'envisageai cette éventualité comme une possibilité sérieuse. Il ne se noierait pas : personne ne se noyait dans une fosse de trois mètres cinquante de profondeur, à quelques kilomètres de la ville. Les gens se noyaient en mer. Comme le père et le frère de Mrs Collings.

En arrivant en ville, j'allai à la boulangerie et m'achetai un sachet de beignets, ceux que j'aimais tant. Il commençait à faire plus frais et les beignets étaient tièdes dans ma main ; j'en mangeai deux, puis je refermai le sachet afin d'en garder pour plus tard. Ils étaient délicieux, ces deux beignets. Sucrés, tièdes, soufflés, un peu élastiques sous la dent. Je me sentais bien, trop bien pour banalement rentrer chez moi. Je décidai d'aller à pied à Sandhaven, puis de revenir en faisant le grand tour, le long de l'ancienne voie ferrée. Le soleil commençait à décliner au-dessus de l'eau, mais il ne faisait pas froid, juste agréablement frais. Pour être franc, je ne pensai pas à Malcolm Kennedy. Je crois que je l'écartai sciemment de mes pensées, pour ne pas gâcher l'instant. Car il est des instants que l'on voudrait prolonger à tout jamais. Des instants de liberté, des instants pendant lesquels on sait exactement qui l'on est, et aussi que l'on fait exactement ce qu'il fallait faire. J'allai à pied jusqu'à Sanhaven et contemplai un moment la mer ; puis je repartis en direction de chez moi. En traversant l'ancienne voie ferrée, sur le chemin du retour à Coldhaven, je remarquai une rangée de maisons, plutôt grandes et vieilles, dont les fenêtres de l'étage se trouvaient au niveau du remblai, si bien que je voyais à l'intérieur. C'était déjà le soir : les rideaux étaient tirés dans certaines et quelques-unes des pièces paraissaient sombres et froides, mais une fenêtre était allumée, apparemment dépourvue de rideaux et guère meublée non plus, si ce n'est d'une lampe banale et d'une armoire à longue glace ovale, au fond de la pièce, contre le mur. Quelqu'un avait pendu une robe bleue à la porte. Je m'arrêtai. La couleur de cette robe retint mon attention ; il me semblait l'avoir déjà vue quelque part et je m'efforçai de retrouver où. J'aurais juré qu'il n'y avait personne à cette fenêtre quand je m'arrêtai, mais au bout d'un moment je me rendis compte que quelqu'un se trouvait dans la pièce et m'observait. Je ne la reconnus pas tout de suite, c'était juste une jeune fille aux cheveux blonds mi-longs, vêtue de ce qui semblait être une très vieille chemise de nuit plutôt malpropre. Une jeune fille, ou plutôt une fillette, debout à la fenêtre, tournant le dos à la lumière. Elle regardait droit dans ma direction. Je ne savais pas qui elle était, juste une fille habitant les maisons de l'ancienne voie ferrée qui serpentait le long de la côte, du moins je le crus. Puis je la reconnus. C'était au début du printemps, je me trouvais alors sur la pointe. J'étais seul, comme d'habitude, et je traînais sans rien faire de particulier, je savourais le premier soleil. Je m'étais cru seul, qui plus est, et je n'aurais peut-être pas remarqué sa présence sans cette robe bleue et le fait qu'elle était jambes nues, détail qui m'avait alors excité. Et cela semble risible à présent, mais je pris peur, tout à coup. Cette fille qui me regardait et le souvenir de ses jambes nues, m'excitaient et m'effrayaient, et je détournai aussitôt les yeux ; je repartis d'un bon pas, agacé de m'être laissé voir. Car l'idée ridicule, complètement irrationnelle, m'était venue, à l'instant même où je reconnus cette fille, qu'elle savait tout. Qu'elle avait lu sur mon visage ce que je venais de faire, tout comme elle avait lu, le premier jour, le désir secret que j'avais éprouvé en la voyant, jambes nues, un peu mouillée, debout sur les rochers, au-delà de la pointe. Puis, sans raison, en guise de geste, pour montrer mon indifférence, je m'arrêtai et me retournai. La fille était encore là, dans l'encadrement de la fenêtre, et à nouveau je la trouvai belle, quoique pas d'une beauté flagrante. Elle ressemblait à ces enfants, dans les vieux films, qui ont l'air joyeux et bienheureux, protégés par la splendeur et la malveillance de leur propre innocence. Je la regardai longuement, m'imprégnai de ses traits, m'attendant à voir d'une seconde à l'autre quelqu'un surgir à la fenêtre et l'en éloigner. Puis il se produisit une chose curieuse. Quand elle vit que je regardais toujours, elle leva très lentement le bras et me fit signe… et avant de pouvoir m'en empêcher, je levai le bras et lui fis signe à mon tour, par peur, amour ou défi, je n'aurais su le dire, mais sur le moment réprimer mon geste était au-dessus de mes forces. Un instant plus tard, quelqu'un entra en effet dans la pièce et la fille disparut. Je regardai le beignet entamé que je tenais, petit, froid, tout blanc dans la pénombre, et le jetai sur les traverses, pour les rats.

LE RENIEMENT DE SAINT PIERRE[*]

Ce fut ma mère qui m'apprit à regarder. Certains jours, elle se déplaçait dans la maison en essayant de ne pas voir les choses en tant que telles – meubles, massifs du jardin, manteaux accrochés dans le vestibule – de façon à mieux percevoir leurs ombres. C'était pour elle un jeu, mais sérieux quand même, car l'ombre était ce sur quoi elle travaillait : ombre et lumière, complémentaires plus qu'opposées. Elle trouvait parfois dans sa bibliothèque de livres d'art des tableaux qu'elle me donnait à regarder, situant la source de lumière et me montrant que chercher dans les ombres, combien certaines étaient profondes et sombres, d'autres pâles ou floues, et toutes – c'est là un lieu commun, sans doute, mais aussi une source de plaisir – toutes possédaient leur propre couleur, spécifique et parfois surprenante. Elle ne me donnait pas de leçon d'art à proprement parler, elle soulignait simplement quelque chose, dans le monde que je considérais comme allant de soi ou dans un ouvrage qu'elle lisait, et certaines ombres devenaient visibles, aspect différent de tel objet ou telle personne que, jusqu'alors, je n'avais pas remarqué. Un de ses tableaux préférés était celui de Georges de la Tour où l'ange apparaît à Joseph : Joseph est endormi à côté d'une chandelle allumée, la tête posée sur la main droite, un livre commençant à glisser de la gauche. L'ange, peint sous les traits d'une jeune femme, se penche sur lui, un bras levé de façon à masquer la chandelle au spectateur ; cette chandelle est l'unique source de lumière, aussi, bien que le visage et les cheveux de l'ange, et la large ceinture noire et argent qu'il porte nouée autour de la taille, soient baignés de lumière, on ne voit que l'extrême pointe de la flamme et Joseph est devenu une palette d'ombres chaleureuses s'étageant de l'or au brun et jusqu'au presque noir. Sur la page voisine, *Le Reniement de saint Pierre*, de 1650, nous montre un assez vieil homme à l'air timide, à l'instant où son monde vient de se volatiliser – là, la tension dramatique est rendue en dissimulant une chandelle ou une lanterne derrière l'un des groupes de soldats qui jouent aux dés autour d'une table, dans des attitudes à la fois désinvoltes et menaçantes, la mine rude et cupide, hommes en présence desquels le vieux pêcheur est manifestement désemparé. Là, l'effet est doublé, en revanche, par l'ajout d'une autre source de lumière masquée, la chandelle à peine visible que tient la servante, semblable à celle du songe de Joseph. Pourtant, quand la source lumineuse masquée révélait le visage inspiré de l'ange dans le premier de ces deux tableaux, la lumière ne sert, dans le *Reniement*, qu'à accentuer la laideur, la menace de dénonciation et, par-dessus tout, la grossièreté brute du soldat au chapeau rouge.

Malcolm Kennedy mourut dans la fosse. Je l'imagine à présent, sombrant, les poumons s'emplissant de cette eau noire et grasse, et je me demande si je ne savais pas, depuis le début, que cela se produirait. Je n'ai pas la réponse. Je devais le savoir et je devais souhaiter sa mort, mais sur l'instant je n'eus pas conscience de nourrir une telle intention. Je voulais juste le punir de ce qu'il m'avait fait, aussi, quand j'appris la nouvelle, le lundi suivant, à l'école, fus-je réellement surpris. Je ne me sentis pas coupable, cependant. Je n'eus pas mauvaise conscience. Il n'était rien pour moi, après tout. Je n'eus même pas peur d'être démasqué – du moins, pas par la police. Quand la nouvelle de sa noyade se répandit, une étrange vague d'excitation balaya l'école : quelqu'un que nous connaissions était mort, et mort dans des circonstances mystérieuses, tragiques ou tout bonnement inédites. Tout le monde se perdait en conjectures quant à la façon dont il s'était retrouvé dans la fosse, mais personne ne jugea jamais la chose suspecte. Plus tard, les gens diraient qu'il s'agissait d'une mort fortuite et je cherchai le mot dans le dictionnaire, car il me semblait comprendre ce qu'il signifiait, mais je n'en étais pas sûr.

FORTUIT adj. : QUI ARRIVE PAR HASARD, PAR ACCIDENT, D'UNE MANIÈRE IMPRÉVUE – DR. *CAS FORTUIT* : ÉVÉNEMENT DÛ AU HASARD, ACCIDENTEL.

Fortuite. Sa mort était un événement survenu dans l'ombre, tout au fond d'un vieux bâtiment de ferme, et c'était un événement dont personne ne pouvait être tenu pour responsable car dans ce lieu ombreux les lois ordinaires ne s'appliquaient pas. Je me répétai cette affirmation, sous différentes formes, au cours des quelques mois qui suivirent et, surtout, j'y crus, tout comme je crus à un événement dû au hasard quand je rencontrai Moira Kennedy et me lançai – d'abord sans même savoir qui elle était, puis le découvrant, pris d'une étrange bouffée d'excitation et de dégoût – dans une relation que je savais dès le départ grotesque et déplacée, par perversité peut-être, ou peut-être parce qu'elle existait déjà, parce que la machine était en marche et qu'il n'était plus possible de l'arrêter. De même que la visite de l'ange ou l'instant de terreur juste avant le chant du coq, une lueur vacillante révélait que nous sommes principalement des êtres de hasard... que, lorsque le diable se met en besogne, il s'arrange pour que tout ait l'air d'un accident, du moins au début, afin de nous attirer un peu plus avant dans ses rets, protestant faiblement, quand encore nous protestons, mais complices consentants en fin de compte.

Avant de nous installer à Whitland, nous vivions en ville, dans une haute maison de pêcheur à l'ancienne de Cockburn Street, que mon père acheta en arrivant à Coldhaven. À l'époque, c'était un nouveau venu sans méfiance, au curieux accent, marié à une Américaine passablement plus jeune que lui ; c'était aussi un homme financièrement indépendant, un photographe réputé qui, ayant décidé qu'il voulait explorer un domaine nouveau, avait choisi les paysages de campagne et de mer des alentours de Coldhaven. Aucune de ces caractéristiques n'était de nature à lui valoir l'affection des autochtones, bien qu'à mon avis, ce n'ait guère eu d'importance aux yeux de mon père. Ce fut la lumière qui l'attira là : le climat, la mer, le ciel, la lumière se reflétant sur l'eau. Des histoires circulent, dans ces régions, sur la façon dont les pêcheurs de harengs étaient capables de suivre les bancs de poissons en regardant leur reflet dans les nuages – et je suis sûr que c'était vrai, que les nuées sous-marines étaient visibles à des kilomètres, sur la face supérieure de ce double miroir, vives, étincelantes, toujours en mouvement. Il y avait là d'autres lumières encore : celles, argent et or pâle, des bateaux de nuit en partance pour les sites de pêche ; ou les rouges et vertes des balises du port de Coldhaven ; le pinceau fantomatique du phare, tout au bout de la pointe. Mon père était quelqu'un qui accordait beaucoup plus d'importance à ce genre de chose qu'aux gens ; son bien-être dépendait en grande partie de l'atmosphère plus que de l'amitié de ses voisins humains. J'imagine qu'il aurait préféré bien s'entendre avec les habitants de la ville, mais il ne faisait aucun effort en ce sens. Ma mère et lui choisirent la maison de Cockburn Street parce qu'elle suffisait à leurs besoins : elle n'était ni tape-à-l'œil ni extraordinaire et semblait offrir la paisible intimité qu'ils désiraient. Tout bien pesé, c'étaient deux êtres silencieux, distraits, un peu vaincus, qui ne souhaitaient rien d'autre que mener à bien leurs travaux. Sachant ce que je sais d'eux, je ne peux que supposer que leur stratégie consistait à vivre et laisser vivre, à garder pour eux leur opinion et à suivre la voie qu'ils avaient choisie, résignés à mener une existence farouche, presque ascétique, voués l'un et l'autre à leur art et à la subtile habileté qu'ils déployaient pour oublier tout ce qu'ils étaient venus oublier là. Longtemps, je n'ai rien su de leur passé, mais je savais que le monde les avait blessés tous les deux, bien avant qu'ils ne viennent à Coldhaven, blessés d'une manière que j'étais encore loin de comprendre. Ce qu'ils voulaient, c'était rendre à César, et qu'on les laisse en paix ; mais ils n'eurent pas de chance. Ni l'un ni l'autre ne comprirent jamais en quoi ils avaient offensé la ville de Coldhaven, mais il semble qu'il ne fallut guère de temps aux autochtones pour qu'une poignée d'entre eux se charge de gâcher la vie de ma famille. Certains le firent ouvertement, d'autres sous le manteau ; mais tous en connaissance de cause. Je ne cherche pas à dire qu'il s'agissait d'une forme d'action concertée, d'un complot. Non : ils étaient soudés par une sensibilité commune, par une reconnaissance partagée de la victime potentielle. Ils n'étaient qu'une poignée, à peine quelques-uns des membres les plus mauvais des clans les plus nocifs – les King, Gillespie, Hutchison – et leurs instruments involontaires, tel Peter Tone, l'ivrogne local, celui qui tua ma mère. Je n'affirmerais pas que ces individus œuvraient ensemble, car ils se détestaient les uns les autres autant qu'ils détestaient les gens comme mes parents, mais la somme de leurs malveillances respectives dépassait largement toutes les mesquines insultes individuelles.

Le tort de mes parents fut, bien sûr, d'être ce qu'ils étaient. Je crois que mon père s'en rendit compte très vite et qu'il n'y attacha aucune importance. Il aimait être seul, au travail dans son studio ou dehors, à se promener sur la grève d'est avec les oiseaux. En revanche, ma mère en fut très affectée. Ils souhaitaient l'un et l'autre s'acclimater à la région, mais aux yeux de mon père, il n'était question ni de sang ni de naissance, pas plus que d'appartenance à la communauté ou de liens de parenté, il était uniquement question de terre et de mer, uniquement question d'imagination, de choix. Il était d'ici, parce que ce ciel était le sien, cette lumière la sienne, ce bout de mer le sien. Non qu'il fût complètement indifférent à la façon dont vivaient les autochtones : il était capable d'en parler et il avait manifestement une vision claire de la situation. Un soir, peu après notre installation à Whitland, mon père reçut la visite d'un vieil ami venu le voir de Londres, une des rares occasions qu'avaient mes parents d'établir un contact avec le monde extérieur. L'ami en question, John, était écrivain et s'intéressait au paysage de la région ; mon père et lui avaient travaillé ensemble sur un ou deux ouvrages.

– Alors, lança John, à quoi ressemble la vie au fin fond d'un trou perdu ?

C'était vraisemblablement une plaisanterie, mais ma mère poussa un grand soupir d'un air désespéré. Je crus qu'elle allait dire quelque chose, peut-être même quelque chose de grave, mais elle se contenta de soupirer derechef et regarda mon père.

Il sourit.

– Eh bien, répondit-il, c'est beau, comme tu peux le constater. Et ici, sur la pointe, c'est tranquille. Des tas d'oiseaux, des ciels incroyables…

– Et les autochtones ?

Mon père eut un sourire triste. Il savait qu'on le provoquait.

– Ça peut aller, dit-il.

John secoua la tête.

– Ce n'est pas ce que j'ai entendu dire, répliqua-t-il en jetant un coup d'œil à ma mère qui courba les épaules et enfouit la tête dans ses mains, comme quelqu'un cherchant à se cacher.

– Oh, ça peut aller, répéta mon père, sans agacement. Ils ne sont pas du tout comme nous, je te l'accorde. Ils n'ont pas les mêmes… idées.

John ne renonçait pas.

– Comment ça ?

Mon père s'octroya un instant de réflexion, puis se lança dans une de ses analyses verbeuses et pseudo-sérieuses.

– Eh bien, dit-il, imagine que tu te retrouves dans un endroit inconnu, parmi des gens inconnus, des gens qui te ressemblent superficiellement, physiquement…

– Parle pour toi, lança ma mère.

– Superficiellement, poursuivit mon père sans l'écouter. Ils parlent la même langue que toi…

– Je n'avais pas remarqué…

– Mais de façon curieuse, inaboutie, comme s'il n'était pas vraiment nécessaire de parler, si ce n'est pour échanger quelques bêtises et des plaisanteries sans conséquence. Bien entendu, tu es un nouveau venu sur leur territoire, tu es un étranger. Pire encore, un étranger en possession de nouvelles cartes, des cartes qu'ils n'ont jamais vues auparavant, et ils pensent que tu viens pour leur expliquer que les leurs sont *fausses*. Ce qu'ils ne sont pas disposés à accepter.

Ma mère jeta sa serviette sur la table.

– Allons donc, s'écria-t-elle. Personne ne cherche à dire à qui que ce soit qu'il se trompe.

– Pas dans ces termes, objecta mon père. (Il regarda John.) C'est simplement notre façon d'être. Ce que nous sommes. À leurs yeux, nous sommes une menace. Ce qui est compréhensible.

Ma mère secoua la tête. Elle savait à quoi s'en tenir, contrairement à moi, mais elle garda son avis pour elle. Je ne crois pas qu'elle ait eu envie de raconter à John ce qui se passait vraiment, du moins pas devant moi. Car je n'en savais rien et ils n'en laissèrent jamais rien transparaître. Je pensais qu'il ne s'agissait que de broutilles, de chamailleries ordinaires entre voisins. Je ne savais pas ce qu'ils enduraient. Quand j'y repense à présent, je regrette de ne pas avoir connu ni même simplement rencontré le couple insouciant qui arriva à Coldhaven en ce beau matin du début de l'été, le jour où ils s'installèrent à Cockburn Street. Ils avaient vécu dans de grandes villes – mon père à Édimbourg, Paris et Londres, ma mère à Boston, puis Paris – et connu des déceptions, des trahisons, des désillusions auxquelles ils ne voulaient plus penser. En déménageant, en s'éloignant du centre de l'action, ils ne faisaient que rêver d'une vie meilleure. Rien de précis, j'imagine, simplement un rêve partagé d'espace et de ciel. Peut-être espéraient-ils une fermette blanche perdue au milieu d'un demi-hectare de verge d'or, quelque part au nord, ou une de ces villes côtières isolées tout en haut de la carte ? Ils se tournèrent ensemble vers la mer, leurs deux corps au diapason de la houle des marées et des migrations d'oiseaux du littoral. Peut-être envisagèrent-ils l'atmosphère noire et suave qui flotte au-dessus des nappes de roseaux tout le long de la côte ou je ne sais quelle villa ténébreuse à l'orée d'un bois. Il y avait d'autres lieux sur lesquels arrêter leur choix, en dehors de Coldhaven, mais en fait, à l'époque, comment auraient-ils pu savoir ce que l'avenir leur réservait ? Ils auraient pu s'installer dans quelque région agréable de France – la *côte sauvage**, par exemple, ou la Brière – mais je crois que l'idée d'un lieu où les gens parlaient anglais leur plaisait et quand ils trouvèrent Coldhaven, ils tombèrent littéralement amoureux de l'endroit, comme ils le disaient toujours. La région répondait à leurs attentes et j'imagine que, dès le début, ce fut un rêve qu'ils partagèrent sans qu'il soit vraiment besoin d'en parler, chacun tenant pour assuré que l'autre savait précisément ce qu'ils entendaient tous les deux par *chez nous.* Ils ne m'en parlèrent jamais non plus, mais ce ne fut pas nécessaire ; quand nous vînmes nous installer dans la maison sur la pointe de Whitland, je compris parfaitement quelle était leur intention et je les approuvai, je les approuvai totalement, de tout mon sang, de tous mes os, de toute mon âme.

Je suis sûr que la maison de Cockburn Street leur parut tout d'abord un compromis réaliste. Je ne crois pas, en réalité, qu'ils avaient l'intention de se retirer complètement du monde, pas au début. Quand ils arrivèrent à Coldhaven, ils y reconnurent quelque chose : ils avaient trouvé tout ce qu'ils souhaitaient dans la lumière, la mer, les pignons à redents des vieilles maisons de Shore Street, et il s'écoula sans doute quelque temps avant qu'ils ne remarquent les gens. Ou plutôt, que les gens ne les remarquent. Pendant mon enfance, je ne comprenais pas vraiment ce qui se passait ; je ne pouvais guère me fonder que sur des insinuations, des remarques saisies au vol, les efforts que déployait mon père pour calmer ma mère à la suite d'un affront physique ou moral. Il s'accommodait mieux qu'elle de la situation, ce qui n'était pas nécessairement une bonne chose ; je crois qu'à l'époque, j'étais heureux qu'un de mes deux parents au moins ait assez de sang-froid pour continuer, pour rester dans la course. Si j'avais su à quel point la situation était grave, cependant – si j'avais su où tout cela menait –, je crois que je me serais rangé dans le camp de ma mère. Mais, bien sûr, personne ne savait où tout cela menait. Personne ne prévoyait les événements qui se déroulèrent au cours de ma dix-neuvième année ; ils arrivèrent, voilà tout. Et pourtant… tout ce qui se produisit aurait pu être anticipé, au vu de tout ce qui s'était déjà passé. C'est certainement ce qu'on entend par destinée, ce long, lent processus d'accumulation qui veut qu'un grain de sable après l'autre, un mot après l'autre, quelque chose devienne inévitable, sans que quiconque ait pu dire quand s'est produit le changement.

Du reste, tout semblait vraiment mesquin, à l'époque. Je me souviens qu'une fois, en sortant de la maison de Cockburn

Street, nous rencontrâmes la famille qui vivait en face de chez nous, un curieux ramassis, bizarrement homogène, de créatures replètes et passablement duveteuses nommées les King. Le plus jeune membre du clan était Alec King, seigneur et maître de Mrs K jusqu'à récemment ; à l'époque, cependant, c'était un jeune garçon doux et velu, à peine plus âgé que moi. Il devait y être, ce jour-là, fermer la marche tandis que le clan tout entier – la mère, le père, le frère du père, Rex, et sa femme Grace, les sœurs, les frères, les cousins – partait faire une promenade d'après-midi en voiture au sortir du repas dominical. Nous prenions notre trajet habituel, le long de Cockburn Street, puis vers le sommet de la colline, à l'opposé du bord de mer, en direction des bois et des prés de l'intérieur des terres. D'ordinaire, nous ne tombions pas sur les King, mais ce jour-là nos chemins se croisèrent. Non que nous ayons *jamais* entretenu le moindre commerce. Les King n'étaient alors que de simples spectateurs dans la guerre qui se livrait contre nous et, même si cela devait changer plus tard, nous n'avions aucune raison de faire autre chose que les ignorer. Pourtant, à en croire ma mère, ils étaient complices de tout – or elle vouait une détestation troublante, presque effrayante pour moi, aux spectateurs passifs, plus encore qu'aux gens comme les Tone, qui envoyaient leurs enfants enduire de déjections canines l'ouverture de boîte à lettres de notre porte ou les laissaient escalader le mur donnant derrière chez nous pour piétiner ses fleurs. Ma mère méprisait les Tone et leurs congénères, mais elle *haïssait* les King. Et tandis que le clan tout entier se dirigeait comme un seul homme vers les voitures, le père – une brute épaisse et gominée – ouvrant la marche, le reste de la troupe suivant derrière en marmonnant et ricanant, elle parvint tout juste à dissimuler son aversion. Je le sentis et mon père le sentit aussi, qui lui posa la main sur le bras et tenta de l'entraîner loin de là. Elle résista un instant, puis se rendit et se tourna vers lui avec un sourire sombre.

– Regarde-les, dit-elle.

Mon père continua de marcher, sans lui lâcher le bras, mais ne répondit pas. Je me retournai pour regarder le clan King, cheminant à petits pas pressés sur le trottoir. Je n'étais même pas sûr que leurs remarques – inintelligibles, marmonnées dans leurs cols – nous aient visés. Ils avaient toujours cet air suffisant, ce demi-sourire destiné à dissimuler un furieux complexe d'infériorité, mais c'était tout. Tout ce que je discernais, du moins.

– Ils me font penser à quelque chose, ajouta ma mère, mais je n'arrive pas à me rappeler quoi. (Elle se retourna pour jeter un coup d'œil à la queue de la procession, un troupeau de gamins au nez retroussé, dont Alec, tout heureux de sortir de la maison, humant l'air et s'entre-reniflant tout en s'installant pêle-mêle sur les banquettes arrière. Puis elle s'illumina et éclata de rire.) Ah, si, je sais ! s'écria-t-elle.

Mon père esquissa un sourire prudent, mais ne répondit pas davantage. Il pressentait de nouveaux désagréments à venir, mais il la laissa faire, pour le plaisir ou le soulagement de lui laisser vider sa rancœur. Pour ma part, j'étais stupéfait de la véhémence qu'elle manifestait.

– Des cochons de dessins animés, déclara-t-elle. De gros cochons dodus et roses comme dans les films de Walt Disney, avec tout ce gras et ce lard bien lavés, ces mèches lissées en arrière. (Elle rit à nouveau.) Des gorets de dessins animés, en complet et robe d'été, dit-elle. (Elle nous regarda l'un après l'autre.) Vous voyez ?

J'étais gêné, à présent. Elle avait raison, bien sûr, mais en vertu de ma logique d'enfant, il était malvenu de sa part de parler en ces termes.

– Petits cochons, petits cochons, reprit-elle, un peu essoufflée. Sortez de là, petits cochons, sans quoi je vais souffler, souffler, et votre…

– C'est bon, Catherine.

Mon père avait l'air sévère, tout à coup. D'habitude, il l'appelait Kate, ou Cat, si bien que je compris que quelque chose n'allait pas. Dès qu'il ouvrit la bouche, ma mère abdiqua. Je compris que c'était là ce qu'elle attendait, qu'il admette qu'elle avait raison, que lui éludait le problème – quoique à l'époque, je n'aie eu aucune idée de ce qu'était le véritable problème – et, dans le même temps, un rappel de l'autorité dont il se prévalait, une autorité à laquelle elle ne croyait plus, parce qu'il *se trompait.*

J'en fus consterné. Jamais je n'avais imaginé que mon père puisse se tromper dans quelque domaine que ce soit et jamais je n'avais imaginé non plus que ma mère puisse imaginer une chose pareille. Cela me fit l'effet d'une trahison, une espèce de complicité qui se serait propagée des Hutchison aux King et aux Tone pour finalement atteindre ma mère. Mon père dut le sentir aussi, car il marqua un temps d'arrêt et reprit, sans doute moins calmement qu'il le voulait :

– Pourquoi fais-tu ça, Catherine ? Pourquoi te laisses-tu atteindre ? (Immobile, il attendait une réponse et je sentis pour la première fois que la situation était pire que je ne le pensais. Bien entendu, ma mère ne répondit pas. Son point de vue était justifié, tant par la réaction de mon père que par son propre comportement. Il finit par se détourner en secouant la tête.) Ils ne sont rien pour nous, dit-il. Rien. Tu ne le vois donc pas ?

À l'époque, je trouvai tout à l'honneur de mon père qu'il ne se laisse pas atteindre par ces gens. Pas avant la toute fin. Cela dit, sa stratégie ne fonctionna pas vraiment non plus : ma mère se mit en colère et, sans que cela ne lui fasse aucun bien, elle vida sa rancœur. Mon père, quant à lui, resta imperturbable, mais ce calme apparent n'était qu'une façade. Un masque. Il était tout aussi bouleversé et déçu, parce qu'il n'arrivait pas à comprendre à quoi rimaient ces agissements et qu'il les trouva toujours on ne peut plus mesquins. Je crois qu'il se cramponna longtemps à la maison de Cockburn Street, décidé à ne pas laisser les ressentiments étriqués de ses voisins gâcher son nouveau départ. Ce fut l'orgueil qui l'incita à rester, mais aussi l'espoir que ma mère apprenne à ignorer le problème. Je pense qu'il crut, beaucoup trop facilement, que lorsqu'on les ignorait, ces choses-là disparaissaient. Il n'avait pas envie d'être poussé dehors, pas au nom de bêtises aussi insignifiantes. Il finit pourtant par renoncer et, deux jours avant mon neuvième anniversaire, nous déménageâmes à Whitland.

Le dernier jour, je restai posté à la fenêtre de l'étage pendant que les déménageurs chargeaient le camion, que mes parents allaient et venaient, ma mère tout excitée par la nouvelle maison et mon père, je pense, attristé de tout cela. C'était un jour de semaine, mais cela n'empêcha pas les voisins de sortir, sous prétexte d'aller faire leurs emplettes ou simplement de s'attrouper à la grille de leurs jardins, à bavarder de tout et de rien, en feignant de ne pas s'intéresser à ce départ précipité. À diverses reprises, on vit là les King, les Hutchison, les Gillespie, et même le petit Peter Tone, à qui normalement ces gens, qui lui étaient si manifestement supérieurs, battaient froid. Ils échangeaient des ragots, tuaient le temps, allaient et venaient, vaquant à leurs occupations réelles ou imaginaires… et pendant tout ce temps-là, ils regardaient, tandis que les déménageurs sortaient de la maison les preuves tangibles de la vie de mes parents – livres, disques, porcelaines chinoises, tableaux, meubles –, et c'est à peine s'ils parvenaient à dissimuler leur déconvenue. Ç'aurait dû être une victoire pour eux, ç'aurait dû être un motif de satisfaction que de nous voir partir, mais ils enrageaient de savoir que c'était dans la maison de Whitland que nous nous installions. Ils enrageaient de voir ma mère heureuse à nouveau, s'inquiétant pour ses affaires, veillant à ce que tout soit correctement acheminé.

Cela faisait alors des années que mes parents attendaient la maison de leurs rêves. Celle de Whitland était idéale, mais ils ne croyaient guère à leurs chances lorsqu'elle fut mise en vente. Elle était restée dans la même famille pendant des années, transmise de père en fils au fil de plusieurs générations, mais son dernier occupant, un irréductible vieil homosexuel que les autochtones qualifiaient, curieusement, de célibataire endurci, était mort sans descendance, après quoi son cousin George, qu'il détestait, mit la maison en vente. Mes parents se décidèrent aussitôt. Elle offrait tout ce qu'ils recherchaient : un terrain de bonne taille, de grandes fenêtres face à la mer, un jardin clos et, surtout, elle était située sur la pointe, toute seule, loin de Coldhaven. Comme on pouvait s'y attendre, ils firent une offre généreuse. Toutefois, ce fut pour eux une chance que le vendeur ne soit pas de la région – le cousin en question s'était installé dans le Yorkshire dans sa jeunesse et avait perdu tout contact autre qu'administratif avec la ville –, et une chance en outre que ce cousin-là déteste non seulement son parent, mais les gens de la ville en général. À Coldhaven, ce qui primait c'était les biens que l'on possédait ; mais la façon dont on en avait fait l'acquisition était presque aussi importante. Les gens de Coldhaven aimaient discuter et ruminer ententes et intrigues. L'étendue des biens de quelqu'un n'était pas toujours manifeste, il fallait être bien informé et, lorsqu'on l'était, prendre la peine de découvrir non seulement les détails de l'acquisition, mais aussi les scandales engendrés par la transaction. Ma mère disait souvent que la seule chose qui comptait, pour ces gens, c'était qui possédait quoi, et qui il avait fallu trahir pour mettre la main dessus. Si tel était le cas, le cousin George trahit la ville entière lorsqu'il accepta l'offre de mes parents et il s'en trouvait pour le dire tout haut. Je les imagine bien, rassemblés en petits attroupements au bureau de poste ou devant la coopérative de pêche.

– Il a pas intérêt de ramener trop vite sa fiole, disait un King ou un autre. Après avoir vendu une maison pareille à des étrangers.

– Ach, laisse donc le gars George tranquille, plaçait un des Hutchison. (Ils n'avaient pourtant guère leur mot à dire, en l'occurrence. Le gars George s'en était retourné à Halifax sitôt la vente conclue.) Il a sauté sur la meilleure offre qui se présentait. C'est quand même pas sa faute si c'était celle des Gardiner.

– Ouais, bon, au moins ça les éloignera un peu de Cockburn Street, marmonnait le vieux Joe Belcher, qui vivait quelques maisons plus loin que chez nous et s'occupait du club local. (Joe Belcher était un petit homme chauve au regard grave ; retraité depuis un certain temps, il passait ses journées à repeindre les grilles du club en noir et or ou à ratisser les feuilles de la cour, ce qui lui permettait d'ouvrir l'œil. Ma mère s'était plainte à lui, un jour qu'un ivrogne rentrant de l'habituelle soirée karaoké-musique celtique du samedi soir avait piétiné notre jardin de façade, et Belcher n'avait jamais oublié.) Ils sont pas d'ici, ces gens.

C'était vrai, bien sûr : mes parents n'étaient pas de Coldhaven. Ils étaient de la terre, du ciel, de la lumière, et peut-être de quelque idée devenue indéfendable avant même que je sois né. Je crois qu'en arrivant à Coldhaven, ils n'avaient pas encore totalement renoncé à cette idée ; ils attendaient simplement le bon moment, ils attendaient qu'elle resurgisse sous une autre forme. Ils contenaient leur énergie, tiraient parti de ce qu'ils avaient. *Reculer pour mieux sauter**. Mais rien n'arriva, aussi, peu à peu, en vinrent-ils à comprendre que *c'était là* leur destinée, *c'était là* leur vie. Mon père s'en contentait plus ou moins, il se mit à faire des photos d'un autre genre, exploitant la façon dont la lumière opérait sur la pointe, et je pense qu'il se rendit compte qu'il lui avait fallu venir jusqu'à ce lieu entre tous, à ce climat particulier, pour accomplir ses meilleurs travaux. Ma mère, elle, ne s'acclimata jamais vraiment, même quand nous eûmes déménagé à Whitland. Elle avait envie de revenir à quelque chose. Je n'ai jamais bien compris à quoi et je ne suis pas sûr que cette chose existait seulement.

La première nuit à Whitland, je m'éveillai à la lueur de ce qui semblait être, à première vue, le crépuscule argenté d'une fête. Je crus que quelqu'un avait allumé une énorme lanterne juste devant ma fenêtre, un halo de lumière immense, intime, qui devait faire partie de quelque chose, d'une pièce de théâtre, d'une cérémonie. Je me redressai sur mon lit. J'étais dans la petite pièce attenante au palier, celle que j'avais choisie un peu plus tôt ce jour-là, quand nous avions parcouru la maison en décidant où irait ceci ou cela, pendant que les déménageurs attendaient patiemment, laissant ma mère soupeser ses décisions tout son soûl, à voix haute, comme si quelqu'un l'écoutait. J'avais choisi cette pièce, alors que j'aurais pu avoir une chambre plus grande au troisième étage, pour son large bow-window surplombant la mer et parce qu'elle avait l'air hantée, pour ainsi dire, par le passé des lieux, un passé de chaleur estivale filtrant le long des canalisations et d'arôme suave de lait montant de la cuisine, sainement hantée par une présence tiède, pareille à la chaleur que continuent de dégager les braises d'un feu éteint depuis longtemps. Il n'y avait pas de rideaux à la fenêtre, si bien que la pièce était emplie de lumière… et là, juste face au lit, flottait la lune, presque parfaitement ronde, dans un vaste ciel bleu sombre. Le bonheur m'envahit. J'avais le sentiment d'être arrivé chez nous. Je ne connaissais pas la véritable ampleur des ennuis que nous venions de laisser derrière nous, les petits cadeaux de déjections canines, les lettres anonymes, les rencontres menaçantes dans la rue, les coups de téléphone malveillants. Je n'avais jamais fait les frais de l'hostilité que mes parents enduraient depuis si longtemps. Je pensais que ma mère n'aimait pas les autochtones, tout simplement, qu'elle faisait beaucoup d'histoires pour rien, et j'avais envie de fonctionner sur le même mode que mon père, en tendant l'autre joue, ce qui permettait de passer pour un individu de bon sens. Les gens pensent que la tolérance est une vertu, mais il y a des choses qu'il ne faudrait pas tolérer. J'appris cela auprès de Mrs Collings, je pense, mais je n'en compris la pleine portée qu'après avoir fait la connaissance de Moira Kennedy.

De temps à autre, je trouvais ma mère occupée à des travaux domestiques, en train de cuisiner ou de repriser, ou bien installée sur le palier, à côté de la grande fenêtre qui donnait sur la pointe, devant son chevalet, et je l'observais, témoin silencieux d'une existence qui était à mes yeux un complet mystère. Je croyais comprendre un peu mon père, mais ma mère était une énigme : imprévisible, lointaine, versatile. D'autres fois, elle somnolait dans un fauteuil et j'étais fasciné par le visage différent qu'elle avait, endormie. J'en étais à cette époque de la première adolescence où tout semblait n'être que gigantesques découvertes philosophiques : le fait que nous sommes foncièrement seuls, l'idée que nous ne nous voyons jamais tels que les autres nous perçoivent, la découverte des mensonges auxquels nous nous livrons, ceux dont nous nous berçons nous-mêmes, pour tenter en vain de tromper le temps, de tromper la mort. Tout est lié ; tout se tient, dans cette philosophie puérile : nous traversons l'existence dans un rêve, vivant une vie et en imaginant une autre, percevant notre propre voix comme personne d'autre ne la perçoit, nous contemplant de l'intérieur tel que jamais personne d'autre ne nous verra. Parfois, nous nous apercevons au passage, dans un miroir ou une vitrine, mais cette vision reste fugace, quasi instantanée. Aussitôt, le visage convenu apparaît, mine requise d'indifférence ou de sérieux, d'autodérision bienveillante, et nous adoptons à notre propre intention le masque que nous revêtons à l'usage des autres. Mais une fois endormis, nous sommes plongés dans notre propre vision ; nous ne sentons pas le regard des autres. Regarder ma mère dormir était l'unique instant où j'avais le sentiment de véritablement la *voir*; le reste du temps, sa présence était une illusion qu'elle créait, même lorsqu'elle était en colère ou bouleversée. Elle n'était jamais elle-même, pas pour moi. Comme si j'avais vécu avec une actrice travaillant constamment un nouveau rôle, préparant qui elle allait être, jouant à traverser la pièce, à lever un verre, à prononcer une phrase.

Il lui arrivait parfois de fulminer de rage ou de sombrer dans la mélancolie, et la raison à cela – du moins, la raison officielle – était toujours le comportement des autochtones. Elle était toujours prête à trouver à redire sur eux, toujours prête à voir un affront ou une insulte dans le moindre échange fugitif. Je n'arrivais pas à comprendre cela et, une fois que nous fûmes installés sur la pointe et que tout sembla plus stable, je commençai à soupçonner que ses problèmes avaient une autre origine. Son aversion pour les autochtones avait toujours semblé futile : une tempête dans un verre d'eau, beaucoup de bruit pour rien. D'un autre côté, je n'avais absolument aucune idée de ce qui se passait en sous-main – les coups de téléphone tard le soir, pendant que je dormais, une autre vague de lettres anonymes fielleuses, les silences incroyables qui s'abattaient chaque fois que ma mère entrait à la poste ou à la pharmacie –, car mes parents avaient décidé d'un commun accord que, dans mon propre intérêt, je ne devais *jamais* l'apprendre. Ils choisirent, en d'autres termes, de me taire ces incidents, tout comme je choisis – pour épargner mon père, je crois – de ne pas parler de ce que j'endurais entre les mains de Malcolm Kennedy. Assez bizarrement, je crois que ma mère aurait supporté de savoir ce qui se passait. Elle aurait eu une réaction décisive, peut-être même m'aurait-elle retiré de l'école et se serait-elle chargée personnellement de mon instruction, à la maison. Mais c'était bien la dernière des choses que je souhaitais. Mon père aurait réagi tout autrement, en revanche, et je suis sûr que, s'il avait eu vent des mauvais traitements que je subissais, il n'aurait fait qu'aggraver les choses. Il serait probablement allé à l'école pour s'entretenir avec le directeur, un petit homme gentil mais totalement inefficace nommé Mr Allman. Il y aurait eu des confrontations et des promesses de la part des deux partis, après quoi tout aurait recommencé, en bien pire cette fois. Et j'aurais alors appris, bien sûr, une bonne fois pour toutes, qu'il n'y avait rien à faire.

Ainsi donc, à diverses reprises j'eus mes secrets et mes parents, les leurs. Certains de ces secrets, de part et d'autre, étaient agréables à taire, toutes les joies cachées et les bribes de connaissance qui exigent d'être dissimulées car nous savons qu'elles vont se volatiliser si nous les mentionnons, et les secrets impossibles à trahir de toute façon, parce qu'il n'existe pas de mots qui puissent les exprimer. Le plaisir secret de quitter la maison de bonne heure, quand tout le monde dort encore, et de s'éloigner sur la grève en direction de la pointe, quand les oiseaux s'envolent par dizaines ou vingtaines et disparaissent à tire-d'aile ; le plaisir de s'éveiller avec un rêve ou des lambeaux de rêve encore en tête et de rester allongé sans bruit, en s'efforçant de le recomposer, de comprendre quel était le message caché d'une histoire qui, racontée, semblerait absurde, alors même qu'elle semblait parfaitement cohérente au fil de son déroulement. Il se crée toujours une tension entre le désir de garder un secret et l'envie lancinante de le livrer ; du moins est-il toujours affaire, lorsque le secret est précieux, de plaisir ou de compréhension. Ces secrets-là en revanche étaient des fardeaux, pour mes parents tout autant que pour moi, j'en suis sûr, et je regrette qu'ils ne m'en aient pas parlé au lieu d'endosser cette charge, quand bien même cela n'aurait strictement rien changé et ne m'aurait causé que du chagrin. Je regrette aussi de ne pas leur avoir parlé de Malcolm Kennedy, d'abord des mois de mauvais traitements, puis de la façon dont il trouva la mort, ce qui tout à la fois était et n'était pas ma faute. Cependant, je n'eus pas envie de leur faire partager mon malheur, pas plus qu'ils n'eurent envie de me faire partager le leur. Ainsi, par gentillesse, par une sollicitude perverse, n'avions-nous rien à nous dire.

Après la mort de Malcolm Kennedy, je n'eus rien à dire non plus à Mrs Collings. Elle se douta qu'un incident fâcheux était survenu, que j'étais impliqué d'une façon ou d'une autre, mais refusa catégoriquement de me questionner à ce sujet. Ça ne m'aurait pourtant guère coûté de lui dire, d'expliquer que je n'avais pas vraiment voulu qu'il se noie, qu'en réalité ç'avait été un accident. Elle aurait su, qui plus est, que je mentais; elle aurait vu clair dans mon jeu... et ce fut pour cette raison qu'elle s'abstint de poser la question qui se formait dans son esprit, tout au long de ce dernier été. Si elle en venait à me poser la question et que j'en vienne à répondre, elle serait contrainte de me regarder dans les yeux et de voir qu'à un certain niveau j'avais planifié cette mort, ce qui signifiait, n'est-ce pas, qu'elle était impliquée. C'était elle qui m'avait conseillé de trouver en moi la ruse, elle qui avait été mon guide. Je ne lui en fais pas reproche – jamais je ne lui en ferais reproche, pas plus qu'à moi-même – mais elle se serait sentie responsable. Si elle avait posé la question qu'elle pouvait poser à tout moment, elle se serait sentie tenue d'endosser la responsabilité d'avoir fait de moi un assassin et à l'époque elle était trop malade, trop faible pour cela.

Elle dut être étonnée, cependant, en constatant que je croyais tout bonnement pouvoir continuer comme par le passé, poursuivre notre amitié. J'étais trop jeune, je pense, pour me rendre compte que la seule façon de préserver nos secrets, l'acte et sa perception, la question attendue et la réponse redoutée, consistait à prendre nos distances. Qui plus est, j'avais deviné que le moment venu elle souhaiterait mourir seule. Elle l'avait déjà dit assez souvent lorsqu'elle évoquait son installation au cottage de Ceres: elle mourrait seule, comme un bon animal, en écoutant la paix, en laissant le silence l'emporter. Elle n'avait pas envie de vivre en ville, comme une souillure se dissipant lentement dans les airs, elle serait une note paisible qui s'éteindrait, disparaîtrait dans l'arrière-pays. C'est à cela que pensent les gens lorsqu'ils parlent de mort digne: un silence, une méticulosité particulière. Après la mort de mon père, je crus que cette idée était un mensonge, une chose que l'on se racontait pour éloigner de soi la perspective de l'inévitable débâcle, mais c'est un mensonge que je comprends, et je le comprenais dans la situation de Mrs

Collings, même si je n'y croyais pas tout à fait. C'était tout ce qu'elle avait, sans doute… mais pour le maintenir, elle dut m'éloigner plus tôt qu'elle ne s'y attendait. Ô combien subtilement, gentiment, avec un certain regret visible qui nous réconforta l'un et l'autre ; mais ce fut un accident de plus qui aurait dû être évité et en partant, ce dernier jour, je me sentis comme Pierre quand le coq chanta, en train de renier quelque chose, ou quelqu'un, sans vraiment savoir qui je trahissais.

J'étais parti à l'université quand arriva la nouvelle de la mort de ma mère dans un accident de voiture. Tout me fut transmis avec beaucoup d'égards, de tact et de compassion, et pourtant, en même temps, ce fut assez expéditif. On me prit à part à la fin d'un cours et on m'informa que mon tuteur souhaitait me parler. Cela me parut curieux, naturellement, si bien que j'anticipai aussitôt de mauvaises nouvelles, mais l'idée ne m'effleura pas que quiconque soit effectivement mort – ou, du moins, pas avant que je voie la tête de mon tuteur. Le Dr Wright était un érudit calme et détaché, récemment divorcé d'une femme beaucoup plus jeune que lui, et je dois avouer que, s'il avait tout mon respect, je ne savais trop comment l'aborder. Il planifiait tout avec un soin extrême, jusqu'à la seconde précise à laquelle il achèverait un cours ou une séance de travaux dirigés ; il semblait connaître en détail les limites et les possibilités de chacun de ses étudiants et pourtant, malgré la quantité de travail que tout cela impliquait, il avait l'air de quelqu'un qui s'acquitte machinalement de ses fonctions, en pensant à autre chose la plupart du temps. Je ne parle pas de son divorce. Cela semblait n'avoir aucune incidence. Non : je pense que le Dr Wright était un homme animé d'une passion secrète, réelle ou imaginaire, un homme pourvu d'une maîtresse cachée quelque part ou d'une fortune secrète qu'il amassait lentement dans le but d'acheter un bateau et de partir en mer. En attendant ce jour-là, il souhaitait seulement que tout se passe sans heurt. La mort de ma mère fut un raté dans cette organisation si soigneuse. Voilà qu'il allait devoir puiser au fond de lui-même et en tirer infiniment de… *quelque chose*… or il était absolument flagrant qu'il n'avait pas la moindre idée de ce qu'était la chose en question. Ce fut alors que je compris que quelqu'un était mort, en voyant son visage : cet air terrifié, cet apitoiement à l'égard de son épreuve personnelle.

– Entrez, dit-il. Entrez et asseyez-vous.

Il avait fait le tour de son bureau pour m'accueillir et se tenait devant moi, le bras gauche à demi tendu, un peu comme les silhouettes anatomiques du *De humani corporis fabrica* d'André Vésale, comme s'il était en représentation ou exécutait quelque rite social ancien... or, le plus ridicule c'était que je n'avais aucunement besoin de cela, simplement des faits afin de pouvoir appréhender les choses et clore cet épisode. Je m'assis promptement car l'espace d'un instant j'eus peur, si je restais debout, qu'il ne me touche. Un contact bienveillant, une paume fraîche sur mon avant-bras, quelque chose du genre, mais de toute façon insoutenable.

– C'est mon père ? demandai-je aussitôt.

Il eut l'air encore plus inquiet. Je le bousculais. Il n'aimait pas être bousculé. Pendant un instant, il ne put se décider à poursuivre ; puis il secoua la tête.

Je compris alors.

– Qu'est-il arrivé ? demandai-je.

Une lueur soulagée passa sur ses traits. Nous étions revenus au dialogue qu'il avait préparé.

– Je crains qu'il n'y ait eu un accident, dit-il comme s'il débitait une réplique tout droit sortie des vieux films qu'on projetait autrefois en matinée, le dimanche.

Je n'écoutai pas le reste, du moins pas tout. Je me contentai de filtrer les quelques détails pratiques qu'il pouvait livrer : ma mère se promenait, seule, sur la route côtière, quand un automobiliste avait perdu le contrôle. Ce furent les mots qu'il employa : *un automobiliste avait perdu le contrôle.* La formulation avait un côté abstrait, théorique... mais je compris aussitôt et je faillis le dire à voix haute, je fus à deux doigts de bondir sur mes pieds pour lui hurler au visage la seule chose dont j'étais certain, la seule chose que j'avais comprise avant même qu'elle n'arrive. *Ils sont passés à l'acte,* me dis-je. *Ils l'ont tuée.* Et sans lui laisser le temps de prononcer un mot de plus, je me levai, lentement, un peu chancelant, le remerciai et quittai son bureau, sortis, pris le couloir, traversai le foyer où se trouvaient les casiers des étudiants et partis dans le froid de février.

Tout le monde connaissait le petit Peter Tone. Tout le monde connaît toujours l'ivrogne local. Le petit Peter avait jadis été Peter tout court, mais au fil des ans il était devenu de plus en plus petit et de plus en plus idiot à mesure qu'il accumulait les turpitudes. Comme ce jour où on le retrouva profondément endormi au pied du mémorial de guerre, une bouteille de Buckfast serrée contre son cœur, le pantalon aux chevilles, baignant dans l'urine. Ou la fois où il vola la voiture de son beau-frère et essaya de la vendre au pub local. C'était le comique de la ville, l'idiot. Certains disaient qu'il allait très bien jusqu'à ce qu'il se mette à boire, que jadis ç'avait été un footballeur très doué; mais on le connaissait principalement comme une honte publique, un homme à qui ses propres enfants n'adressaient plus la parole. On l'avait décrété plus d'une fois malade et condamné, et il traînait en ville avec une mine de mourant, mais il était toujours joyeux, prêt à décocher un sourire à tous ceux qu'il croisait… et à tendre la main, dans l'espoir d'une aumône.

Ce fut le petit Peter qui tua ma mère. Nul ne sait s'il l'avait fait exprès: il avait à nouveau emprunté la voiture de son beau-frère et faisait avec des allers et retours sans but sur la route côtière, sans destination particulière, mais pour une fois à jeun. *Juste histoire de rouler*, dirait-il plus tard. Il ne savait pas réellement conduire et n'avait pas de permis, mais cela ne le dérangeait pas. Ce qui le dérangea, en revanche, ce fut d'être accusé d'avoir perdu le contrôle de la voiture parce qu'il ne savait pas ce qu'il faisait et deux personnes au moins l'entendirent se vanter d'avoir buté exprès cette garce d'Américaine. Ce n'étaient sans doute que des mots en l'air, bien sûr. Il conduisait une voiture qu'il ne savait pas conduire et ma mère s'était trouvée au mauvais endroit au mauvais moment. La police enquêta de son mieux, mais il fut établi que le petit Peter était à jeun au moment de l'accident si bien que, finalement, il s'en tira plutôt à bon compte. Il n'y avait eu aucun témoin de l'accident proprement dit et rien ne prouvait qu'il roulait en excès de vitesse. Il ne prit pas la fuite ; il s'arrêta – sans doute parce qu'il y avait bel et bien des témoins – et resta tranquille jusqu'à l'arrivée de la police et de l'ambulance. Cela étonna presque tout le monde et plaida sans doute en sa faveur. Personne ne comprit comment il se faisait qu'il n'ait pas pris la fuite.

En arrivant chez nous, je trouvai mon père plongé dans l'hébétude. Le médecin était venu et lui avait administré je ne sais quel calmant léger, mais le choc fut trop rude. Il était déjà malade, apprit-on finalement, et peu après les obsèques – une cérémonie privée, à laquelle n'assistèrent que la famille et quelques amis de Londres – il s'alita sur ordre du médecin. J'envisageai sérieusement de mettre fin à mes études et de rentrer à la maison pour m'occuper de lui, mais mon père ne voulut pas en entendre parler. Il engagea une femme de Sandhaven, avatar précoce de Mrs K, qu'il chargea de l'entretien et de la cuisine, et passa quant à lui ses journées au lit, à lire ou à contempler par la fenêtre les oiseaux qui tournoyaient audessus de la pointe. Je m'attardai une quinzaine de jours – et ce fut alors, si mes souvenirs sont bons, que j'eus mon dernier rendez-vous amoureux avec Moira Birnie, rendez-vous qui pouvait fort bien s'être soldé par un accident de plus, s'il faut se fier à l'arithmétique –, puis je repris le train vers l'université et les séances arides de travaux dirigés sur *Le Parlement des Foules*, sous la tutelle de l'indéfectible Dr Wright. Quand vint l'été, je me sentais désespérément coupable et j'avais hâte de rentrer. Je voulais être là si mon père mourait à son tour et je voulais lui parler sérieusement, ne serait-ce qu'une fois, d'autre chose que d'oiseaux ou de photos.

À la fin de l'été, Amanda et moi ne nous parlions quasiment plus. Mrs K était un peu plus distante, elle aussi, si bien que je passais mes journées seul, à réfléchir, à ruminer le passé, à retourner mes pensées. Je commençais à nourrir une véritable obsession pour l'histoire de Hazel Birnie. J'avais envie de faire sa connaissance, ou tout au moins de la voir, peut-être de lui parler en passant, incognito. J'avais vu sa photo dans le journal, mais cela ne m'avançait guère. Elle y figurait en uniforme scolaire, juchée sur une bicyclette, plissant les yeux en direction de l'objectif. Elle paraissait âgée d'à peine dix ans. Je ne décelai rien, dans sa physionomie, qui suggère qu'elle et moi puissions être du même sang, mais rien n'indiquait non plus qu'elle soit l'enfant de Tom Birnie – pas plus, d'ailleurs, qu'elle ne ressemblait le moins du monde à sa mère. Elle semblait surgie de nulle part, confectionnée d'après un plan abstrait, un prototype d'enfant. Cela dit, je ne disposais en tout et pour tout que d'une photographie saturée de grain, publiée par le journal. Si seulement je pouvais la *voir*, je trouverais sans doute une réponse à la question qui en était venue à dominer mes pensées. Hazel était-elle effectivement de ma chair et mon sang ? Comment le savoir ? Comment en être sûr, d'une façon ou d'une autre ? Pour être honnête, j'ignore complètement, quand j'y repense aujourd'hui, pourquoi cela m'importait. Je n'éprouvais aucun désir d'avoir un enfant, encore moins cette enfant-là. Je n'avais seulement jamais discuté de cette éventualité avec Amanda qui, pour autant que je le sache, n'avait aucune envie de ce genre, elle non plus. Bien entendu, j'avais sans doute fait plus que je ne me l'avouais pour éviter la question : au début, peut-être, avant que nous ne dérivions en somnambules dans ce mariage, il se peut qu'elle ait vaguement eu en tête l'idée que ce n'était qu'une question de temps, que les enfants feraient partie du cours normal des choses. Au bout d'un moment, cependant, elle avait sans doute renoncé à cette idée – à moins, peut-être, qu'elle n'ait renoncé qu'à moi – et se bornait désormais à s'amuser avec ses amis et à s'informer des sujets d'actualité et des manifestations artistiques. Du moins le croyais-je à l'époque.

Un soir, elle donna un dîner comme elle les affectionnait. Ce qui signifiait deux choses : la première, que je devais l'aider à mettre la table (elle cuisinait elle-même, par principe), et la deuxième, que j'étais censé bien me tenir. Ce qui n'était pas vraiment aussi difficile qu'on pourrait le croire : j'étais dans ma propre maison, je pouvais créer des diversions, fuir la compagnie de temps à autre, mettre de la musique ou aller chercher ce qu'Amanda voulait faire admirer. À une époque, j'allai jusqu'à me mettre à fumer, pour pouvoir me réfugier dans le jardin le temps d'un cigare. Cela fit enrager Amanda quelque temps, mais je tins bon et cela devint finalement un trait accepté de ces *soirées**: Amanda cessa de fulminer et j'eus la permission de sortir pour fumer. Par chance, aucun de ses amis ne fumait. La plupart du temps, moi non plus.

C'était une soirée tiède. J'en étais alors à envisager de pousser plus loin, voire de prendre je ne sais quelle initiative radicale dans le but d'obtenir quelques réponses – sans avoir encore déterminé ce que j'entendais par là. La soirée promettait cependant de me laisser tout le temps de la réflexion: les dîners d'Amanda étaient tout ce qu'il y a de conventionnels et les gens qu'elle invitait faciles à égayer: des femmes avec qui elle avait grandi ("les filles"), accompagnées de leur mari ou petit ami, des collègues de travail et leurs conjoints respectifs, parfois la sœur d'Amanda, Mary, et sa compagne Maria. Mary et Maria étaient mes préférées; mais elles vivaient à Édimbourg, si bien qu'elles ne venaient pas si souvent que cela. Ce soir-là, les invités comprenaient Michelle (dite Shell, surnom pertinent au sein de l'entreprise du même nom) et son petit ami Mark. Shell faisait partie des "filles"… et Mark, indéniablement, des garçons. Terne, mais pourvu d'un système de pilote automatique très performant. Les autres, un nouveau collègue d'Amanda et sa mince épouse à l'air pincé, étaient un couple que je n'avais encore jamais vu.

À une époque, je regardais les amies d'Amanda avec effroi et perplexité. Elles étaient toutes identiques et cela les enchantait. Elles venaient de Coldhaven ou des environs immédiats; elles étaient allées à l'université, pour la plupart, ou avaient vécu quelque temps ailleurs, mais maintenant qu'elles étaient revenues, leur accent local était plus prononcé que jamais et on voyait sans peine qu'elles avaient souffert pendant leur éloignement. On comprenait immédiatement qu'elles avaient hâte d'en revenir aux vieilles rivalités, aux attirances cachées et aux rites. À l'école, c'étaient les fillettes propres, celles qui travaillaient et réussissaient dans les rencontres sportives, celles qui participaient. Elles devaient être promptes à préciser qu'elles ne valaient pas mieux que n'importe qui d'autre, mais elles étaient toujours bien vêtues. Comme leurs mères avant elles, elles faisaient un effort. Enfants, elles collectionnaient quelque chose – timbres, pièces, images des paquets de cigarettes, horaires des trains – et leur besoin d'amasser et de stocker ne les quitterait plus jusqu'à la fin de leurs jours. Un des maris, un type du nom de Murdo, se présenta lors de son premier dîner avec une chemise mauve assortie d'une cravate rose et jaune; c'était un collectionneur de mots. Ça se voyait sur son visage: il avait beau être né et avoir grandi dans la région, il se délectait toujours des noms de lieux du Fife: Freuchie, Limekilns, Star, Burntturk. Il adorait réellement ces sonorités... mais c'était aussi sa façon à lui d'expliquer, à l'aide d'un code clair et socialement acceptable, pourquoi il n'avait jamais pris son envol vers plus vaste et plus riant. Il adorait tout bonnement la région; il aimait faire partie de tout ce pittoresque futile. Comme invité de dîner, je le trouvais plutôt sympathique. Toutefois, ce que je préférais, dans les dîners d'Amanda, c'était faire la vaisselle après. D'une part, cela me permettait de fuir les convives pendant qu'ils passaient au salon pour y prendre le café – et j'appréciais de fuir les amis d'Amanda, de même qu'ils appréciaient d'être débarrassés de moi pour un moment. Quelqu'un proposait parfois d'essuyer la vaisselle et je devais alors protester un peu; mais la plupart du temps, ils me laissaient m'en occuper, surtout les habitués.

L'autre bon côté de cette menue corvée était l'aspect de la table au moment où je débarrassais. C'était beaucoup plus intéressant après qu'avant l'arrivée des invités, quand tout était encore en ordre, bien disposé et propre. Le spectacle tenait un peu de l'autopsie: toutes les dégoulinures de café, les miettes d'avoine, les traînées d'huile de poisson sur le bord d'une assiette, les petites mares de crème au fond d'une cuillère ou les fragments d'une étiquette que quelqu'un avait arrachée d'une bouteille de vin, plus ou moins machinalement, tout au long de la soirée. J'aimais le léger effluve de suif qui s'attardait une fois que j'avais mouché les bougies, ou trouver la bonne façon d'empiler les assiettes sans y incruster les reliefs de nourriture qui finiraient ensuite dans l'évier, flottant parmi les bulles. Une des amies d'Amanda, une grosse femme qui travaillait dans le même bureau, avait pour manie de répandre des petits tas de sel en divers endroits de la table, dont je faisais ensuite la tournée et que je localisais pour tenter de découvrir quelle en était la signification, pour peu que cela en ait une. Amanda, quant à elle, avait le syndrome du cure-dent : elle tenait absolument à disposer des cure-dents sur la table, dans de petits récipients en plastique, et sitôt le dessert entamé, elle commençait à piocher les cure-dents du récipient le plus proche, qu'elle éparpillait ensuite sur la nappe, les ramassant de temps à autre, les triturant, au point que le bois se retrouvait taché de légères traces de fromage ou de clémentine. Personne d'autre ne semblait remarquer ce manège.

Une fois la table débarrassée, je sortais faire un tour dans le jardin. Il y faisait frais, après la chaleur humaine dense, confinée, de la salle à manger, et je m'éloignais de la maison, je gagnais l'endroit plus froid, au-delà de la terrasse. Là, je percevais pleinement l'air nocturne sur ma peau, le plaisir simple et net de son contact. Le *frisson** délicieux du froid. Quand l'hiver arrivait, j'entrais dans mon élément, mais même en automne, ou à la fin de l'été, par des soirées comme celle-là, il m'arrivait de sortir dans la nuit après quelques jours de chaleur, et je me sentais régénéré, ramené à je ne sais quel état initial, je ne sais quelle origine. *Chez moi.* Un peu comme lorsqu'on prend l'avion d'une compagnie régionale, un de ces petits coucous dans lesquels on embarque en traversant le tarmac à pied : je portais toujours une chemise légère au col ouvert et j'attendais que les autres passagers aient embarqué, histoire de rester à l'air frais le plus longtemps possible. Finalement, quand il devenait impossible de m'attarder davantage, je grimpais les marches pour embarquer, traînant aussi longtemps que possible au sommet de la passerelle, en plein vent. Car je me sens bien dans le vent. C'est pour moi un compagnon, quel que soit l'instant où il me débusque… un compagnon, pas nécessairement un ami, mais un proche que je connais intimement. Amanda trouve cela bizarre, que j'aime à ce point le froid. Elle dit que cela révèle quelque chose de moi, quelque chose de freudien. J'imagine que, si c'était vrai, cela révélerait quelque chose d'elle aussi. Mais en fait je ne vois pas vraiment ce qu'elle entend par là. J'aime avoir un peu froid ; j'aime le vent sur mon visage et sur mes mains. Quel mal peut-il y avoir dans ce plaisir obscur ?

D'ordinaire, les invités des dîners d'Amanda n'étaient, au mieux, que de simples distractions. Ce soir-là, en revanche, une chose étonnante arriva. Je venais de battre en retraite dans la cuisine, quand la mince épouse apparut, l'air curieux. J'en fus un peu contrarié, comme un chef qui trouve un dîneur errant dans ses cuisines, fouinant dans les plats et les casseroles. Je fis toutefois de mon mieux pour dissimuler mon sentiment ; l'incident ne justifiait pas les ennuis que j'aurais plus tard avec Amanda si je devais froisser un de ses invités. J'essayai de me rappeler le nom de cette femme mais n'y parvins pas.

– Tiens donc, lançai-je. Je peux vous aider ?

Tout le monde, sauf moi, avait bu du vin blanc, et la femme semblait un peu éméchée.

– Cette maison était celle de votre père, dit-elle en regardant autour d'elle. Elle n'est pas comme je l'imaginais.

Elle alla se poster devant la porte-fenêtre et contempla le jardin.

– Ma foi, répondis-je, elle a un peu changé, au fil des années. (J'essayais de ne pas paraître trop enjoué ni trop curieux.) Vous avez connu mon père ?

La femme me regarda et émit un drôle de petit bruit, un semblant de couinement.

– Oh, non ! répondit-elle. Pas personnellement.

– Ah, fis-je.

Ce qu'elle entendait par là, en fait, c'est qu'elle connaissait les travaux de mon père. Certaines personnes le signalaient parfois, mais en général, elles ne faisaient pas partie du cercle immédiat d'Amanda. Cela dit, cette femme était l'épouse d'un collègue. Elle avait une vie personnelle et je compris soudain que ce genre de soirée la barbait tout autant que moi.

– J'adore la photographie, dit-elle. Surtout les paysages. J'admirais beaucoup les travaux de votre père.

J'acquiesçai. Il y avait autre chose, une chose qu'elle avait envie de dire sans savoir comment la formuler. Je me pris à espérer que ça n'avait aucun rapport avec l'accident ni avec la mort de mon père.

– Vous savez, reprit-elle, je lui ai écrit, une fois. Une lettre d'admiratrice, j'imagine.

Cela m'étonna. Je ne savais pas que mon père recevait des courriers d'admirateurs. Tout à coup, le nom de la femme me revint : Emma quelque chose. Elle était plus âgée que son mari, et peut-être un peu trop raffinée pour lui. Elle faisait partie de ces gens qui vivent un peu en marge et avait l'habitude "solipsiste" de se mettre à parler soudainement au beau milieu d'un enchaînement de réflexions jusque-là silencieuses.

– C'est à cause d'une de ses photos que j'ai vue, une de la série sur la Brière. (Elle sourit. Elle aurait dû sourire plus souvent, car cela lui illuminait le visage et elle n'avait plus l'air aussi pincé, les traits aussi tirés.) J'y allais autrefois, *en vacances**, ajouta-t-elle. Dans les marais noirs. C'était une époque très heureuse pour moi.

– Je suis sûr que ç'a été un plaisir pour lui de le savoir, dis-je. De savoir qu'il avait communiqué son amour des marais…

Elle rit doucement.

– C'est possible, dit-elle, mais il n'a pas répondu. Je ne crois même pas qu'il l'ait lue. Ma lettre était idiote et il devait être très pris. C'était il y a longtemps, avant qu'il vienne s'installer ici.

– Ah ! (J'eus un peu honte de la désinvolture que j'avais témoignée.) Il était très pris, sans aucun doute. Mais il n'a jamais été doté de beaucoup de mémoire.

Un peu "solipsiste" lui-même, me dis-je. Cela ne m'était encore jamais venu à l'esprit dans ces termes, mais je ne pense pas qu'il était tout à fait conscient de l'existence des autres. Des oiseaux, si. De la mer. Des fleurs sauvages, tout au bout de la pointe, mais pas des autres gens.

Elle sourit.

– Non, dit-elle. Mais enfin, c'était un artiste. (Elle me dévisagea attentivement.) C'est terrible, pour son ami, n'est-ce pas ? Ça a dû être très dur.

– Son ami ?

– Oh ! (Elle eut l'air horrifiée en constatant que j'ignorais de quoi elle parlait.) Je pensais… je croyais que vous saviez.

– Que je savais quoi ?

– Eh bien ! (Elle parut se demander si elle devait poursuivre. Je m'efforçai de ne pas avoir l'air inquiet ni bouleversé. Je tenais à ce qu'elle dise vite ce qu'elle avait à dire.) Ils travaillaient tous les deux pour le même journal. Quand il était encore reporter photographe. Au Guatemala, si mes souvenirs sont bons. Ils ont été faits prisonniers et détenus pendant plusieurs jours, et son ami a été torturé. Pas votre père, en revanche. Lui, il s'est évadé. (Elle eut l'air contrariée.) Excusez-moi. Je croyais que vous saviez...

– Que lui est-il arrivé ?

Elle sembla se troubler.

– Il s'est évadé, répéta-t-elle.

– L'ami ?

– Non, votre père. (Elle secoua la tête.) Son ami est mort.

– Comment s'appelait-il ?

– Je vous demande pardon ?

– L'ami. Vous vous souvenez de son nom ?

– Oh, oui. (Sa frayeur sembla redoubler tandis qu'elle se remémorait un nouveau détail, quelque chose qu'elle aurait préféré ne pas avoir à dire. Pourtant, elle était venue jusqu'ici, dans ma cuisine chaleureuse peuplée de lumières variées et d'ombres colorées, dans le but exprès d'avoir cette conversation. Elle ne put s'en tenir là.) C'était Mallon, dit-elle. Thomas Mallon.

J'acquiesçai et elle détourna la tête. Ma mère était une Mallon, je l'avais appris au détour d'échanges décousus entre mes parents à propos des Gardiner et des Mallon, du caractère versatile des Mallon, de la patience et de la minutie des Gardiner. Têtes brûlées contre bons toutous. Catholiques d'Irlande contre presbytériens écossais mâtinés d'un soupçon de huguenot pour faire bonne mesure. C'était un jeu auquel ils s'adonnaient parfois. Le nom de ma mère avait été Kate Mallon, Catherine, Cat, et elle avait eu un frère du nom de Tom. Il était mort jeune, disaient-ils. C'était ce qu'ils m'avaient raconté. Il était mort jeune, voilà tout.

Je croyais autrefois que les morts partaient en voyage, s'en allaient très loin, tout en se décomposant, et que cela durait des semaines, des mois, des années. Je ne croyais pas aux histoires qu'on racontait à l'école, des histoires de ciel, des petites fables parlant de vie après le trépas; je me disais que les morts retournaient au néant, tombaient lentement en poussière, comme les feuilles sèches ou ces ossements épars qu'on trouve dans les marais, os de chien ou d'oiseau, qui blanchissent et s'effritent au soleil, redevenant entièrement poudre puis s'éparpillant au vent. Après la mort de ma mère, je continuai à penser que les choses se passaient ainsi : elle semblait très loin, enfouie sous terre, invisible, tandis que son esprit, son âme, son *essence*, se décomposait quelque part dans les airs ou parmi les étoiles. On ne me laissa pas la voir, bien sûr, après l'accident. Les contusions étaient impressionnantes et on jugea préférable de ne pas m'infliger cette vision, mais je ne suis pas certain qu'on ait eu raison. On mit de la distance entre elle et moi, le genre de distance qu'on enseigne, d'une façon ou d'une autre, à l'école, en instruction religieuse : distance céleste, distance avec un autre univers. Quand l'envie me venait de penser à ma mère, je fermais les yeux et je voyais des objets : un collier de perles rouges et vertes sur une chaîne d'argent; le pull qu'elle portait pour peindre, d'un ton d'ocre profond, taché aux coudes et au bord des manches de peinture bleue ou jaune; la brosse à cheveux en argent ancien que mon père lui avait donnée. Quand je rentrai pour les obsèques, je commençai à remarquer des détails dans la maison de Whitland, des détails que seul quelqu'un d'étranger remarquerait : l'odeur des peintures de ma mère; celle de gâteau qui émanait de la cuisine après des années de cakes aux cerises et crumbles de fruits bien à elle; le bruit du vent dans la cheminée de son atelier; les éclaboussures de peinture par terre. En marchant vers la tombe, derrière ce cercueil clos, je me rappelai ses chaussures alignées au pied du vestiaire, dans le vestibule – de petites chaussures fines, à talons plats et bouts ronds, cirées de frais mais déjà voilées de poussière –, et je me rendis compte que, plus tôt ce matin-là, j'étais passé par le vestibule et qu'elles ne s'y trouvaient plus. Quelqu'un les avait emportées. Je ne l'avais pas vraiment remarqué, sur l'instant, mais ce fut ce qui me permit de comprendre, debout devant la tombe, qu'elle était vraiment partie. Les chaussures. Je pourrais fermer les yeux tout de suite et les revoir, mais je n'arrive pas à la voir, *elle*. Plus tard, quand je rentrai à Whitland pour l'été, j'allai au cimetière pour me rendre sur la tombe. Mon père ne voulut pas venir; il disait ne pas en avoir le courage mais sentir la présence de ma mère partout autour de lui, dans la maison, dans l'air, dans la lumière, dans les cris des oiseaux par-delà la pointe. Il la sentait là, contrairement à moi. Et cet été-là, celui de sa mort, je l'entendis parfois marmonner tout seul dans sa chambre et je compris qu'il lui parlait. Pour lui, elle était une présence indélébile; pour moi, elle était tout simplement partie. Et lui n'était pas vraiment là non plus, il était déjà absent. Peut-être l'avait-il toujours été.

Au cimetière, j'enlevais le vase de sa tombe pour en ôter les fleurs fanées et le laver à grande eau au robinet sur pied disposé non loin de la stèle, je rinçais la pellicule d'algues vertes, les doigts enfoncés aussi profond que possible dans le vase. L'eau qui jaillissait était froide et je la laissais couler un moment, jusqu'à avoir les mains totalement glacées. En regardant par-delà les rangées de croix et d'anges blancs, je voyais le clocher dressé au-dessus des toits en ardoise et des cheminées rouges, un vol de pigeons crème et gris tournoyant autour, en formation, captant la lumière du soleil sur leurs ailes puis virant, s'assombrissant, devenant d'autres oiseaux, comme une gravure d'Escher ou un tour d'illusionniste. L'horloge était arrêtée sur midi moins cinq, d'aussi loin que datent mes souvenirs, et je me rappelais une histoire que ma mère racontait à propos de la vieille horloge du bourg de son enfance, du jour où elle était montée dans le mécanisme pour voir la ville, déployée à ses pieds comme un plaid coloré, par les fissures du cadran. Il y avait des nids sous les poutres et elle se rappelait avoir vu les œufs au milieu de tout cet enchevêtrement de rouages et d'engrenages. Cela m'étonnait toujours de savoir des choses sur ma mère, car je ne me rappelais pas qu'elle m'ait raconté sa vie; il semblait n'être question que de peinture, de livres et de lieux qu'elle avait visités, mais jamais d'elle. Pourtant, j'en savais plus que je ne l'aurais cru. Ne rien savoir à propos de son frère ne me surprit guère : toute ma vie, j'avais soupçonné mes parents de fuir quelque chose, et ma mère portait en elle une étincelle de colère, de chagrin… de Dieu sait quoi encore. En voulait-elle à mon père d'avoir survécu ? Qu'avait-il fait pour sauver sa peau ? Le lui avait-il jamais dit ? Et dans ce cas, lui avait-il dit toute la vérité et rien que la vérité ?

Après la mort de mon père, je restai seul à Whitland… et j'étais heureux ainsi. À l'époque, j'aurais dit que mon unique désir était de rester là-bas, seul, sans personne à supporter. Ni fantômes, ni souvenirs. Personne. Rien que moi, moi-même, dans une maison emplie d'instruments et de dispositifs de mesure, d'aiguilles oscillant sur des feuilles de papier millimétré, d'écrans de détection jaugeant les risques d'intrusion. C'était tout ce qu'il me fallait : une maison qui était en soi une membrane sensitive, un registre, où les moindres frémissements de l'atmosphère – intempéries, ragots et mouvements démographiques les plus imperceptibles – venaient à ma connaissance en temps réel, à mesure qu'ils se produisaient. Je voulais être seul et fidèle à quelque chose. Je voulais être sûr que rien ne pouvait briser cette solitude. Je n'avais aucune raison de quitter la maison : j'y avais tout ce qu'il me fallait et les promenades que je faisais n'étaient que des lubies ou plutôt un apaisement, une proposition d'aller à la rencontre du monde, de faire la moitié du chemin et de dissiper ainsi la curiosité. De le tenir ainsi à distance. Je voulais être indisponible. Puis je rencontrai Amanda, totalement par hasard, et sans même avoir le temps de comprendre ce qui se passait, je l'épousai.

Au début, je dirais que nous fûmes assez heureux. Peut-être pas heureux, mais contents. Ce fut un exercice prenant que de l'installer à la maison tout en faisant connaissance, d'apprendre comment occuper le même espace. Ce fut prenant et cela rendit la maison différente, curieusement plus grande, et plus lumineuse en quelque sorte, comme si l'on passait d'une pièce à l'autre en ouvrant tous les volets. Amanda voulut acheter du neuf – des meubles, des tapis, toutes choses que mon père aurait détestées – et je pris plaisir à l'accompagner pour choisir tout cela. C'était important, disait-elle, que nous choisissions ensemble; quoique en général, ce soit elle qui finisse par trancher. Je ne m'en formalisais pas. J'aimais assez l'ancien mobilier, mais quand elle proposa de vendre quelques-uns des meubles les plus abîmés pour faire de la place aux nouveaux, j'acceptai. Certains objets dont je ne voulais pas me séparer restèrent. Les livres de mon père, ses instruments, son matériel, sa chambre noire. L'atelier de ma mère. Ma propre petite chambre attenante au palier. Tout cela resta intact. Seuls la chambre principale et le salon furent sérieusement touchés par les changements. Amanda voulait une cuisine intégrée flambant neuve, mais je ne pus me résoudre à en faire installer une. Là-dessus, nous établîmes un compromis.

Ainsi la vie suivait-elle son cours, et je pensais sans doute qu'elle le suivrait à tout jamais. Mais peut-être ne pensais-je rien. Peut-être considérais-je simplement que tout cela allait de soi. Je ne saurais dire, aujourd'hui, quand les choses commencèrent à changer mais rétrospectivement je constate qu'il y eut d'abord un premier mouvement, silencieux, un glissement, quasiment du jour au lendemain, qui nous fit basculer du statut de jeunes mariés à celui de vieux couple typique. Tout à coup, il semblait que la gêne allait s'installer entre nous. Je commençai par ne pas apprécier les transformations qu'elle avait entreprises, puis j'en vins à les contrecarrer. Elle se mit à lancer de petites piques insinuant qu'avec mes revenus personnels j'avais la partie trop belle et que je fuyais le devoir d'aller *faire quelque chose.*

– Tu devrais te trouver un emploi, lança-t-elle un jour tout à trac.

– Quoi?

Elle me dévisageait curieusement, comme si elle venait tout juste de s'apercevoir que j'étais quelqu'un qui passait ses journées à la maison, à ranger ses livres en écoutant de la musique.

– Tu devrais te trouver un emploi, répéta-t-elle. Tu passes trop de temps ici, tout seul. Ce n'est pas sain.

– Je n'ai pas besoin de travailler, dis-je. J'ai bien assez d'argent.

Elle rit.

– Ce n'est pas d'argent que je parle, dit-elle. Je parle de *faire quelque chose* de ta vie. Tu pourrais travailler pour une œuvre caritative, si c'est la question de l'argent qui t'arrête.

– Je n'ai pas envie de travailler, dis-je.

Ce fut tout, une conversation en passant, une conversation dans une conversation, en fait, mais je compris tout à coup qu'elle ne m'appréciait plus autant que par le passé. Il n'était pas question d'aimer, il n'était question que de s'apprécier – et je pense qu'une fois conscient de cet état de faits, après qu'Amanda eut attiré mon attention sur ce point-là, j'en vins à me demander, pour la première fois, si moi-même je l'*appréciais* vraiment. Je ne tirai aucune conclusion, simplement la question me traversa l'esprit. Ce ne fut pas un grand drame, un tournant décisif. Du moins, je ne le perçus pas comme tel sur le moment. Mais ce qui arriva quelques mois plus tard, le véritable tournant décisif, fut entièrement la conséquence de cet instant-là et de l'atmosphère vaguement gênée, de la réserve qu'engendra cette soirée, réserve qui allait finalement se muer en neutralité calculée, processus à la fois formel et totalement collectif, comme l'accomplissement d'un rite.

Nous rentrions en voiture sur une route de campagne, à la fin de l'été, par une de ces stupéfiantes nuits du Fife où l'on croirait que le monde entier va virer au bleu le plus sombre et rester ainsi, une infime lueur filtrant au-dessus de l'estuaire, d'épaisses ténèbres toutes proches, des lapins surgissant parfois brusquement dans le pinceau des phares, se détachant dans la lumière puis disparaissant dans un néant distant d'à peine quelques centimètres. Illuminés par notre passage, les arbres qui bordaient cette route, peignés de côté – *déjetés* – par le vent au gré de décennies d'une croissance désespérée, ivre, semblaient aussi fugaces et translucides que les lumières aux portes des cottages et des fermes entrevus en passant. La route était déserte. Pour une fois, l'autoradio était éteint et je songeai au plaisir que ç'aurait été de rouler seul sur cette route, sans Amanda. J'adorais conduire de nuit, surtout seul. L'idée me traversa l'esprit que j'aurais pu arrêter la voiture et sortir pour regarder le ciel. Le regarder, le goûter, le humer.

– Ça va ?

Amanda me dévisageait comme si elle se trouvait en présence d'un fou.

– Oui, répondis-je. Pourquoi ça n'irait pas ?

Je regardai à nouveau la route.

– Tu parlais tout seul.

– Mais non.

– Si, insista-t-elle. (Elle avait l'air sincèrement inquiète.) Je t'ai parfaitement entendu. Tu parlais tout seul.

Je ris.

– Ah, oui ? Et qu'est-ce que j'ai dit ?

Elle se tut un moment. Je la regardai.

– Ce n'est pas une blague, tu sais, me dit-elle. Je me fais du souci pour toi.

– Qu'est-ce que j'ai dit ?

– Tu te comportes bizarrement ces derniers temps, dit-elle. Ce n'est pas sain de rester toute la journée à la maison comme tu le fais, sans voir personne, sans rien faire.

– *Mais bon sang, qu'est-ce que j'ai dit ?*

Je haussai trop le ton, j'en suis conscient. Je criai presque, en fait… mais enfin j'étais exaspéré. Je voulais savoir ce que j'avais dit. Tout ce qu'elle avait à faire, c'était me le dire. Et, de toute façon, je n'avais rien dit. Je me sentais comme la femme de ce vieux film, que Joseph Cotten cherche à rendre folle pour lui voler son héritage. Joseph Cotten ou George Sanders, un de ces beaux individus ambigus comme il ne semble plus en exister. Mais qui était l'actrice ? Joan Fontaine, je crois. Joan Fontaine, ou peut-être Loretta Young. Une de ces belles femmes ambiguës.

– Qu'est-ce que je suis censé avoir dit, au juste ? lui demandai-je, calmement cette fois.

Elle ne répondit pas. L'espace d'un instant, je crus qu'elle pleurait. Puis nous passâmes dans un cercle de lumière et je vis que son visage était figé. Nous roulions en silence. Je cherchai quelque chose à dire, pour briser la glace, mais ne trouvai rien. La seule chose qui me venait à l'esprit était ce film. Je me rappelle qu'il était très bon jusqu'à quelques minutes de la fin, ce qui est tout ce qu'on peut espérer de ces vieux films.

Mon mariage avec Amanda était déjà condamné, à ce moment-là, mais je ne m'en rendais pas compte. J'aurais dû. Le temps que j'en vienne à partir, elle était devenue très distante, j'avais parfois envie d'agiter les bras pour lui faire signe, comme au travers d'un brouillard, lors des rares occasions où j'avais besoin de son attention. Par moments, au détour de nos rares conversations, j'avais le sentiment qu'il aurait mieux valu coucher par écrit nos propos pour en garantir la clarté car sitôt l'échange terminé, une fois que nous nous étions mis d'accord sur le point que nous devions trancher, nous les oubliions tous les deux. Nous partagions le même lieu de vie, mais nous y occupions deux espaces totalement distincts, deux dimensions totalement distinctes. De temps à autre, je la surprenais en train de me regarder comme avec une légère curiosité, ou de la perplexité. Ces regards ne contenaient rien d'impérieux, rien que l'on puisse vraiment appeler de l'intérêt, simplement une curiosité passagère, le genre de curiosité que pourrait susciter un voisin solitaire ou quelque spécimen bizarre, au zoo. Disons le tapir. Et cependant je crois qu'elle fut étonnée, du moins au début, de constater que ne pas connaître l'homme qu'elle avait épousé ne provoquait pas chez elle une grave crise existentielle. Je crois qu'elle en fut même déçue. Mais elle poursuivit sur sa lancée, tout comme moi, et nous étions mariés, plus ou moins normalement, sans troubles visibles. Sans disputes. Sans liaisons – du moins pas pendant longtemps. Sans gros drames.

L'ennui, avec le mariage, c'est qu'il s'affadit lentement. Quelquefois, il s'affadit pour se muer en affection, pareil à la tiédeur qui émane de draps pliés dans une armoire, mais il s'affadit et personne ne semble s'en apercevoir pendant un temps incroyablement long. Parfois, il met des années à s'éteindre puis, tout à coup, il n'y a plus rien, à peine une faible trace, une illusion de bordure dorée, semblable au sceau craquelé sur un contrat inutile caché dans le grenier d'un vieillard. Notre mariage, celui qu'Amanda et moi avions contracté, s'affadit rapidement, mais aucun de nous deux n'eut l'idée de faire quoi que ce soit pour en stopper la décomposition. Nous poursuivîmes, tête basse, notre avancée pesante, en essayant de mener l'existence à laquelle nous aspirions vraiment, nous le comprenions désormais – laquelle, dans le cas d'Amanda autant que dans le mien, me semble-t-il, n'était autre que l'existence que nous menions précédemment, lorsque nous étions célibataires. Quand j'y repense, je m'étonne qu'elle n'ait pas réagi plus tôt. Avant de jouer les Humbert Humbert, j'étais un type plutôt difficile à vivre : quelqu'un d'acerbe, un égoïste parfaitement conscient de l'être mais faisant mine d'estimer que tout allait très bien, la huitième merveille du monde, le fin du fin, très *comme il faut**.

L'autre caractéristique du mariage, c'est qu'il s'agit d'une histoire. Il faut continuellement y ajouter quelque nouvelle péripétie de temps à autre, une ligne par-ci, un paragraphe par-là, des chapitres entiers que les protagonistes, même s'ils ne restent pas jusqu'à la fin de la pièce, pourront toujours partager, indirectement, pendant qu'ils sont sur scène. Je ne devrais sans doute pas parler du mariage dans l'abstrait, comme je le fais, bien sûr que non, mais je pense que beaucoup d'autres couples vivent, en cet instant même, comme Amanda et moi le fîmes si longtemps, et je pense qu'ils sont bien trop nombreux à accomplir le triste petit miracle qui consiste à aller jusqu'au bout sans s'apercevoir du dénuement qui est le leur. Peut-être mes parents en étaient-ils réduits à cela, sur la fin ? Ils ne devaient pas être les seuls dans ce cas et ils aboutirent indéniablement à un résultat beaucoup plus civilisé, beaucoup plus nourrissant, que le *ménage** insipide et sans doute assez effroyable de Mrs K et Alec, ou le *conjungo* violent de Moira et Tom Birnie. Je ne pouvais que m'étonner de voir les gens se marier alors qu'ils avaient sous les yeux l'exemple de la vie menée par leurs parents. Et une fois qu'ils auraient bel et bien la corde au cou, que pensaient-ils qu'il arriverait ? Qu'espéraient-ils ? Je crois que mon problème – problème qu'à mon avis, Amanda partageait – venait de ce que je faisais partie de ces idéalistes du mariage, de ce clan d'ingénus qui veulent que leur histoire soit fusionnelle et en même temps ouverte, un tissu de connaissances et de possibilités partagées, une authentique histoire d'amour. Mais l'ennui, le véritable ennui, avec le mariage, c'est qu'il vient un moment où le mari commence à soupçonner sa femme, ou la femme son mari, d'avoir une histoire radicalement différente, une histoire distincte, intime, qui reste, et restera peut-être à tout jamais, secrète. Cela n'a rien à voir avec le passé ni avec la jalousie ou les vices quotidiens que la familiarité révèle. Cela n'a rien à voir avec le fait d'aimer ou de ne pas aimer. Non : il s'agit d'une histoire, sans doute pas un grand drame, mais quelque chose d'important au niveau individuel, une chose que l'on ne saurait écarter, une histoire racontée en silence, encore et encore, au petit matin pendant que l'autre dort ou lors de longs après-midi pluvieux, avec le murmure de la radio à l'arrière-plan et le chuchotis de la pluie sur la vitre, le paisible et lent chuchotis de la pluie, lui-même semblable à un récit, une histoire racontée ailleurs et qui pourtant prend forme ici pendant une heure ou deux, pareille au passé revécu ou à un avenir parfaitement entrevu. C'est cette histoire qui se tient au cœur de toutes les autres, la seule véritable histoire, l'instant définitoire qu'il faut garder caché, garder par-devers soi, afin de le garder intact. Mais le pire, c'est que cette histoire est aussi un choix : une invention même. Elle ne s'est pas produite par hasard, pas à l'origine ni par la suite, une fois purifiée, sanctifiée et enchâssée dans un souvenir à ce point caché que le conteur lui-même en connaît à peine l'existence. Cela paraît étrange, mais c'est ce qui se passe : cette histoire intime est un choix, un choix qui continue d'être fait, consciemment ou pas, à mesure que s'en déroule le récit externe – et vient le moment où la surface ne se déploie que pour protéger cette chose-là, ce souvenir exclusif, pour le mettre de côté et le sanctifier. C'est l'histoire qui existe en dépit de toutes les autres, dans son propre espace, dans ces profondeurs intimes où l'on n'a plus d'autre voisin que le vent. Si innocente qu'elle puisse paraître, quand bien même elle pourrait être racontée à voix haute, elle est l'unique coupable secret, l'unique vrai mensonge de cette existence de surface, de même qu'elle est l'unique vérité tangible qu'abrite une âme.

C'était l'heure du petit-déjeuner. Un samedi matin, si bien qu'Amanda n'était pas aussi pressée que d'ordinaire. Je préférais les jours de semaine, quand elle avalait en vitesse une tasse de café et un toast puis filait avant même que j'aie commencé à manger, en ne laissant dans son sillage qu'une odeur de beurre fondu.

– Qui est Katie ? demanda-t-elle soudain.

L'espace d'un instant, tout se figea, puis je tournai la tête et la regardai, un peu perplexe, debout dans la cuisine, un paquet de céréales à la main.

– Katie ?

Je ne faisais pas semblant. À ma connaissance, je ne comptais personne de ce nom-là parmi mes relations.

– C'est comme ça que tu viens de m'appeler, dit-elle. À l'instant. Tu m'as appelée Katie.

Ma perplexité monta d'un cran et déjà, bien que rien ne me soit venu à l'esprit et que je n'aie aucun coupable secret à taire, elle se teintait d'un zeste de comédie, d'un soupçon de tricherie.

– Mais non, protestai-je.

– Si, tu m'as appelée Katie. (Elle s'efforçait de rester mesurée, simplement curieuse, prenait soin de ne pas attacher une importance démesurée à l'incident. Ce n'était qu'une question de préparation : si Katie existait, Amanda voulait avoir la possibilité de se défiler, de savoir sans savoir ou peut-être simplement de sauver la face. À moins qu'elle ne soit en quête d'une bonne raison d'entamer sa propre histoire, une histoire qui inclurait peut-être une véritable aventure, une riposte.) Tu as dit Katie. Alors… qui est Katie ?

Je me trouvai un bol. Je ne la regardais plus, à présent, j'évitais de croiser son regard.

– Aucune idée, répondis-je.

J'entrepris de verser du lait dans mon bol en m'efforçant d'avoir l'air aussi détaché qu'elle, mais sans tout à fait y parvenir. C'était bien le plus agaçant – plus agaçant que le fait qu'elle m'accuse sans m'accuser – et ce fut ce qui m'empêcha de tirer au clair le malentendu, de dissiper ses soupçons, d'accorder à l'affaire l'importance qu'elle méritait, puis de l'enterrer. Amanda était parfaitement calme et je ne l'étais pas, pourtant je n'avais aucune raison de me sentir coupable.

À cette heure, elle me soupçonnait réellement mais elle donnait le change, elle prenait l'affaire à la légère ; si j'avais pu la suivre sur ce terrain-là, tout se serait bien passé. Mais je n'ai jamais été doué pour ce genre de jeu.

Elle attendit.

– Je ne connais personne qui s'appelle Katie, affirmai-je en prenant un air patient et déterminé.

Bien entendu, elle ne me crut pas mais s'abstint de le dire et se contenta de sourire d'un air grave avant de retourner à son café.

– À ta guise, dit-elle en ouvrant le journal.

Elle avait réussi à faire tout et rien de cet instant. Je savais qu'il passerait, et il passa, et ce n'était *vraiment* rien. Mais je m'en souviens aujourd'hui et je constate que ce fut le début de la fin, pour elle, puis pour moi – bien que je n'aie eu vent de la liaison que longtemps après son début. Je commence à comprendre, rétrospectivement, avec sans doute le mélange requis de honte et de compassion, que ce qui la contraria le plus, ce fut le fait que je ne prenne même pas la peine de chercher à savoir.

Quand je repense aux quelques mois qui précédèrent ma fuite, je me rappelle avoir éprouvé l'impression étrange, et parfois terrifiante, que le temps allait s'arrêter. Je n'arrivais pas à chasser de mon esprit l'idée que, d'un instant à l'autre, le monde était susceptible de se figer sur place. Avec le recul, je vois bien que j'étais sous le choc de la mort de mon père et d'un rêve que j'avais gâché, mais je vois aussi que ma façon de passer des semaines complètes, des mois entiers à ne rien faire, avait quelque chose de délibéré. J'avais, bien sûr, une excuse pour cette plongée dans l'inactivité : je ne me contentais pas de rester affalé sur le canapé, à regarder la télévision toute la journée. Non. Tous les jours, je m'éveillais et je me donnais beaucoup de mal pour remplir ma vie de tâches inutiles et de passe-temps obstinés, toutes futilités qui donnaient l'impression de m'occuper à longueur de journée. Sans doute savais-je, au fond, ce qui se tramait ; j'étais allé voir le Dr Gerard, le vieux médecin de famille qui avait accompagné mon père durant la maladie qui l'emporta et après avoir un peu tourné autour du pot – moi, m'efforçant d'affirmer que rien ne clochait alors que j'étais venu solliciter de l'aide, lui cherchant à circonscrire verbalement le problème, le transformant en une sorte d'histoire pour m'éviter de perdre la face – je rentrai chez moi avec une ordonnance prescrivant des anxiolytiques. De quoi, compris-je, apaiser les journées et me distiller une sensation de calme. L'intention du médecin était, bien sûr, de parvenir – ou de chercher – à chasser l'impression croissante de catastrophe imminente, la frayeur sourde qui emplissait en permanence mes journées. Cela dit, je ne sais toujours pas à ce jour ce que je redoutais.

J'avoue que je n'attendais aucune amélioration des médicaments, du moins pas dans les proportions où ils agirent et ce, en quelques jours. On m'avait expliqué qu'il faudrait attendre quelque temps, des semaines, peut-être même des mois, mais au bout de quelques jours j'étais déjà à la dérive, encotonné dans une indifférence étrange, assez agréable, à l'égard de presque tout, ou en tout cas de tout ce qui portait à conséquence. Les incidents de ma vie personnelle – mon mariage en déroute, mon indécision, ma colère envers, pour et à propos de mes parents – s'évanouirent à l'arrière-plan alors que tous les détails secondaires, insignifiants, prenaient une importance énorme. De fait, quand j'eus commencé à prendre ces cachets, je me découvris plus ou moins satisfait de mon existence. Je prenais un réel plaisir à m'installer sur le palier du dernier étage pour écouter les étourneaux sous le toit. J'étais de plus en plus attaché à ma promenade quotidienne, je devenais irritable, voire légèrement agressif, au moindre incident qui retardait mon départ. Quel que soit le temps, je sortais et empruntais toujours le même itinéraire, à la même allure, en me repassant pratiquement les mêmes pensées, en remarquant les mêmes détails exactement aux mêmes endroits tous les matins. Pourtant, dans le même temps, je ne considérais pas particulièrement que j'avais *changé*. Simplement, je me sentais ralenti, calme, et de ce fait, j'oubliais même mon angoisse à propos du temps. J'observais une routine scrupuleuse, qui incluait quelques travaux domestiques et le survol de nos finances – qui commençaient à décliner – aussi bien que des activités plus personnelles, comme mes promenades ou les soirées que je passais à lire les journaux dans la petite pièce donnant sur le palier de l'étage. Amanda allait travailler – elle aimait son travail et insistait pour s'y rendre tous les jours, à plein temps, bien que nous n'ayons pas besoin de cet argent – et le soir, elle regardait la télévision ou restait en bas, au salon, d'où elle téléphonait aux "filles". Je pense qu'elle devait se sentir seule, par moments ; sans que ma présence lui manque pour autant, à mon avis. Cela dit, elle avait ses amis, avec qui elle allait régulièrement dîner au restaurant, à peine plus loin sur la côte, à Sandhaven, où elle avait fait sa scolarité et où ils vivaient toujours, pour la plupart. Je n'arrive pas à penser que ma présence lui ait manqué, pas à cette époque. Nous avions rapidement dépassé le stade où, dans un mariage, être ensemble a beaucoup d'importance et par ailleurs nous n'aimions pas vraiment les mêmes choses. Ce qu'elle attendait de moi, c'était la stabilité, une sensation d'ordre, la certitude que j'étais plus ou moins satisfait, ou, dans le cas contraire, que les choses ne se dégraderaient jamais au point que je devienne déprimant ou imprévisible. Rétrospectivement, je ne peux pas dire que je lui en aie tenu rigueur. Au contraire, cela semblait une base tout à fait réaliste et pas très contraignante, pour un mariage. Après tout, Amanda ne m'infligea jamais ses ennuis. À supposer qu'elle en ait eu.

C'est ainsi que, grâce au petit coup de pouce du Dr Gerard, les choses se déroulaient à merveille pour tous les partis concernés. Et ça aurait pu continuer pendant des années, je pense, si je n'avais pas pris ce journal ce samedi-là et lu cet article. Cela paraît sans doute incroyable que la lecture d'une simple coupure de presse puisse changer le cours de la vie d'un homme, mais ce fut pourtant ce qui m'arriva. Et, rétrospectivement, je m'en réjouis. Tant va la cruche à l'eau, et cetera. D'ailleurs, n'y a-t-il pas quelque chose de terrible, de terrifiant, dans le fait que, quand je repense aux morts et au cliché de la voiture incendiée, la première chose qui me vient à l'esprit, c'est que tout cela me sauva finalement d'un quotidien routinier d'angoisse vague et d'illusions banales ? Au cours de ma première consultation avec le Dr Gerard, je me souviens l'avoir entendu dire que je n'étais pas encore remis de la mort de mon père et que j'allais devoir trouver quelque chose qui ait de l'importance à mes yeux, une chose à quoi je tienne. Sans doute me conseillait-il par là de me mettre au golf ou à l'aquarelle. Je n'arrive pas à croire, rétrospectivement, qu'il m'incitait à prendre la fuite avec une gamine de quatorze ans et battre la campagne en tâchant de décider que faire ensuite.

TRISTE FIN DE FÊTE

Mrs Collings mourut à la fin de l'année, pendant que la ville s'affairait à préparer Noël. Elle mourut seule, comme elle l'avait souhaité, mais – c'est là mon dernier secret – elle ne resta pas morte dans son cottage, à l'insu de tous, aussi longtemps que tout le monde le crut. J'avais décidé de ne plus l'ennuyer dès lors qu'il devint évident que l'histoire de Malcolm Kennedy la tracassait, mais ma résolution flancha le premier jour des vacances de Noël et je gravis la colline une dernière fois, juste pour m'assurer qu'elle allait bien et lui apporter un petit cadeau, un bibelot sans aucune valeur et d'un goût douteux que j'avais acheté en ville. Je n'avais pas l'intention de l'accaparer longtemps ; je tenais juste à passer un moment avec elle, autour d'une tasse de thé et d'une part de gâteau, sans dire grand-chose, en laissant s'écouler quelques minutes avant de prendre congé une fois pour toutes. Je me berçais d'illusions, cependant, et je crois que je le savais. Quels qu'aient pu être les prétextes que j'invoquais, je *savais* secrètement que je cédais à une tentation beaucoup plus sérieuse – la tentation d'avouer – en prenant la direction du cottage de Ceres ce matin-là. Je m'étais promis de n'en jamais rien faire, mais je ne voulais pas que Mrs Collings meure sans lui soumettre une sorte d'explication… si bien que je crois, rétrospectivement, que ce fut une chance pour moi qu'elle meure à ce moment-là. Ce fut une chance pour nous deux. Si j'avais eu l'esprit clair, et non amolli par la sentimentalité propre à la période de Noël, je crois que je n'aurais même pas envisagé de dévoiler le pot aux roses. Mais je prends peut-être là encore mes désirs pour des réalités ?

Il faisait un froid mordant ce matin-là et le chemin était enneigé. On n'a pas souvent de neige sur cette partie du littoral, mais quand cela arrive elle tombe vite et dru, et s'attarde longtemps. J'étais bien emmitouflé, ma mère s'en était assurée quand je lui avais annoncé que j'allais me promener – sans toutefois lui dire où j'allais. Je ne lui montrai pas non plus mon petit cadeau de Noël – une rose en porcelaine mauve, ornée de pétales verdâtres d'aspect fané –, le paquet étant déjà fait et au fond de ma poche, avec la carte que j'avais moi-même fabriquée, un minuscule dessin aux couleurs vives représentant un sapin de Noël enrubanné de colifichets rouges et bleus, dans une vieille enveloppe un peu défraîchie. C'étaient là mes offrandes. Je n'avais pas envie de faire trop de cas de ma visite, car cela n'aurait qu'accentué l'aspect ultime de ma démarche, or je ne voulais pas que ma visite ait l'air d'être la dernière, ni chargée de la moindre importance. Je voulais simplement passer et ensuite prendre congé, comme si c'était la chose la plus naturelle du monde. Je ne voulais surtout pas qu'elle revête un caractère solennel. Du moins m'en persuadai-je, quoique, dans le même temps, une explication ait commencé à s'ébaucher dans mon esprit, un récit plus ou moins authentique, dont quelques traits étaient accentués et d'autres passés sous silence, le récit d'une erreur ordinaire. Un récit que je n'eus jamais à faire.

Au moment même où je frappai à sa porte, je compris que quelque chose clochait. Une lumière était allumée dans le salon bien qu'il soit presque midi quand j'arrivai au cottage, or je savais combien Mrs Collings était pointilleuse à propos de l'éclairage électrique. Ce n'était pas une affaire de simple économie : cela concernait la lumière du jour. Mrs Collings n'aimait pas la lumière artificielle et, même quand la nuit tombait, elle restait un long moment dans la dernière lueur grise du crépuscule, attendant le plus longtemps possible avant d'allumer la petite lampe à côté de la cheminée. Aussi, ce jour-là, bien que le temps soit couvert et qu'il menace de neiger, je compris qu'elle n'aurait pas allumé à moins d'avoir une très bonne raison de le faire. Je frappai derechef. Il n'y eut pas de réponse. Je patientai : si elle n'attendait personne, peut-être ne viendrait-elle pas ouvrir ; cela lui arrivait parfois, quand elle n'était pas d'humeur. J'envisageai de frapper à nouveau mais me ravisai, allai jusqu'à la fenêtre et scrutai à l'intérieur. Elle était là, à sa place habituelle, assise dans son fauteuil au coin du feu, mais sans y être véritablement. Je le compris dès que je la vis. Elle portait sa plus belle robe et un gros gilet bleu marine à torsades, tricoté par ses soins. Un livre était posé, ouvert et retourné, sur ses genoux. On aurait dit un vieil almanach et il était sur le point de glisser à terre, comme si elle l'avait lu la veille au soir, après quoi, fatiguée, elle l'avait posé pour se frotter les yeux ou regarder l'heure à la pendule. Elle devait avoir envisagé d'aller se coucher, puis s'être endormie dans le fauteuil, trop fatiguée pour monter l'escalier. À cela près qu'elle n'était pas endormie. Je le voyais bien.

J'aurais alors dû rentrer chez moi en courant et dire à ma mère d'appeler les autorités. Une ambulance y serait allée, ou une voiture de police, un coroner. Ce qui se faisait dans ce genre de circonstance. Quelques-uns des habitants de la ville finiraient par se trouver une raison de passer par là, à pied ou en voiture, histoire de voir ce qu'ils arriveraient à voir. Quelqu'un, quelque part, proposerait de vider la maison pour un prix sacrifié, dans l'espoir d'y trouver des choses de valeur. Et, bien sûr, on jaserait. Toutes les vieilles histoires resurgiraient, sous une forme aménagée pour la circonstance. L'histoire du bébé à deux têtes. Celle de la jeune noyée. Les histoires à propos du mauvais mari et de ce que la femme avait dû faire pour qu'il déraille ainsi. Comme j'avais donné l'alerte, on émettrait des suppositions quant à l'amitié qui me liait à elle et il ne fait aucun doute qu'on s'arrangerait pour que cela ait l'air douteux. Pire encore, quelqu'un – peu importe qui – la toucherait, quelqu'un la manipulerait, soulèverait du fauteuil son corps frêle et vide, l'étendrait sur un brancard ou une table à la morgue pour l'examiner, la mesurer, la préparer en vue de l'enterrement. Ce quelqu'un serait un inconnu, bien sûr. Je savais qu'il était impossible d'empêcher tout cela, mais j'avais au moins l'occasion de le retarder. Ce n'était pas forcément à *moi* de faire venir les inconnus. J'étais encore son ami, et je me trouvais en mesure de la protéger, au moins pour un temps ; je pouvais la laisser dormir dans son fauteuil et, s'il se trouvait dans la maison un esprit cherchant encore à faire la paix avec le monde, je pouvais lui donner un peu plus de temps. Je continuai à scruter pendant quelques minutes encore, la regardant pour la dernière fois, gravant dans ma mémoire la pièce que je ne reverrais plus jamais, tous les objets qu'elle avait rassemblés là au fil d'une vie, les bibelots, les souvenirs, l'ameublement, rare et choisi, et je fis mes adieux. Pas d'aveux; pas d'explication. Noël était presque là et ce fut tout ce que je souhaitai à son fantôme, en posant la rose en porcelaine bon marché sur l'appui de la fenêtre, où il pourrait le trouver s'il le souhaitait: *Joyeux Noël.* Je ne prononçai pas les mots à haute voix, mais les pensai de façon à ce qu'elle puisse les entendre, si elle le souhaitait. Je ne laissai pas la carte. Mrs Collings avait dépassé les mots et les cartes de Noël, d'ailleurs j'avais envie que le silence s'installe désormais entre nous. En redescendant la colline, je me la rappelai telle qu'elle était de son vivant, puis je fis mon possible pour la chasser de mes pensées. *Celui qui se rappelle oublie*, avait coutume de dire mon père. C'était un proverbe chinois qu'il avait entendu quelque part et que je trouvai pertinent, en cet instant précis. Je n'avais pas envie de me rappeler Mrs Collings telle qu'elle était, je voulais qu'elle s'efface, qu'elle en vienne à faire partie de l'histoire que mon corps se racontait à mesure qu'il traçait son chemin dans le monde. Je voulais qu'elle soit là, invisible, dans tout ce que je faisais, de façon à ce que mon erreur secrète ne compte pas pour rien.

J'ai une photo d'elle, prise alors qu'elle était encore une toute jeune femme. Elle me laissa l'emporter un jour, peu avant que nous soyons séparés. Il me semble impossible aujourd'hui qu'elle soit morte à petit feu pendant tout ce temps-là, lentement, et que je n'aie pas accepté de m'en rendre compte. Ou pas tout à fait. Je me le cachai juste assez pour ne pas avoir à l'affronter, mais je savais; elle avait le visage si sombre, pareil à ces dessins au crayon blanc sur papier noir que font les enfants, où le sombre affleure toujours. Pourtant, sur la photo, elle était complètement différente. Je ne prétendrai pas qu'elle était belle, ni même jolie, car il est impossible de nier qu'elle était une femme banale, mais je suis toujours frappé de la luminosité qui émane des gens sur ces vieilles photos. La lumière et les visages y ont une qualité qui leur donne l'air de saints de lithographies victoriennes ou des témoins des scènes de miracle de toiles anciennes, pas totalement impliqués mais frappés par la simple proximité des manifestations auxquelles ils assistent. La photo avait beau être petite, on y décelait la présence d'un jardin, derrière le sujet, un sentiment d'espace. La jeune femme devait avoir une vingtaine d'années –, le cliché avait été pris, m'expliqua-t-elle, avant qu'elle ne se marie – ce qui remontait aux années 1950, une décennie d'ombres et d'éclairage électrique chaleureux, ou peut-être un peu plus tard, au début des années 1960, quand rien ne semblait encore devoir changer un jour. Elle ne sourit pas, sur la photo, mais elle n'est pas triste ; elle faisait simplement partie de ces gens qui ne sourient guère. Elle n'était pas jolie, n'avait pas l'air d'une maîtresse femme, ni de celles que l'on range immédiatement parmi les braves tantes affectueuses. Tout ce qu'elle possédait, c'était une ténacité chaleureuse et pourtant impitoyable, et son grand rire masculin. Elle me manquait.

Elle me manquait parce que j'avais besoin de parler à quelqu'un de Hazel Birnie et qu'elle seule aurait pu endosser ce rôle. Je ne sais pas vraiment ce qu'elle aurait dit, mais elle m'aurait sans doute sorti de l'impasse où me conduisaient mes réflexions. Car, si Hazel m'obsédait de plus en plus, j'étais incapable de réagir. Je pense qu'au début, l'idée ne m'effleurait pas qu'il soit possible de faire quoi que ce soit : je n'avais aucun droit ; je n'avais aucune autorité sur la vie de Hazel ; je ne pouvais même pas être sûr d'avoir le moindre lien réel avec elle. Je ne savais d'elle que ce que j'avais lu dans les journaux et appris au détour de bribes de commérages, de récits et de scènes totalement sortis du contexte de son existence quotidienne. Si elle était maltraitée chez elle, c'était aux pouvoirs en place d'agir. La police. Les services sociaux. L'école. Je ne cessais de me répéter, encore et encore, que ça ne me regardait pas. Ça ne me regardait absolument pas. Et pourtant *si*... car j'avais certainement un lien avec elle, sinon de sang, au moins de circonstance. Ma vie était mêlée à la sienne, d'une façon ou d'une autre. Si je n'étais pas son père, ce n'était dû qu'au hasard, mais j'avais indubitablement un lien avec sa mère et la mort de ses frères – dont l'un se prénommait Malcolm, du reste – car, même si la plongée de Moira dans la folie avait d'autres causes, la mort horrible de son frère, que j'avais provoquée, en avait sûrement été le point de départ ou un facteur déterminant à tout le moins. Même s'il ne s'agissait que d'un épouvantable malentendu, d'un accident, j'avais tué l'oncle que Hazel n'eut jamais l'occasion de connaître et j'avais contribué, quand bien même indirectement, à mener sa mère jusqu'au point où elle fut capable de brûler vifs ses propres enfants. Tout est lié. Ce pouvait être une raison de ne rien faire ou, au contraire, une raison d'agir, de façon décisive, sachant que dans un cas comme dans l'autre il est impossible de prédire les conséquences. Je n'avais pas agi de façon décisive, pas une seule fois, au cours des vingt années écoulées depuis le jour où j'entraînai Malcolm Kennedy vers la mort dans le chaufour. Je n'avais pas pris une seule décision personnelle, pas même concernant l'ameublement de la maison. Et voilà que s'offrait à moi l'occasion de faire quelque chose. Plus que la simple occasion : le devoir... car n'était-il pas de mon *devoir* d'intervenir, si téméraire ou injustifié que cela puisse paraître aux yeux des autres ? Rétrospectivement, je peux dire – me dire, et dire au reste du monde – que je souffrais d'une forme de folie passagère, mais dans ce cas, si j'ai réellement été fou pendant les quelques semaines que j'ai passées à errer sur les routes, cet hiver-là, avec et sans Hazel, il s'agissait d'une folie élective.

La première fois que je la vis, elle était avec trois autres filles, devant l'école. C'était l'après-midi d'une chaude journée du début d'octobre, quelques mois à peine après la tuerie. Cela me fit un drôle d'effet, j'eus un peu honte, au début, de l'observer depuis le parking, de l'autre côté de la rue ; si quelqu'un venait à me surprendre, des questions très gênantes ne manqueraient pas d'être posées. Cela dit, je savais faire preuve de discrétion. Je me souvenais des journées passées à guetter

Malcolm Kennedy. Je repensai à mon père, dont la réussite tout entière reposa un jour sur un genre extrême de photographie sur le vif, dans lequel des gens traversant des situations épouvantables, prisonniers, malades, mourants, nouveaux-nés, victimes de guerre, étaient photographiés à leur insu ou avant qu'ils n'aient le temps de refuser. Il s'était lui-même taxé de voleur d'âmes, un jour que je l'interrogeais à ce sujet, et je crois sincèrement qu'en se retirant du monde de la photo de presse, il souhaitait tourner le dos à cette partie-là de sa carrière... mais il n'en demeurait pas moins que ses ressources, et le confort de sa famille, dépendaient de l'argent que lui avaient rapporté, et lui rapportaient encore dans certains cas, les âmes qu'il avait volées. Il avait gagné davantage, il est vrai, grâce à ses travaux sur les paysages et la faune, mais il s'était alors déjà fait une place dans le monde de la photographie. D'ailleurs, ne serait-il pas juste de dire qu'à cause d'une erreur tragique, il avait sacrifié une carrière qui avait contribué à changer une ou deux fois le cours des événements, en dépit des vols d'âmes et du dégoût que lui inspiraient parfois ses sujets et sa propre personne ? En observant Malcolm Kennedy ne m'étais-je pas sauvé des griffes d'un tortionnaire ? Je repensai à tout cela, mais ce n'était guère qu'une justification, une excuse pour faire la seule chose que je sais faire. Il se pouvait fort que je ne sois capable de rien d'autre, mais je savais observer... et nul ne pouvait affirmer que mes observations n'auraient aucune conséquence intéressante. Si j'arrivais à en découvrir davantage sur Hazel Birnie, je pourrais peut-être comprendre pourquoi sa mère et ses frères étaient morts, et pourquoi elle avait continué à marcher ce jour-là, tout là-bas, vers Balcormo. Si quelqu'un abusait d'elle, mes observations contribueraient peut-être à faire comparaître en justice l'auteur de ces abus. Je connaissais son visage. Je savais où elle habitait et où elle était scolarisée. Je me répétais que je ne me livrais à aucun acte criminel. Je ferais preuve de discrétion et, s'il n'arrivait rien qui sorte de l'ordinaire, je m'éclipserais. Fin de l'histoire.

Les quatre filles discutaient très sérieusement sur le trottoir. L'une d'elles, une petite brune avec un grain de beauté bleuâtre sur la joue droite, semblait particulièrement animée, monopolisant presque la parole pendant que les autres écoutaient et plaçaient une réponse de temps à autre : il s'agissait visiblement d'une conversation du genre *Moi, je fais comme ça... et elle, elle dit... c'est pas vrai... si!... et je lui réponds comme ça...*, et elles écoutaient toutes avidement, en apprenties commères, en futures Mrs K.

Au premier abord, Hazel paraissait beaucoup plus grande que ses compagnes. Par la suite, je constatai que ce n'était qu'une impression, un effet qu'elle s'efforçait sciemment de produire. Elle paraissait grande parce qu'elle était mince et se tenait très droite, contrairement aux trois filles qui l'entouraient, lesquelles semblaient sur le point de s'affaler sur place. Cet effet était renforcé par les touches personnelles apportées à son uniforme scolaire – jupe droite très serrée, blazer plus long de trois ou quatre centimètres qu'il n'aurait dû l'être – et par sa façon de tirer ses cheveux en une courte queue de cheval, coquetterie qui lui donnait l'air plus âgée que les autres. C'était donc une fille aspirant à être plus grande et plus vieille, adulte, passée à autre chose. Telle qu'elle était, en compagnie de ses amies, l'école finie pour la journée, elle semblait détendue et s'il n'y avait aucune raison de penser qu'elle était heureuse à proprement parler, aucun signe apparent ne trahissait la récente tragédie qu'elle avait vécue, ni le traumatisme d'avoir été abandonnée dans la campagne, à des kilomètres de chez elle. Aucun signe n'indiquait non plus qu'elle soit tyrannisée ou maltraitée. Au contraire, elle avait l'air de légèrement s'ennuyer, écoutait les autres mais ne participait guère, se contentait de hocher la tête de temps à autre, histoire de prouver qu'elle écoutait. Elles restèrent ainsi un quart d'heure, puis une voiture arriva, dans laquelle les trois autres montèrent. Tout le monde se dit au revoir, puis la voiture s'éloigna et Hazel se retrouva seule sur le trottoir. Elle s'attarda un moment, scrutant la rue d'un côté et de l'autre comme si elle attendait quelqu'un, puis se mit en route. Je la suivis, à bonne distance.

Cela me rappela quelque chose. Mais peut-être n'était-ce qu'une impression de déjà-vu, un de ces moments où l'on a l'impression, non pas qu'un incident isolé s'est déjà produit, mais que tout – la totalité de l'histoire – se répète sans cesse, toujours identique ou seulement émaillée de variations des plus subtiles, presque imperceptibles. L'arbre au coin de la rue, les vitrines, l'éclairage, cette femme qui traverse la rue avec un chien en laisse, tout était déjà là auparavant, lors d'une journée exactement semblable à celle-ci. Un bus était passé, dont descendirent un homme et un petit garçon qui se retournèrent ensuite pour faire un signe de la main pendant que le bus repartait. Quelqu'un, une fille rentrant chez elle après l'école, avait hélé une amie exactement au même moment et le petit garçon, un enfant de quatre ans blond, au teint clair, avait tourné la tête pour regarder. Cela s'était déjà passé, exactement de la même façon… et j'y étais aussi, en train de remonter Sandhaven Road dans la lumière de l'après-midi.

Plus loin, Hazel Birnie avait traversé la route pour regarder quelque chose dans une vitrine. Je continuai à marcher jusqu'au coin de la rue, puis je m'arrêtai à mon tour et traversai un petit peu plus loin. Je voulais éviter qu'elle se croie suivie, ce qui restait assez facile tant qu'elle se déplaçait, mais – tous les films d'espionnage du monde le démontrent – il est plus difficile de passer inaperçu lorsque le sujet s'arrête et repart sans cesse, qu'il rompt sa marche pour faire une chose inattendue ou tourne subitement la tête et regarde autour de lui, l'air vaguement étonné, comme s'il venait de se rendre compte qu'il devrait être dans un tout autre lieu, en train de prendre le café avec un ami ou de se soumettre à un entretien d'embauche. Hazel Birnie était de ces sujets-là. Elle n'avait pas de destination précise ; ou peut-être si, mais elle retardait le moment inévitable d'arriver ; ou elle était déjà plus ou moins arrivée à sa destination supposée et attendait que quelqu'un se montre. Puis, discrètement, au point que je m'en aperçus presque trop tard, son humeur changea et elle s'arrêta. Nous n'étions plus très loin du port, à présent, tout au bout de Shore Street, à côté de la friterie. Je crus d'abord qu'elle attendait quelqu'un à cet endroit-là, puis je compris que je me trompais. On l'observait, et elle le savait.

Elle ne m'avait pas repéré, pas précisément. Elle savait seulement que quelqu'un l'observait – mais c'était quelqu'un d'autre, pas moi, car en se retournant, discrètement, sans se trahir, elle me regarda droit dans les yeux puis se détourna. Ce n'était pas moi, cela se voyait à sa mine; ce qui signifiait, bien sûr, qu'elle pensait être suivie par quelqu'un qu'elle connaissait. J'en fus d'abord soulagé. Je n'étais pas soupçonné, je restais invisible. Puis l'idée me vint, et si évidente qu'elle soit, mit une bonne minute à se faire jour, qu'il y avait peut-être bel et bien un autre observateur, une deuxième paire d'yeux qui, à cette heure, je finis par le comprendre, devait également m'observer, moi. Maintenant, c'était à mon tour de me retourner, mais je résistai à cette tentation et entrai dans la petite boutique de fleurs qui avait jadis été la fierté de Mrs Collings.

La boutique était vide de tout client, mais emplie de parfums et de couleurs. Elle ne ressemblait pas au souvenir que j'en avais, mais je n'y étais pas entré depuis des années, depuis la mort de mes parents. La femme assise derrière le comptoir était juchée sur un haut tabouret, occupée à tresser une couronne; je ne l'avais jamais vue, pourtant son visage m'était familier, comme si je *devais* la connaître. Je jetai un coup d'œil alentour, cherchant qu'acheter. Les fleurs étaient disposées en rang de part et d'autre de la boutique, roses rouges, roses jaunes, chrysanthèmes, œillets, freesias, miraculeux assortiments de couleurs pures présentés dans ces hauts vases métalliques dont seuls les fleuristes font usage. J'avais oublié tout cela: cette ivresse de couleur et d'humidité, ce parfum complexe, un parfum qui reste toujours plus ou moins le même, quelles que soient les fleurs disponibles, un événement en soi, un effet infiniment plus important que la somme de ses composantes. Je me rappelai Mrs Collings et combien elle s'était affaiblie au cours des derniers mois. Puis je regardai la femme. Elle avait achevé ce qu'elle faisait et s'avançait, contournait le comptoir pour venir à ma rencontre.

– Excusez-moi de vous avoir fait attendre, dit-elle. Un petit travail minutieux qu'on ne peut pas laisser en cours de route. (Elle sourit.) En quoi puis-je vous être utile?

– Je ne sais pas, répondis-je. Je n'ai pas choisi. Tout est changé…

Elle lâcha un grand rire qu'il me sembla avoir entendu quelque part.

– En effet, dit-elle. Je viens d'acheter la boutique. Je me suis dit que j'allais faire quelques transformations.

Je hochai la tête.

– C'est beaucoup… mieux, dis-je.

– Merci.

Je la regardai, puis demandai :

– Vous êtes de Coldhaven ? C'est juste que…

– Non, je ne suis pas d'ici, coupa-t-elle. Je n'y ai pas vraiment d'attaches, si ce n'est que ma tante tenait ce magasin il y a, ma foi, des années.

– Votre tante ?

– Oh, vous ne la connaissiez sans doute pas. Elle est morte voilà quelques années. Elle avait déjà vendu, à ce moment-là. Mrs Collings.

J'acquiesçai.

– Mais si, dis-je. Je la connaissais. Un peu. J'étais encore enfant…

– Oui, dit-elle. Ça remonte à vingt ans, maintenant. Mais quand la boutique s'est présentée, je me suis sentie obligée de la reprendre. J'y venais de temps en temps, avant que ma tante tombe malade et déménage, et c'était l'endroit que j'aimais le plus au monde.

Je la regardai, surpris.

– Quoi, Coldhaven ?

Elle rit très fort.

– Non, se récria-t-elle, la boutique. J'adorais le parfum des fleurs et la façon dont elles étaient disposées. C'est ce que je fais en ce moment, en fait, je la réinstalle telle qu'elle était à l'époque. Mais je ne voudrais pas vous accaparer. Prenez votre temps, jetez un coup d'œil. Et dites-moi quand vous aurez fait votre choix.

Quand je ressortis de la boutique avec un bouquet de roses jaunes, Hazel Birnie avait disparu. Je n'en fus pas surpris, mais l'impression que j'avais eue un peu plus tôt m'intriguait, la nette sensation qu'elle se sentait surveillée, par quelqu'un d'autre que moi et sans doute quelqu'un qu'elle connaissait. Son père, peut-être ? Un petit ami indésirable ? Elle avait certainement suscité toutes sortes de curiosités après la tuerie, sympathiques pour certaines, malsaines pour d'autres, mais il se trouvait toujours des gens bizarres chez qui la fascination dépassait la simple curiosité. Et dans ce cas, où me situais-je ? Les calculs auxquels je m'étais livré – le même exercice arithmétique, encore et toujours – n'écartaient pas la possibilité que Hazel Birnie puisse être ma fille, mais tout cela s'était passé bien longtemps auparavant et je savais que rien ne pouvait être réglé par une simple opération d'arithmétique. Ce qui signifiait, n'est-ce pas, que j'étais l'un de ces gens bizarres. J'étais, je risquais d'être, j'essayais de ne pas être ou, du moins, j'essayais de me convaincre de ne pas être. Que pouvais-je faire d'autre ? Je ne pouvais quand même pas aller trouver Tom Birnie et proposer que nous fassions des analyses sanguines pour déterminer la paternité d'une fille qu'il considérait comme la sienne depuis quatorze ans. Tout ce que je pouvais faire, c'était rentrer chez moi, mettre mes roses dans un vase et reprendre ma filature – une filature plus prudente, bien entendu – le lendemain. À défaut d'autre chose, je découvrirais peut-être l'identité de celui qui traquait Hazel.

Le lendemain, toutefois, elle ne se montra pas à l'école. Ni le surlendemain. Je ne la revis que le vendredi ; et, ce jour-là, elle avait un tout autre air, moins sévère, moins adulte. Elle n'alla pas en cours ce jour-là non plus ; en fait, je ne dus qu'au hasard de tomber sur elle, alors que je rentrais chez moi après avoir fait des achats en traversant le petit parc juste au-dessus du front de mer. Elle était assise sur un banc, seule, en robe d'été blanche avec de petites sandales en plastique transparent, du genre de celles que portent les gamins à la plage ; elle avait l'air d'attendre quelqu'un. C'était un tableau singulier, étrangement touchant : la tenue qu'elle portait n'était pas adaptée au temps de cette journée un peu humide à présent, avec un vent venant de la mer, d'ailleurs elle avait visiblement froid. J'ignorais si elle m'avait remarqué la dernière fois que je l'avais suivie, mais comme je ne voulais prendre aucun risque, je gardai mes distances, attendant de voir si quelqu'un venait la rejoindre. Toutefois, il me vint à l'esprit que je devrais forcément me rendre visible tôt ou tard, que me borner à l'observer n'avait aucun intérêt. En fin de compte, je serais amené à lui parler.

Mais d'abord, j'avais besoin de l'observer, d'en découvrir plus. Qui attendait-elle et, en premier lieu, pourquoi ? Peut-être était-ce un garçon, un rendez-vous ? Pour quelle autre raison attendrait-elle là, dans le froid ? Je n'aurais su le dire, mais quelle que soit la personne en question, elle ne vint pas et au bout d'une demi-heure Hazel se leva et repartit chez elle.

C'est une erreur d'étudier trop attentivement le point de départ de tel ou tel événement. Les choses prennent naissance bien en deçà de la surface ; le temps d'émerger, elles ont acquis une existence et une direction qui leur sont propres. On ne perçoit pas ce phénomène, aussi parle-t-on de destin, de sort ou de hasard quand un événement inattendu se produit ; on se prépare pourtant depuis le début, en secret, à prendre part au moment qu'en surface nous avons trouvé si surprenant. Je ne décidai ce que je ferais qu'une fois le mois d'octobre largement entamé, mais je ne peux m'empêcher de penser que l'engrenage se mit en route dans mon esprit à la suite d'un certain incident dont je fus témoin quelque deux semaines auparavant.

C'était à l'occasion d'une corvée mondaine, un dîner avec la chef d'Amanda et son mari ; je m'étais rasé, changé pour passer une veste et une cravate, mais Amanda n'était pas encore prête. Je me servis donc un grand verre de limonade fraîche et sortis dans le jardin. Il faisait chaud, ce soir-là, d'une chaleur exerçant une pression presque tangible sur mon visage et mes mains, et tandis que je m'attardais là, en sirotant mon verre, je sentis quelque chose monter jusqu'à la surface de mon épiderme, une chose ancienne, une sensation oubliée de peur ou, sinon de peur précisément, alors d'appréhension, une appréhension antérieure, pour ainsi dire, à mon existence humaine, une appréhension rampante, presque reptilienne, montant des profondeurs de mes os, de mes cartilages, détachée de mes soucis humains ordinaires, mais perméable à tout ce que je ne remarquais pas en temps normal : un frémissement de l'air, une branche s'agitant sur un arbre, à la lisière du jardin, et communiquant ses secousses à cet organisme plus brut, plus simple. Tout à coup, j'éprouvai un frisson de plaisir animal, une continuité entre ma propre chair et les ombres tapies dans les buissons ; mais la peur, ou l'appréhension, était toujours là et je me rendis compte que ces deux sensations étaient indissociables, peur et plaisir, appréhension et joie timide d'être là, en vie. Au même instant, je remarquai quelque chose – dire que j'entrevis cette chose du coin de l'œil serait excessif et il n'y eut aucun bruit, à mon souvenir, mais je sentis une présence qui s'éclipsait en direction des hautes herbes du verger. Cela ne dura qu'un instant, mais cette sensation d'avoir suscité quelque chose me submergea. J'éprouvai une panique étrange, curieusement paisible, l'impression d'être sur le point de perdre quelque chose avant même d'avoir saisi de quoi il s'agissait et je cherchai fébrilement à retenir cette chose, au moins un instant. Je voulais voir cette chose, m'y cramponner et la nommer.

Amanda apparut sur le seuil de la porte-fenêtre.

– Tu viens ?

Je la regardai.

– Qu'est-ce qu'il y a ? demanda-t-elle. On dirait que tu viens de voir un fantôme.

Je secouai la tête.

– Ce n'est rien. Je réfléchissais, voilà tout.

Elle eut cette mimique bien à elle, quand elle pince les lèvres et se détourne, comme si elle avait quelque chose à répondre mais refusait de se donner la peine de répéter, une fois de plus, pour la centième fois.

– Allez, viens, dit-elle. On va être en retard. (Elle enfilait déjà son manteau.) Et ce soir, tâche au moins d'avoir l'air de t'amuser.

Les jours passèrent. Amanda partait au travail ; je cherchais Hazel Birnie, la trouvais, la reperdais, la retrouvais à nouveau. Parfois, elle avait des journées bien réglées, plus ou moins normales : l'école, ses amies, le retour chez elle à pied ; d'autres fois, elle se contentait d'errer, de sécher les cours pour aller traîner sur le front de mer ou dans le parc, sans paraître se soucier du risque de se faire prendre. Elle savait sans doute que personne ne serait très sévère avec elle, après ce qui s'était passé. Elle était tout simplement à la dérive, cependant, et selon moi, il aurait fallu que quelqu'un fasse quelque chose pour l'aider. Qui pouvait dire ce qu'elle avait en tête ?

Entre-temps, Amanda s'était mise à traîner un peu, elle aussi. En sortant de son travail, elle s'attardait, allait boire un verre de vin avec une des filles, une collègue ou une autre. Elle appelait toujours – j'étais généralement sorti ou hors de portée du téléphone – et laissait un message bref et évasif auquel je n'accordais guère d'intérêt. La soupçonnais-je de quoi que ce soit ? D'avoir une liaison ? Une ribambelle d'amants ? J'avoue que non. À franchement parler, je n'y pensais pas. Il lui arrivait parfois de rentrer tard, un peu éméchée, et elle cherchait alors à déclencher une dispute. Tout cela m'insupportait un peu. Un vendredi soir, elle rentra à une heure du matin. J'étais dans l'ancien bureau de mon père, en train de lire, quand elle apparut sur le seuil.

– Bonsoir, dit-elle. Tu es occupé ?

Je hochai la tête.

– Bonsoir.

Elle sourit.

– Tu n'as pas envie de savoir d'où je viens ?

– Pas particulièrement, répondis-je.

– Tu n'as pas envie de savoir si je me suis bien amusée ?

– Dans le cas contraire, tu serais rentrée plus tôt, j'imagine.

– Ça ne t'intéresse absolument pas, hein ?

Je la regardai. Elle était en beauté et ivre.

– Je suis content que tu te sois amusée, dis-je.

Elle lâcha un ricanement.

– Ah, ouais ! dit-elle. Tu parles que tu es content, tiens !

J'abaissai les yeux vers mon livre, comme pour me rappeler ce que je faisais avant son arrivée.

– J'étais en train de lire quelque chose à propos des tourbières de l'ouest de la France, dis-je.

– Oh, bravo !

– Passionnant, poursuivis-je. J'aimerais y aller, un jour.

Elle se tut alors. Un étourdissement, sans doute. Un instant de tristesse.

– Qu'est-ce que je fais ici ? demanda-t-elle. Je mérite mieux que ça. (Elle s'adossa au montant de la porte.) Hein, que je mérite mieux que ça ? répéta-t-elle, surtout à elle-même.

Je la regardai. Quel dommage, pensai-je. Elle était si jolie, et si radicalement différente de moi.

– En effet, dis-je. Tu mérites mieux que ça. (Je refermai mon livre d'un coup sec qui la fit sursauter. Mon intention n'était pourtant pas de lui faire peur.) Va te coucher, dis-je. Tu es fatiguée.

Elle me regarda et secoua la tête.

– C'est tout ce que tu as à me dire ?

Je hochai négativement la tête. Elle soupira.

– Alors, quoi d'autre ?

– Je suis content que tu te sois amusée, répétai-je.

Elle me dévisagea longuement, avec tristesse plus qu'avec colère, puis alla se coucher.

– Je vous ai vu m'observer.

J'envisageai de faire mine de n'avoir rien entendu, de croire qu'elle s'adressait à quelqu'un d'autre, mais à quoi bon ? Elle se tenait à quelques mètres de moi à peine et m'avait démasqué de façon claire et nette. Je levai la tête. Elle était en uniforme scolaire, pull bleu, jupe plissée bleue, chemisier blanc, cravate rouge et bleue. Elle s'était fait de courtes couettes, nouées de rubans. J'allais être arrêté comme agresseur d'enfants.

– Pardon ? demandai-je.

Elle rit.

– Oh, vous pouvez demander pardon, répondit-elle. Vu votre âge, vous pourriez être mon père.

Je secouai la tête.

– Ce n'est pas ce que tu crois, dis-je.

– Pas quoi ?

– Tu sais bien.

– Comment ça, je sais ? Vu l'âge que j'ai, je pourrais être votre fille.

– Ce n'est pas ce que tu crois, dis-je. Je voulais juste...

Quoi ? Je voulais juste essayer de découvrir si on la maltraitait chez elle ? Je voulais juste voir si j'arrivais à déceler je ne sais quel trait de famille qui apporte une réponse au problème d'arithmétique ? Je voulais juste… quoi ?

– Alors, insista-t-elle. Vous voulez quoi ?

– Rien, répondis-je. Je ne veux rien.

Elle secoua la tête.

– Tout le monde veut quelque chose.

Elle sourit à nouveau et se détourna. Je la regardai s'éloigner. Je n'aurais pas dû, j'aurais dû me détourner aussi, au cas où quelqu'un me verrait, mais je la regardai s'éloigner et je remarquai – je ne pus m'en empêcher, ce fut totalement, *totalement* involontaire – qu'elle avait les jambes nues, malgré le froid, et que ses jambes étaient blanches, lisses et superbement, terriblement minces.

J'étais désorienté. Était-ce une provocation ? De la séduction ? Une invitation ? Elle m'avait vu l'observer et, au lieu de se précipiter auprès du policier le plus proche, elle était venue me trouver pour échanger quelques mots amicaux. Que croyait-elle que je veuille ? Et si tout le monde voulait effectivement quelque chose, que voulait-*elle* ? Pourquoi avais-je remarqué ses jambes ? Pourquoi avais-je remarqué son allure en uniforme scolaire, déconcertante, attirante et – ce n'était que trop évident – provocante avec ses couettes et sa jupe plissée ? Mon intention n'était pas de remarquer ces détails, à aucun moment ; ce n'était pas ce que je recherchais. N'est-ce pas ? Me connaissais-je si peu ? Tout cela n'était-il qu'un subterfuge sophistiqué visant à me détourner de je ne sais quelle perversion profonde, secrète, totalement effroyable, que je nourrissais depuis des années ? Je n'avais pas envie qu'elle pense vraiment ce qu'elle avait laissé entendre. Je n'avais pas envie qu'elle me prenne pour un vieux satyre. Mais que dire pour lui ôter cette idée de l'esprit ? Je décidai que, pour le moment au moins, le mieux était de faire profil bas. De battre en retraite, d'arrêter d'être aussi voyant. Je comprenais ce qui s'était passé, bien sûr : en voulant faire avancer les choses, en voulant lui parler, je m'étais rendu voyant. Sans presque d'effort, elle avait contrecarré ma stratégie. J'étais maintenant exposé. J'étais maintenant visible.

Je songeai réellement à tout laisser tomber. J'y songeai souvent. Je faisais parfois des cauchemars terrifiants : j'étais couché dans mon lit quand, soudain, je me rendais compte que quelqu'un d'autre était là, allongé sur la couette, sur moi. Je ne voyais pas de qui il s'agissait, mais je savais que c'était une femme, ou une jeune fille. Parfois, en m'éveillant, je me disais que c'était Hazel; d'autres fois, j'étais convaincu qu'il s'agissait de sa mère. Chaque nuit ou presque, je m'éveillais aux prises avec une ombre, en criant et en me débattant, luttant pour me libérer du poids de l'inconnue tout en m'efforçant de l'attraper, de voir qui elle était. Un jour, je m'endormis dans le jardin et Amanda dut sortir juste au moment où mon rêve m'éveillait en sursaut. Je n'avais pas parfaitement conscience de ce qui se passait ni de l'endroit où je me trouvais, quand je la sentis se pencher sur moi et me parler, me demander ce qu'il y avait. Son ton était étonnamment gentil, très doux, comme lorsqu'on s'adresse à un enfant. J'aurais dû me rendre compte, alors, qu'elle s'était trouvé un amant, tant elle était attentionnée à mon égard.

– Qu'est-ce qu'il y a? À qui parles-tu?

Je me redressai. Je ne savais pas ce qui m'effrayait à ce point, mais j'étais terrorisé. Quelqu'un s'était trouvé là, une femme ou une jeune fille, aux mains blanches et squameuses, et avait tenté de me caresser le visage. Ces mains étaient empoisonnées ou abîmées, je le savais – on aurait dit un eczéma très prononcé – mais dans le rêve, j'étais effrayé à l'idée que je risquais de toucher cette peau blanche, squameuse.

– Qu'est-ce qu'il y a? répéta Amanda.

Je tournai la tête en tous sens.

– Il y a quelqu'un, ici, dis-je. Quelqu'un dans le jardin.

Elle me regarda.

– Non, dit-elle. Il n'y a personne. Tu étais en train de rêver.

– Mais non, protestai-je. Elle était là.

– Qui ça? (Amanda me dévisagea longuement d'un air interrogateur; puis elle posa la main sur mon front.) Tu as de la fièvre. Tu devrais aller te mettre au lit, au lieu de dormir ici, dans le jardin.

J'émergeais peu à peu et je savais qu'elle avait raison. Je m'étais endormi par une chaude journée; j'étais fatigué; je commençais à perdre l'esprit. Il fallait que j'aille me mettre au lit, que je prenne un cachet. Que je boive un grog bouillant. Que je sois raisonnable. Mais je n'arrivais pas à lâcher prise complètement ; c'était trop réel. Je regardai le fond du jardin et là, à l'extrême lisière de la pelouse, je vis quelque chose, guère plus qu'un frémissement, un jeu de lumière peut-être, toujours est-il que *quelque chose* disparut dans les fourrés. Je frissonnai. Peut-être étais-je bel et bien en train de perdre l'esprit.

Amanda se redressa, secoua la tête.

– Va te mettre au lit, répéta-t-elle. Tu passes trop de temps ici, tout seul, à broyer du noir. Il faudrait que tu sois moins replié sur toi-même.

Je hochai la tête, essayai de me lever mais n'y parvins pas.

– Ça va, dis-je. J'ai simplement besoin de rester tranquille un moment.

Elle acquiesça, puis entra dans la cuisine.

– Je vais t'apporter quelque chose à boire, dit-elle, et ensuite tu iras te mettre au lit. Tu es en train de te rendre malade.

Ce que je ne savais pas, pendant ces derniers jours, c'est que ma vie et celle d'Amanda suivaient des cours parallèles. Nos problèmes n'étaient pas tout à fait les mêmes mais, pour des raisons différentes, nous nous posions la même question. Au cours de la semaine ou de la quinzaine qui suivit, je me familiarisai peu à peu avec Hazel Birnie, d'abord en l'observant, puis au travers du jeu du chat et de la souris, jeu étrange et prolongé qu'elle instaura entre nous dès la première fois qu'elle m'adressa la parole, un jeu fait de conversations insolites, fugaces, d'anecdotes à demi racontées et d'insinuations, jeu qui pouvait sembler, les bons jours, un flirt anodin, et les mauvais jours à peine moins qu'un manège cruel. Je dis que je me familiarisai avec Hazel, mais le mot est trop fort, ou peut-être trop gentil. Je fis sa connaissance. Je l'examinai sous différents abords, en cherchant à le faire de façon à la fois innocente à mes yeux, et détachée aux siens. Je ne crois pas y être jamais parvenu. Je crois qu'elle me perça à jour dès le départ. Elle était curieuse, voilà tout... du moins au début. Par la suite, elle eut peut-être d'autres raisons de vouloir faire ma connaissance, et ces raisons n'étaient peut-être pas uniquement les siennes, mais au début, ce fut par curiosité, mêlée, sans doute, d'une certaine conscience de son propre pouvoir, de sa capacité à mener ce jeu avec moi et à le maîtriser, tout en étant flattée des attentions que lui portait un adulte ayant de l'argent et une voiture.

Pendant ce temps-là, Amanda savourait des attentions d'un autre genre. Je n'avais aucune raison de l'ignorer – elle me l'avait pratiquement avoué, par les moyens détournés qui étaient les siens – mais je ne crois pas avoir jamais compris à quel point elle compliqua la situation, pour elle-même et pour son… comment l'appeler ? Son amant ? Son suborneur ? Son petit ami ? Il était jeune, intelligent, en pleine ascension au sein de l'entreprise pour laquelle elle travaillait, et dut paraître irrésistible aux yeux de quelqu'un ayant vécu si longtemps avec moi, mais je rendrai cette justice à Amanda qu'elle souffrit de façon assez spectaculaire avant de succomber. Et même alors, elle ne put se résoudre à me quitter. Je n'appris tout cela que beaucoup plus tard, mais il semble qu'Amanda était prête à rester, à continuer beaucoup plus longtemps qu'on n'aurait pu raisonnablement l'espérer. Elle avait foi dans l'engagement qu'elle avait prononcé et s'efforçait de vivre selon ses termes. Pour ma part, je ne me rappelais pas clairement en quoi il consistait. Rétrospectivement, j'ai honte de l'avoir aussi mal traitée ; et pourtant, pendant tout ce temps-là, elle était prête à essayer de recommencer. Ce fut seulement après que j'eus pris la fuite, dans des circonstances décidément douteuses, qu'elle décida de partir. L'homme en question s'appelait Robert. Je crois qu'elle ne coucha avec lui qu'après mon départ, mais rien ne me permet d'en être sûr. C'est un point à propos duquel il faut vraiment que je consulte Mrs K. Je suis sûre qu'elle est au courant de tous les détails.

Le tournant décisif pour moi et par extension pour Amanda survint un mercredi après-midi. La nuit tombait de plus en plus tôt et les fins d'après-midi étaient grises et douces comme de la cendre. Le temps était souvent pluvieux ou brumeux et les gens vaquaient à leurs occupations avec trop de hâte pour remarquer ce que faisaient leurs voisins. J'avais donné rendez-vous à Hazel dans une petite ruelle, pas très loin de son école: non que j'aie eu des choses à cacher, mais parce que notre amitié, notre relation, n'était pas explicable. Je ne tenais pas à ce qu'il vienne aux oreilles d'Amanda que je retrouvais une collégienne dans des ruelles détournées et que je la conduisais ensuite dans la campagne, où nous restions dans ma voiture à contempler les champs trempés, en tenant ce qu'on pouvait à peine appeler une conversation polie. Il m'arrivait alors parfois de me demander si Hazel éprouvait pour moi de la curiosité, non pas en tant qu'amant, vieux satyre ou quelque autre image qu'elle puisse avoir de moi, mais en tant que père potentiel. Elle avait dû remarquer son peu de ressemblance avec Tom Birnie; peut-être Moira lui avait-elle dit quelque chose, le dernier jour, avant de l'abandonner sur la route de Balcormo. Si tel était le cas, elle n'en laissait rien transparaître. Nos conversations étaient décousues, sans suite logique, vaguement charmeuses, à l'occasion. Elle me racontait parfois des histoires drôles. Des histoires puériles, sottes et curieusement attachantes – quoique à y repenser, ç'ait pu être calculé de sa part. Elle savait sans doute à quel point elle était mignonne quand elle se laissait aller et racontait le genre d'histoire qui aurait plu à un gamin de sept ans.

– C'est un homme qui va chez le docteur, lançait-elle. (J'avais l'air suspendu à ses lèvres, en attente. Je ne l'interrompais jamais.) Et il dit: "Docteur, quand j'appuie *là*, j'ai mal" (elle posait le doigt sur son front). "Et quand j'appuie *là*, aussi" (elle posait le doigt sur son menton). "Et j'ai mal aussi quand j'appuie *là*" (elle posait le doigt sur son ventre et appuyait, fort). "À votre avis, qu'est-ce que j'ai?" Et là, le docteur répond: "Eh bien, je crois que vous avez le doigt cassé."

Quand la chute arrivait, je riais toujours, si nulle que soit l'histoire. Ce qu'elle trouvait amusant aussi. Bien plus amusant que l'histoire. Et c'était curieux, car j'avais toujours l'impression qu'elle me testait. Ce commerce d'histoires drôles, ses humeurs changeantes, les petits accès de grossièreté... tout cela n'était que test. Un test lorsqu'elle acceptait de venir me retrouver, et un autre lorsqu'elle refusait. C'était un test lorsqu'elle avait une demi-heure de retard, et un autre lorsqu'elle arrivait à notre rendez-vous en avance et devait m'attendre. Tout n'était que test – et j'ignorais complètement si je réussissais ou si j'échouais.

Ce jour-là, elle ne vint pas – et c'était probablement un test aussi. J'attendis un moment, puis je sortis de la voiture, la laissai garée dans la ruelle et rebroussai chemin par la venelle voisine en direction de la grille de l'école. Les gamins s'étaient presque tous dispersés, à cette heure, mais Hazel était encore là et parlait à quelqu'un. Je crus d'abord qu'il s'agissait d'un professeur; puis je vis que c'était Tom Birnie. Il ressemblait davantage à sa photo dans les journaux que Hazel, mais il n'avait plus grand-chose du jeune dur arrogant et plutôt beau garçon de mes souvenirs d'école. Il avait la mine sombre, mauvaise, un peu renfrognée, comme s'il essayait de passer inaperçu et, en même temps, de défier tout le monde et tout ce qui lui était arrivé. Visiblement, il était en colère contre Hazel, mais tout grand et dangereux qu'il soit, elle n'était pas impressionnée. Il était évident, à voir la façon dont elle lui tenait tête, plantée devant lui, sans céder un pouce de terrain, que tout le respect qu'elle avait pu lui porter un jour s'était évanoui depuis un certain temps. Peut-être depuis la tuerie, peut-être longtemps auparavant. Elle avait déjà mené cette lutte, c'était flagrant, et ne se laisserait pas intimider. L'ennui, c'est qu'elle avait choisi le mauvais jour pour se battre. Tom Birnie était d'humeur hargneuse, poings serrés, le corps tendu. Convaincu qu'il s'apprêtait à la frapper, je détournai leur attention à tous les deux en débouchant de la venelle qui leur faisait face et traversai la chaussée. Je n'avais pas d'intention particulière – tout ce que je voulais, je crois, c'était être une présence sur place, quelqu'un que Tom Birnie prendrait pour un professeur, par exemple – mais mon apparition changea tout. Birnie se tut et s'éloigna, tournant le dos à sa fille et cherchant des cigarettes dans sa poche. Je suppose qu'il devait déjà se considérer comme un homme soupçonné de mauvais traitements domestiques, voire pire, et qu'il ne tenait pas, pour peu que je sois professeur, à trop attirer l'attention sur lui. Rien ne lui permettait d'en être sûr, certes, mais mieux valait jouer la carte de la sécurité. Ce qu'il avait commencé de dire pouvait attendre.

Hazel ne m'adressa pas un regard. Je suppose qu'elle ne voulait pas que son père comprenne ce qui se passait – bien qu'il soit difficile de dire ce que nous avions fait, si tant est que nous ayons fait pire que nous retrouver et parler, rouler en voiture, en silence, parler. C'était le genre de cour vieillotte que j'imaginais un homme de mon âge faire à une gamine *en âge d'être sa fille*, mais telle n'était pas mon intention et je continuais à espérer qu'elle ne me voyait pas sous ce jour-là. J'espérais qu'elle me voyait comme… quelque chose de mal défini, je crois. Quelque chose d'indéfinissable. Je n'avais pas proposé de faire une analyse sanguine, ni de nous enfuir tous les deux. Je n'avais jamais provoqué le moindre contact physique, pas le moindre effleurement, la moindre étreinte, la moindre caresse détournée. Nous étions innocents… du moins je l'étais. C'était peut-être ce qui étonnait le plus Hazel.

Je passai devant eux sans un mot, en direction de l'entrée principale de l'établissement. D'après les apparences, je pouvais être un professeur revenu en fin de journée pour prendre quelque chose qu'il avait oublié. Je me disais qu'une confrontation directe avec Tom Birnie ne ferait qu'aggraver les choses… puis j'eus une autre idée. Je fis demi-tour.

– Hazel ?

Elle me regarda, figée de stupeur. Tom Birnie tourna la tête, lui aussi, sa cigarette allumée abritée au creux de la paume. Il me regarda avec une curiosité vite éteinte. Je fis quelques pas dans leur direction.

– Je me demandais comment se passait ce devoir, dis-je. C'est pour vendredi, vous savez.

Elle pigea aussitôt.

– Ça se passe bien, répondit-elle.

– Il ne vous faudra pas plus de temps ? enchaînai-je en adressant un bref regard à son père. Compte tenu des circonstances ?

C'était le genre de remarque à l'emporte-pièce que je me serais sans doute permise si j'avais été son professeur, mais elle produisit l'effet idéal sur son père. Tom Birnie m'adressa un regard singulier, presque effrayé, puis se tourna vers Hazel, marmonna quelque chose que je ne compris pas et s'éloigna, jetant la cigarette dans le caniveau en partant. Hazel attendit qu'il soit hors de portée de voix, puis me demanda :

– C'était quoi, cette histoire ?

– Je me suis dit…

– Il va me demander qui vous êtes. Plus tard. Il va vouloir savoir de quoi vous causiez, bon sang. (Elle se rapprocha.) Quel devoir ?

– J'ai cru qu'il allait te frapper…

– Et alors ? En quoi ça vous regarde ?

– Je ne pense pas…

– Vous allez me protéger de lui, c'est ça ? Vous allez me sauver ?

– Ce n'est pas comme ça que…

– Bon, vous avez vu comment il est. Alors, qu'est-ce que allez pouvoir y faire ?

– Tu n'es pas obligée de rester avec lui, dis-je.

Je n'arrivais pas à comprendre. Elle était en colère contre *moi*.

– Où est-ce que je pourrais bien aller, sinon ? (Elle parlait tout bas, à peine un ton au-dessus du murmure, en fait. Elle savait mieux que moi le risque que nous prenions à nous chamailler là, juste devant son école.) Dans un foyer ?

Je ne répondis pas.

– Et pourquoi pas une famille d'accueil ? Ça serait sympa.

– Il y a d'autres solutions…

Elle rit.

– Ah oui ? Et quoi donc, comme solutions ? (Elle s'approcha tout près, au point de presque me toucher.) Peut-être que vous pourriez m'emmener loin de tout ça.

Elle attendit, sans pourtant quêter de réponse.

– Peut-être, en effet, répondis-je sans lui laisser le temps d'en dire plus.

Cette fois, elle ne rit pas. Je lui accorderai ça. Elle ne rit pas. Elle sentit que, même si cette idée ne m'était pas vraiment venue à l'esprit auparavant, j'étais sérieux. Elle scruta mes yeux, puis scruta ma bouche. L'espace d'un instant, je crus qu'elle allait me frapper, mais elle se contenta de secouer la tête et se détourna.

– Il faut que j'y aille, dit-elle. J'ai un devoir à terminer.

Je ne dis rien pour la retenir. Elle n'avait pas ri et ne m'avait pas frappé, bien que je sois convaincu qu'elle y pensa un instant. Elle avait besoin d'un temps de réflexion, ce qui signifiait qu'elle aussi était sérieuse. Le seul ennui, c'était que j'ignorais ce qu'elle prenait au sérieux.

Je ne la revis pas de trois jours. Puis elle m'appela, chez moi, en pleine journée, pendant qu'Amanda était au travail. Je ne lui avais pas donné mon numéro, aussi fus-je étonné d'entendre sa voix en décrochant le téléphone.

– C'est d'accord, lança-t-elle.

– Quoi ?

– J'ai dit : c'est d'accord. Emmenez-moi loin de tout ça.

Pendant un instant, je ne sus que dire. J'étais sérieux et je continuais de l'être, mais je crois que je me savais aussi en train de devenir fou. Une forme de folie passagère, élective, perverse, mais de la folie malgré tout. Je n'hésitai qu'un instant, mais je sais, rétrospectivement, que ce qui me traversait l'esprit pendant cette fraction de seconde – ce qui me traversait à l'instar d'un ruisseau souterrain, invisible, presque inaudible – était une question. Je n'aurais su la formuler, sur le moment, mais je le peux à présent. C'était une question en trois volets. Tout d'abord, il me vint à l'esprit qu'il s'était passé des choses, il s'était dit et fait des choses dont j'ignorais tout. Des signes s'étaient transmis, des secrets révélés, sans même que j'en sache rien. J'étais fou, véritablement, de la façon banale, défaitiste, dont Pierre est fou lorsqu'il renie Jésus, dont Joseph est fou lorsque l'ange lui apparaît en rêve – *et qu'il croit ce qu'il voit.* Lorsque l'ange apparaît, on est censé hausser les épaules et passer à autre chose. Lorsqu'on est accusé, on est tenu non pas de renier, mais de tergiverser, d'esquiver les balles, d'assurer nos arrières. On use de boutades. On crée une diversion. Seuls les fous écoutent lorsque l'ange parle, seuls les fous renient d'un air égaré, confirmant par là leur culpabilité. J'étais fou et j'avais écouté les anges, sans même m'en rendre compte. Tout cela était bien beau mais alors, si j'étais fou, qu'en était-il de Hazel ? Je ne la croyais pas folle. Aux abois, alors ? Cherchant de l'aide si désespérément qu'elle était prête à s'enfuir avec un quasi-inconnu ? La croyais-je amoureuse ? Ou me rendais-je compte, même alors, qu'elle avait perçu en moi je ne sais quel signal, je ne sais quelle succession d'indices révélateurs qui trahissaient non pas du désir ou de la convoitise amoureuse, mais la folie dont j'avais à peine conscience, une folie perverse qui l'autoriserait à me prendre pour un imbécile ? Étais-je un imbécile ? Voilà la question que j'aurais dû me poser… mais quand bien même la réponse aurait été positive, je ne suis pas sûr que cela aurait changé quoi que ce soit.

– Ce serait du kidnapping, dis-je.

– Ah bon.

– Non, c'est vrai. Réellement. Ce serait…

– C'est bon, dit-elle. Vous avez changé d'avis. Je peux pas vraiment vous en vouloir…

– Je ne change pas d'avis, protestai-je. Je dis simplement que ce serait du kidnapping.

– Il faudrait d'abord qu'on nous arrête, dit-elle.

– On m'arrêterait, moi. *Toi*, on te porterait secours.

– Eh bien, changez d'avis.

– Non.

Il y eut un silence, puis elle se remit à parler, très bas, sur le ton de la conspiration.

– D'accord, dit-elle. (Un ridicule frisson d'enthousiasme et… oui, de romantisme, me traversa. Étais-je, à un moment donné, tombé amoureux d'elle ? Peut-être ; mais je ne la *désirais* pas, pas comme j'avais jadis désiré sa mère ou, dans une autre vie, Amanda. Ce n'était pas sexuel, c'était romantique. Nous étions deux individus qui souhaitions nous enfuir. C'était tout ce que j'avais en tête.) J'attendrai demain matin, à neuf heures, annonça-t-elle. Juste après le début des cours. Si vous êtes sérieux et que vous n'avez pas changé d'avis, je vous verrai à ce moment-là. D'accord ?

– D'accord, répondis-je.

Je supposais qu'elle parlait de l'endroit habituel, dans la ruelle en face de l'école, mais je ne voulais pas me contenter de suppositions. Je tenais à être bien sûr. Je ne voulais pas qu'elle s'imagine que je n'étais pas venu à cause d'un quiproquo idiot mais avant même que j'aie pu dire un mot de plus, avant que j'aie pu me livrer à ce bon vieux classique du cinéma qui consiste à passer le plan en revue une dernière fois et à synchroniser nos montres, elle raccrocha. La tonalité bourdonna un instant; puis se tut. Je raccrochai le combiné. Dehors, c'était une journée d'automne parfaitement paisible, le genre de journée qui convient idéalement aux enterrements: chute de feuilles, absence de vent, de temps à autre un oiseau traversant à tire-d'aile de grands pans de quiétude. Le monde semblait tout à coup petit et intime. Il ne faisait aucun doute dans mon esprit que je finirais par être arrêté.

Le reste de la journée s'écoula lentement, pesamment. Je tentai de m'occuper, de rassembler les effets que j'emporterais lors de l'expédition à venir – mentalement, j'oscillais d'un extrême à l'autre entre la pleine conscience de l'énormité de ce que j'allais entreprendre et l'impression qu'en fait nous ne faisions guère que partir en vacances, pour ainsi dire, entamer une expédition banale, parfaitement normale. Je ne savais pas vraiment ce que je comptais faire ni où nous irions, si bien que je me demandais qu'emporter; finalement, je me contentai de jeter sur le lit deux valises que je bourrai de chemises, jeans, t-shirts, pulls et sous-vêtements. Je quittai la tenue que je portais, pris une douche et enfilai des vêtements d'automne chauds, épais, d'allure sportive et classique. Je mis la montre que je ne portais quasiment jamais et des chaussures souples, mes préférées, des Bannister, légères aux pieds et pourtant chaudes, imperméables, très confortables. Une fois prêt, je mis les valises dans le coffre de la voiture et m'installai pour attendre Amanda. J'étais totalement décidé, pendant ces toutes premières heures, à lui dire ce que je faisais: que je partais, mais sans savoir où; que nous prendrions des dispositions au sujet de nos biens le moment venu et que, d'ici-là, elle pourrait occuper la maison aussi longtemps qu'elle le souhaiterait; que je prendrais contact plus tard, une fois fixé. Je ne parlerais pas de Hazel, bien sûr. Mon exposé contiendrait des éléments de vérité et des éléments fictifs mais serait en majeure partie véridique.

Ce fut sans doute pure malchance si Amanda décida de passer la soirée dehors, ce jour-là, et oublia pour la première fois d'appeler en disant qu'elle serait en retard. Ce fut sans doute le sort, ou le hasard. Peut-être n'oublia-t-elle pas d'appeler mais se trouva-t-elle tout simplement prise par quelque chose d'autre, dans l'impossibilité de se libérer. Peut-être n'avait-elle plus envie, désormais, de se casser la tête. Quoi qu'il en soit, je me lassai de l'attendre et décidai tout simplement de partir. Je téléphonerais quand l'occasion se présenterait. J'étais plein de bonnes intentions, mais j'aurais dû savoir que je profiterais du plus léger retard, du moindre prétexte, de la plus petite lacune, pour m'engager sur la voie de la facilité. Avant de partir, je commençai pourtant à lui écrire une lettre, mais cela me sembla tellement inepte, tellement plein de suppositions et d'inconnues aléatoires, que je renonçai au bout de la troisième tentative. Je déchirai les lettres inachevées en tout petits morceaux et les jetai à la poubelle. Puis je pris mon imperméable, les clés de la voiture sur le guéridon du vestibule, et partis. Il faisait gris à présent, presque sombre. Le jardin était d'un calme irréel. Je m'arrêtai un instant au portillon, lorsqu'une bouffée de vent venue de la pointe m'effleura le visage d'une caresse fantomatique ; puis je montai en voiture et m'éloignai. Je n'avais aucun endroit où aller et j'aurais aussi bien pu attendre le matin. J'aurais pu passer prendre Hazel une fois Amanda partie au travail. Ç'aurait été plus logique, et plus pratique aussi ; mais une fois ma décision prise, il fallait que je parte de là. Il fallait que je disparaisse. Peut-être avais-je peur, en restant, de changer d'avis. Peut-être croyais-je que, si je ne partais pas séance tenante, un charme serait rompu, après quoi le monde retrouverait sa normalité. J'étais provisoirement fou, mais il s'agissait, je le répète, d'une folie élective, et je devais en conserver l'élan. Sans quoi l'effort aurait été trop grand et je me serais effondré dans quelque obscur terrier de mon être profond, retranché, j'aurais renoncé à tout jamais.

Je roulai pendant des heures. Je n'avais toujours pas décidé de me lancer, ou peut-être que si, mais je n'étais pas sûr que ce soit vraiment la chose à faire. Je ne sais pas ; j'ai un peu de mal à me rappeler les choses dans l'ordre, à présent. Je crois que le fait de rouler me donnait l'illusion d'être prêt à agir, mais qu'il était encore possible de faire machine arrière, que j'étais en route, mais pas encore engagé, que je n'avais encore rien fait de *criminel.* Curieuse idée dans l'esprit d'un homme que de se considérer prêt à commettre un acte criminel. Un individu part braquer une banque, ou tuer quelqu'un, ou encaisser un chèque volé, et bien qu'il soit précisément en train de commettre un crime, il ne pense pas le faire. L'aspect criminel de sa démarche est mis de côté. Pour ma part, je prenais la chose à rebours, en fait : je pensais à l'aspect criminel plutôt qu'à ce que je faisais réellement, ce qui signifiait sans doute que j'étais innocent de tout crime, car…

C'est ainsi que mon esprit fonctionnait, tournait en rond, pendant que je tournais en rond en voiture, au volant d'un véhicule dont je ne me servais quasiment jamais, errant dans la nuit. Je suivis un moment la route côtière, cherchant la lune, mais le ciel était plat et vide, sans lune, sans étoiles, à peine les ombres indistinctes de nuages précipités, entrecoupées de trouées d'encre. Des heures restaient à s'écouler avant mon rendez-vous avec Hazel et je n'avais nullement besoin d'être là, en train de rouler, de m'épuiser, mais il m'était tout bonnement impossible de rentrer chez moi maintenant que j'avais enfin pris la décision de m'en aller. Finalement, après des heures d'errance inutile, je me garai sur une aire de stationnement faisant face à la mer et décidai de dormir un peu. Il était tard et il faisait froid. Je pris une couverture dans le coffre de la voiture et me pelotonnai sur la banquette arrière. Pendant une dizaine de minutes, je restai là, convaincu que je n'allais pas fermer l'œil. Puis je m'éveillai et vis que le matin commençait à poindre, en cette heure d'avant l'aube, quand la nuit semble prendre fin ou discrètement basculer sur elle-même et reprendre à son commencement. Je regardai la pendule du tableau de bord. Il était cinq heures et quart.

J'envisageai de rentrer à la maison pour faire un brin de toilette, mais me ravisai. Je roulai un peu plus ; puis j'allai marcher sur la plage. Le temps était froid, paisible et venteux ; il n'y eut que moi sur la plage pendant un moment, puis un homme arriva dans un de ces gros quatre-quatre hideux, muni, comme ces gens-là le sont toujours, d'un téléphone portable et de deux énormes rottweilers. Je partis très vite et pris la direction de Seahouses. Il y avait là-bas un boui-boui où je pourrais prendre un petit-déjeuner, boire un thé. C'est l'un des grands plaisirs d'une existence paisible : passer un moment dehors, dans le vent, puis rentrer et boire un thé. Accompagné de saucisses et de bacon croustillant, d'œufs pochés, de pain grillé à la poêle, de haricots blancs. Savourer béatement la compagnie débonnaire d'aliments authentiquement malsains. Boire du thé dans une grande chope blanc cassé ou beige à la base ébréchée. Du thé fort, bien chaud, avec beaucoup de lait. Du ketchup. Les œufs uniformément saupoudrés de poivre blanc finement moulu. Je pris mon temps pour avaler ce petit-déjeuner, comme un condamné pourrait savourer son dernier repas.

Quand je me garai dans la ruelle, Hazel était déjà là. Il était encore tôt et il faisait un peu froid, mais elle portait, comme à son habitude, des vêtements légers. Elle avait l'air fatiguée. À ses pieds était posée une petite mallette, presque une valise de poupée. Elle ne sourit pas à mon arrivée, n'eut pas l'air contente de me voir. Peut-être était-elle folle, elle aussi. Peut-être simplement fatiguée. Elle n'était sans doute pas ce qu'Amanda appelait "quelqu'un du matin".

– Vous êtes venu, dit-elle quand j'ouvris la portière du côté passager.

– Oui, répondis-je. Tu pensais que je ne le ferais pas ?

Elle s'installa et posa la petite mallette à ses pieds.

– Je ne savais vraiment pas, dit-elle. Ça a l'air un peu…

Elle chercha le mot approprié, puis secoua la tête.

– Dingue ?

Elle acquiesça. J'enclenchai la marche arrière et remontai la ruelle. Nous n'échangeâmes pas un mot tandis que je faisais demi-tour et rejoignais Sandhaven Road en laissant l'école derrière nous.

– Alors, où est-ce qu'on va ? finit-elle par demander quand nous dépassâmes les dernières maisons grises, sans joie, de Coldhaven.

– Je n'en sais rien, répondis-je.

Je me rendis compte tout à coup que, bien que j'aie eu toute la nuit pour y penser, je n'avais ni plan ni destination, rien que mes bonnes intentions. Hazel attendait autre chose, elle : cartes, faux passeports, fausse monnaie, les trucs qu'on voit dans les films. Ou peut-être attendait-elle simplement de moi que j'aie une vague idée de l'endroit où j'allais. C'était moi qui conduisais. Je me rappelai un poème lu un jour, quelque chose à propos des ténèbres environnantes et d'une grosse voiture, d'un nommé John qui ne s'appelait pas vraiment John –, et je me sentis soudain heureux, soudain libre.

– On va suivre la route, voilà tout, dis-je. Voir où elle nous mène.

Hazel me décocha un curieux regard mécontent.

– On va suivre la route, et voilà tout ?

Je ris et répondis :

– Oui. Qu'est-ce qu'il y a de mal à ça ?

Elle réfléchit un instant, puis m'accorda un mince sourire dépourvu d'enthousiasme.

– Sans doute rien, dit-elle. (Elle réfléchit encore un instant, puis se détendit un peu, l'air presque satisfait, et hocha la tête.) C'est vous qui conduisez.

Nous roulâmes en direction du sud, puis de l'ouest. Nous ne parlions guère : ce matin-là, il ne fut question que de la route et du paysage que nous traversions. Je n'empruntais que les petites routes secondaires et les longs chemins tortueux qui traversaient la région montagneuse, et nous roulions en silence, plongés chacun dans nos pensées, moi conduisant dans la pleine lumière du jour et Hazel contemplant le monde qui défilait derrière sa vitre, le visage tourné, si bien que je ne voyais d'elle, quand je lui adressais un bref regard de temps à autre, que ses cheveux, ses mains croisées sur ses cuisses et la ridicule petite mallette posée à ses pieds. Je ne savais que penser d'elle : par moments, elle avait l'air d'une petite fille et se comportait comme telle, l'instant d'après, elle était intelligente, fine, mûre, moqueuse. Je pense qu'elle avait dû grandir assez vite, après tout ce qu'elle avait traversé… cela dit, bien des adolescents auraient été anéantis par une telle avalanche.

Elle avait quelque chose, je le voyais bien. Je n'aurais pas su dire quoi, mais je compris, même en ce premier jour, que ce pourrait être dangereux pour moi.

Finalement, quand nous eûmes roulé ainsi toute la matinée, elle tourna la tête et me regarda. Il y avait alors presque une heure qu'elle n'avait rien dit.

– Je commence à avoir faim, dit-elle.

– Moi aussi. (Je la regardai.) Qu'est-ce que tu veux manger ?

– Ça m'est égal. Un truc comestible.

– Un Big Mac, ça te dirait ?

– Vous rigolez ?

Elle leva les yeux au ciel, puis fit mine d'avoir un haut-le-cœur.

– D'accord, dis-je. Autre chose, alors ?

– Un peu, oui, lança-t-elle. Autre chose. Et vite.

Après avoir déjeuné – d'une salade accompagnée d'une pomme de terre au four nappée d'une substance non identifiable, dans une cafétéria quelconque en bordure d'autoroute – nous repartîmes, en direction du sud cette fois. Je n'avais toujours pas de plan précis. Je me disais que le mieux était de laisser Coldhaven le plus loin possible derrière nous, de dormir dans je ne sais quel hôtel passe-partout où nous n'attirerions pas l'attention, puis de décider de la suite sur place. Je ne pensais pas que quiconque se soit aperçu de la disparition de Hazel, pas encore. Elle manquait régulièrement l'école, si bien que ses professeurs ne s'étonneraient pas de son absence et que Tom Birnie ne s'apercevrait de rien jusqu'au soir, quand personne ne lui apporterait son dîner. Il était difficile de savoir ce qui se passerait ensuite. Amanda devait déjà avoir compris que j'avais disparu, mais je doutais qu'elle appelle la police. Elle attendrait un jour ou deux pour cela, ou n'en ferait peut-être rien du tout. D'ici-là, à moins d'une vraie malchance pour nous – quelqu'un qui nous ait vus ensemble, dans la voiture ou en train de discuter devant l'école – personne n'établirait le moindre lien entre Hazel et moi. Peut-être Mrs K devinerait-elle, mais j'étais à peu près sûr qu'elle ne dirait rien. Nous disposions de quelques jours, peut-être une semaine, avant que le scénario de l'enlèvement se mette en place, évinçant celui de la classique crise d'adolescence. Il y avait aussi l'hypothèse de la fugue amoureuse, bien sûr. Quand un lien entre nous serait finalement établi – si toutefois cela devait se produire –, il y avait une faible chance que les gens nous croient amoureux et en fuite ensemble. Des suppositions là-dessus circuleraient dans tout le bourg. *Il a toujours été bizarre, celui-là. Ouais, ça c'est vrai. Comme tous ces Gardiner. Cette pauvre petite. Innocente comme l'agneau. Après tout ce qu'elle a subi.* Certains s'apitoieraient sur le sort de Tom Birnie, mais à mon avis, ils seraient plus nombreux à perdre toute estime pour lui. Entre-temps, on nous localiserait d'un bout à l'autre de la Grande-Bretagne. Des gens nous verraient en train de batifoler dans la voiture. Un ouvrier aux trois-huit apercevrait un type d'allure douteuse sur une route secondaire, muni d'un sac et d'une pelle boueuse. Un lycéen verrait quelqu'un répondant à mon signalement pousser sans ménagement une fille à l'intérieur d'une voiture et s'éloigner. La voiture serait bleue. Ou grise. Peut-être noire. Une Audi. Une Mondeo. Un genre de Volkswagen.

Je roulai tout l'après-midi en retournant cette pensée dans ma tête, jusqu'au moment où je me rendis compte que j'étais trop fatigué pour continuer. Je jetai un coup d'œil à Hazel. Elle s'était endormie sur le siège passager après le déjeuner ; elle se réveillait doucement à présent, émergeait peu à peu des ténèbres, de l'abîme doré d'un rêve, et revenait à elle, dans le paysage fugitif.

– Je suis épuisé, dis-je.

– Moi aussi.

– Tu viens juste de te réveiller.

– Ouais, bon. J'ai pas beaucoup dormi, la nuit dernière.

– D'accord. Arrêtons-nous pour aujourd'hui. On pourra se reposer un peu et réfléchir à demain. Ça marche ?

Elle acquiesça, mais sans un mot. Peut-être commençait-elle à penser aux détails pratiques. Elle ne devait pas avoir grand-chose dans sa petite mallette. Il allait falloir que je l'emmène en ville, que je lui achète quelques affaires. Je me sentais bien, pour le moment. Je poussai jusqu'à la ville suivante, où je garai la voiture dans le parking d'un hôtel banal, vaguement rose, du nom de Carlton.

– On va passer la nuit ici, annonçai-je.

Elle m'adressa un curieux regard, mais ne dit pas un mot.

– Quoi ?

– Rien.

– L'hôtel ne te plaît pas ?

– Il est très bien.

– Alors, quoi ?

Je m'attendais à ce qu'elle dise quelque chose, peut-être qu'elle avait envie de passer la nuit dans un endroit plus luxueux, ou qu'elle demande quelles dispositions nous allions prendre pour dormir, quelle tenue elle serait censée porter, mais elle se contenta de hocher la tête, un peu trop gravement peut-être, et garda pour elle ses interrogations. L'idée me vint que, pour elle, c'était une sorte d'aventure, comme ce passage d'*Ascenseur pour l'échafaud* où la Jolie Fleuriste s'enfuit avec le Beau Gosse dans la voiture volée du héros. Une scène se passe dans l'hôtel où ils se sont arrêtés, sur le bord de l'autoroute, quelque part, incognito. Rien de particulier, somme toute, du moins pas pour la Jolie Fleuriste ; elle n'avait rien fait de mal, alors pourquoi ne pas accepter tout cela ? Même plus tard, quand le Beau Gosse assassine un couple d'Allemands et vole *leur* voiture, les spectateurs savent qu'elle ne souffrira guère. Peut-être aura-t-elle un peu peur, mais rien de plus. La Jolie Fleuriste est trop jeune, trop innocente et sans doute trop écervelée pour que Louis Malle la fasse souffrir. D'ailleurs, elle a quelque chose d'attachant. Le Beau Gosse n'est qu'un type, guère plus qu'un blouson de cuir, ce n'est qu'un gamin. Rien de bien particulier.

Mais Hazel n'était pas la Jolie Fleuriste. Il est vrai qu'elle était capable d'éblouir, vrai qu'elle était une enfant, mais le plus souvent, elle avait l'air de quelqu'un de presque trop sérieux, avec une gravité dure, légèrement forcée dans sa façon de se tenir ou d'écouter ce que je disais et de soupeser ensuite mes propos, en silence. Puis, l'instant d'après, elle n'était plus là, fantôme d'individu, pensant à autre chose, s'ennuyant peut-être. Quand nous nous étions mis en route, mais aussi à notre arrivée dans cet hôtel, notre premier hôtel, elle souriait toute seule, d'un sourire totalement personnel, même si elle ne faisait rien pour le dissimuler. Elle savait que j'étais incapable de déchiffrer ses pensées. Elle n'était même pas sûre que je puisse déchiffrer les miennes. À présent, quand je repense à elle – ce qui m'arrive, quoique pas très fréquemment –, je me la remémore sous les traits de cette fillette fantomatique, souriante, et au travers d'une seule question, qu'elle dut bien répéter dix ou douze fois. "Vous voulez quoi ?" demandait-elle. "C'est quoi, que vous voulez ?" Naturellement, je n'avais pas de réponse.

La réceptionniste eut l'air ennuyée quand nous entrâmes, comme si nous nous étions aventurés par erreur dans une maison privée, très grande mais passablement miteuse, dont l'unique occupante – une jeune fille joufflue au visage semé de taches de rousseur, en chemisier blanc et veste rose – savourait une soirée exceptionnelle de solitude. Elle eut l'air tellement contrariée par notre arrivée, en fait, que je faillis tourner les talons et repartir aussitôt d'où je venais. C'est toujours mauvais signe, dans les hôtels et les hôpitaux, cet accueil hostile : d'ordinaire, cela présage de pire encore à venir, de traînées de rouille dans la baignoire, d'odeurs nauséabondes, de taches anciennes et mystérieuses sur les draps. Si j'avais été seul, je serais *probablement* parti – mais Hazel avait déjà posé sa petite mallette à côté du comptoir et souriait aimablement à la réceptionniste, laquelle, d'après le badge épinglé à son revers, s'appelait Donna.

– Nous voudrions une chambre à deux lits, demanda-t-elle. Vous en avez de libres pour cette nuit ?

La fille acquiesça stupidement puis fit mine de consulter un gros registre malpropre posé sur le bureau.

– Juste une ? demanda-t-elle, presque *sotto voce*, avec un infime soupçon de méchanceté pour souligner son effet.

Cette femme-là appréciait les feuilletons télévisés.

Hazel se tut juste assez longtemps pour forcer Donna à lever la tête ; puis elle sourit à nouveau, encore plus suavement.

– Oui, s'il vous plaît, dit-elle. Avec vue sur la mer, si vous avez.

Une fois dans la chambre, elle s'allongea sur le lit le plus éloigné de la fenêtre. Je me sentais gêné, à présent, comme un jeune garçon à son premier rendez-vous. Comme je m'étais senti, autrefois, avec sa mère.

– Tu veux qu'on sorte et qu'on aille se chercher de quoi manger ? demandai-je. Sinon, on peut faire monter quelque chose ici.

Elle me dévisagea paresseusement.

– Y a pas le feu, dit-elle. Vous devriez vous asseoir. Vous détendre un peu. Regarder la télé, je sais pas, moi.

– Je n'aime pas trop la télévision, dis-je.

Sur quoi je m'assis sur une chaise, près de la porte de la salle de bains.

– Allez, dit-elle. Prenez un peu le temps de vivre, vous voulez pas ? (Elle sortit la télécommande de son logement entre les deux lits – dangereusement proches l'un de l'autre. Quel âge pouvait-elle avoir aux yeux d'un parfait inconnu ? Seize ans ? Plus ? Allait-on m'arrêter ?) Je me demande s'ils ont Sky, reprit-elle. (Elle mit le téléviseur en marche et fit défiler les chaînes, BBC1, BBC2, ITV, la 4, puis la radio. Pas même la 5.) C'est nul, dit-elle, avant de mettre le poste en veille. (Elle se tourna vers moi avec un air faussement enthousiaste.) On dirait bien que vous allez devoir me distraire, dit-elle.

– Je ne crois pas que je sois très doué pour ça, répondis-je.

– Ah non ?

– Je ne pense pas.

– Bon, et vous êtes doué pour quoi, alors ? demanda-t-elle avec un drôle de regard.

– Il faudrait qu'on discute de nos projets, répondis-je. Où on va. Comment on y arrive. Ce qui se passera quand…

– On peut bien parler de ça plus tard, dit-elle. Pour le moment, je préférerais qu'on parle de vous.

– De qui, moi ?

Elle regarda autour d'elle.

– C'est à moi que tu causes ? dit-elle en imitant plutôt bien la voix de Robert de Niro. C'est à moi que tu causes ?

– C'est bon, dis-je. Quoi, moi ?

– Bon, alors : première question sur dix. Pourquoi vous êtes là ?

– Où ça ?

– Là. Dans cette chambre d'hôtel. Avec moi.

– C'est toi qui as demandé une chambre à deux lits. Moi, je pensais...

– Répondez à ma question ! Pas de grands débats !

Je la regardai, désemparé. J'ignorais complètement pourquoi j'étais là. Ou peut-être le savais-je, mais n'avais-je pas envie d'y penser.

– C'est parce que vous êtes amoureux de moi ?

Je hochai négativement la tête.

– Vous êtes pas amoureux de moi ?

Elle semblait vexée.

Je ne répondis pas, puis hochai négativement la tête à nouveau.

Elle réfléchit un instant.

– Vous faites une crise de la cinquantaine ? Quelque chose dans le genre ?

– Je suis trop jeune pour ça, dis-je.

– Ah oui ? (Sans paraître convaincue, elle réfléchit encore un peu. Une réflexion feinte, tout en mines perplexes et sourcils froncés.) Alors, vous croyez qu'on a un lien quelconque ? C'est ça ?

– Qu'est-ce que tu veux dire par là ?

– J'en sais rien, dit-elle. C'est la question que je vous pose.

– Ça se peut.

– Quel genre de lien ?

– Je ne sais pas.

– Vous savez quelque chose. Vous en savez plus que vous dites. Sinon, vous seriez pas là.

– Je crois qu'on devrait se faire monter de quoi manger et prendre un peu de repos. Une longue journée nous attend, demain.

– Comment ça ? Qu'est-ce qu'on va faire ?

– Je ne voulais pas dire... (Je la regardai, assise au bord du lit, qui triturait la télécommande.) Ce que je voulais dire...

– Peut-être que vous êtes bel et bien amoureux de moi, dit-elle. Seulement vous voulez pas le reconnaître.

– Peut-être, répondis-je.
– Je prendrais bien un steak.
– Quoi ?
– Si on se fait monter à manger. Je prendrais bien un steak. Des frites. Une salade.
– Bon, s'ils ont tout ça…
Elle dénicha un menu de service en chambre et l'ouvrit.
– Il y a toujours du steak dans les endroits comme ici, dit-elle. On propose que ça, dans le service en chambre. Steak, frites, sandwichs. Croquettes de poisson à la thaïlandaise. Qu'est-ce qu'on pourrait bien vouloir d'autre, dans un endroit pareil ?

Rétrospectivement, je vois bien que ça n'avait rien d'une grande aventure. Elle dut se lasser de tout cela très vite. Rétrospectivement, je comprends que *moi*, je m'en lassai. Je voulais lui parler, essayer de lui expliquer quelque chose, quand bien même j'ignorais réellement quoi. Maintenant que nous étions seuls, tous les deux, dans une chambre inconnue, j'étais incapable de trouver comment entamer une véritable conversation avec elle. Je n'en aurais guère eu l'occasion, du reste : quand nous eûmes fini de manger, elle ralluma la télé et s'allongea sur son lit pour la regarder, ses jambes nues battant l'air, pendant que j'entassais la vaisselle sale sur le plateau que je déposai devant la porte. J'essayais de ne pas prêter attention à la télé ; je n'aime guère les émissions télévisées, à moins qu'il s'agisse d'un film. J'aime les films. Les vieilles productions hollywoodiennes, le cinéma français, les films de Kurosawa et de Kieslowski. Franju. Wajda. Godard. Hazel n'avait pas tout à fait les mêmes goûts – mais peut-être n'avait-elle pas de goûts précis, peut-être était-elle simplement contente de regarder ce qui se présentait. Pendant un moment, elle suivit, avec un sourire en coin et des gloussements, un feuilleton dont je n'avais jamais entendu parler ; puis elle passa une demi-heure à écumer les quatre chaînes disponibles, passant d'une sorte de dramatique à un documentaire sur les requins, pour finalement se fixer sur une série hospitalière américaine. Je continuai à tenter d'éveiller son intérêt, de la distraire de son mélo, mais elle était comme en transe, à peine consciente de ma présence dans la pièce, les yeux rivés sur l'écran. Entre les opérations et les scènes d'amour, elle regardait les publicités.

– Bon sang, finis-je par lancer. Tu regardes toujours la télévision comme ça ?

Elle hocha la tête.

– À fond ! répondit-elle.

Je jetai un coup d'œil à l'écran. Un homme en tenue verte se disputait avec une femme en blouse blanche. Ils étaient l'un et l'autre exagérément propres et beaucoup trop apprêtés pour avoir l'air de travailler aux urgences.

– Alors, quel est l'intérêt ?

– Hmm ?

– J'ai dit, quel est l'intérêt ? Tu ne devines pas comment ça va se terminer ? Plus ou moins ?

Elle hocha la tête.

– À fond, dit-elle.

– Bon, dis-je. Si tu veux bien éteindre un moment, on pourra discuter de ce qu'on va devoir faire…

– Chut ! (Elle tourna la tête vers moi.) Pardon, lança-t-elle très vite. Mais là, c'est un super passage.

Je regardai l'écran. On y voyait les deux mêmes personnes, en train de se disputer.

– Comment tu le sais ? demandai-je.

Elle ne répondit pas. Hypnotisée, elle suivait la dispute comme si cela la concernait personnellement et j'eus la quasi-certitude que je ne lui arracherais pas deux mots sensés ce soir-là. Je ne savais pas encore vraiment ce que je voulais lui dire, de toute façon. Je commençais à me demander ce que je faisais là, pourquoi j'avais commis cet acte criminel idiot. Si je ramenais Hazel tout de suite, séance tenante, les autorités fermeraient-elles les yeux ? Si je la ramenais et expliquais pourquoi j'avais fait une chose pareille, m'apporterait-on l'aide dont j'avais manifestement besoin ? J'en doutais. Ça n'avait pas d'importance, de toute façon. J'étais fatigué et je n'aurais pas pu faire un kilomètre de plus. Je m'allongeai sur le lit et tâchai de me reposer, la tête bourdonnante des dialogues de l'émission télévisée.

Je ne dus pas tarder à m'endormir, car la première chose dont je me souvienne ensuite, c'est de m'être éveillé dans le noir, encore tout habillé. Les rideaux étaient ouverts et la chambre baignée de la clarté argentée que diffusaient les lampadaires du parking de l'hôtel. À moins d'un mètre, dans l'autre lit, Hazel dormait. Elle s'était déshabillée et avait posé sur la chaise, près de la porte de la salle de bains, en pile nette, ses minces vêtements inadaptés à la saison, bien pliés, tout comme elle le faisait sans doute lorsqu'elle était chez elle. Je la regardai. Elle avait remonté le drap sous son menton et souriait dans son sommeil ; seuls son visage et ses cheveux étaient visibles, ainsi qu'une épaule, nue, mince, blanche dans la clarté qui filtrait de l'extérieur. J'eus alors un choc, tout à coup, en comprenant qu'elle était nue ou presque sous les couvertures. Elle n'avait apporté ni pyjama ni chemise de nuit et reposait maintenant, nudité endormie de quatorze ans souriant doucement au rêve qu'elle faisait. Je détournai aussitôt les yeux. Je songeai à me lever, aller à son chevet et remonter le drap pour couvrir cette épaule nue et blanche, mais je ne bougeai pas. J'en fus incapable. Je me tournai face à la fenêtre et tâchai de me rendormir, mais n'y parvins pas non plus. Je ne pouvais rien faire. J'étais provisoirement fou – j'en étais même conscient – et cependant, indéniablement perdu.

Les jours suivants se déroulèrent de la même manière. Nous roulions, nous faisions halte pour manger, nous trouvions un abri pour la nuit. Pendant que nous roulions, Hazel se moquait de moi, me provoquait, me testait. Ou bien elle devenait grave et me posait des questions sérieuses, tout en changeant systématiquement de sujet avant que je puisse formuler une réponse. Vous voulez quoi ? Pourquoi vous êtes là ? Vous êtes *vraiment* pas amoureux de moi ? Et ainsi de suite. Le quatrième jour, nous fîmes halte dans un hôtel à première vue identique au Carlton. L'espace d'un instant, je crus même que nous avions tourné en rond et abouti à notre point de départ. Mais ce n'était pas le cas. L'hôtel en question s'appelait le Maybury, et il était marron et blanc, au lieu de rose. À l'intérieur, la nourriture, les chambres, le personnel seraient les mêmes que partout ailleurs ; il y aurait un petit bar en face de la réception, pourvu de l'habituelle rangée de bouteilles à doseurs, de tabourets bien alignés et de petits bols de cacahuètes disposés çà et là sur les tables. Ce serait désert, bien entendu. Quand nous entrerions, la réceptionniste serait en train de faire des mots croisés ou une grille de Sudoku, ou bien elle serait au téléphone, en grande conversation avec sa sœur à propos de chaussures ou de l'organisation d'un mariage, et elle s'apercevrait à peine de notre présence pendant que nous nous inscririons sur le registre. Cela me faisait penser à un passage de *Lolita*, quand Humbert et Lola se retrouvent ensemble dans un hôtel, mais je n'arrivais pas à me rappeler s'il se trouvait dans le livre, le film ou les deux. Il me semblait me rappeler James Mason appliquant du vernis sur les ongles de pied de Sue Lyon, si bien que ce devait être dans le film. Ils partageaient une chambre, bien qu'il soit parfaitement évident que *cet homme-là* n'était pas le père de *cette fille-là* – et j'avais toujours trouvé difficile à croire que personne ne leur demande jamais rien. Cela dit, nous en étions là, à passer d'un hôtel à l'autre, à payer les notes en liquide, à dormir dans la même chambre, et personne ne nous demandait rien non plus. C'était encore plus dur à croire. Non que notre comportement soit le moins du monde insolite : au contraire, nous formions un couple de clients plutôt morne, où que nous finissions. Nous roulions ; nous mangions ; nous dormions. J'essayais sans relâche de lier conversation et elle ne cessait de couper court. Ou bien elle me défiait et, en dépit de mes meilleures intentions, je me retrouvais à court d'arguments. Je n'avais plus la moindre idée de ce que nous faisions… et notre petite expédition se révélait passablement barbante. Je pouvais toujours, bien sûr, me dire que cela m'était égal, que je réfléchissais encore, que je cherchais encore à décider ce que j'allais faire ; mais je savais aussi que ce ne devait pas être très drôle pour Hazel… ce qui signifiait que je me sentais coupable. Coupable, car j'étais l'adulte responsable, dans cette affaire. Coupable, car je me surprenais à la couver d'un certain regard pendant qu'elle était absorbée par la télévision ou par son repas. Coupable pour cent autres raisons, et salement inquiet qui plus est. Peut-être allait-elle se lasser et partir, comme elle s'apprêtait à le faire le jour où sa mère l'avait abandonnée. Peut-être allait-elle me livrer et dire que j'étais seul responsable de tout. Peut-être allait-elle me dire, un soir, pendant les publicités, qu'elle en avait marre de tout ça. Je n'avais pas envie qu'elle me trouve simplement ennuyeux, sans plus. J'avais envie qu'elle soit... heureuse. J'avais envie qu'elle s'amuse. Je suppose que c'est pour cette raison que j'acceptai l'idée de la fête. Je n'avais aucune raison de me méfier d'elle; j'ignorais complètement qu'elle était de mèche avec quelqu'un. Je ne pensais pas qu'elle était en train de me tendre un piège. Je me disais simplement qu'elle aimerait peut-être sortir un moment, penser à autre chose.

Ce fut elle qui repéra l'annonce, dans le journal local. Elle l'avait ramassé dans le hall de l'hôtel et le feuilletait paresseusement, en regardant les annonces. Je savais que la routine dans laquelle nous nous installions l'ennuyait, et j'avais d'ores et déjà décidé de réagir. D'aller au cinéma, peut-être. Ou de sortir dîner tous les deux en ville. Ainsi, nous aurions le temps d'avoir une vraie conversation. En voiture ou dans une chambre d'hôtel, il était impossible de parler. Dans la voiture, elle changeait continuellement de sujet; dans la chambre, je me sentais mal à l'aise et troublé, trop proche d'elle, trop intime. Il fallait que je trouve un terrain neutre, en quelque sorte.

– Il y a une fête sur la place communale, annonça-t-elle tout à coup, comme si elle lisait dans mes pensées.

– Ah oui?

– J'aimerais bien y aller, dit-elle en me dardant un regard faussement implorant, les yeux écarquillés.

– C'est un peu risqué, dis-je. Quelqu'un pourrait nous voir...

– Personne ne nous verra, coupa-t-elle. Allez. Ça sera marrant.

Je la rejoignis et consultai le journal. Une fête, en effet, le soir même. Ce serait sûrement sans danger. Nous n'aurions pas l'air déplacé: un homme en compagnie de sa fille, passant d'une attraction à l'autre en mangeant de la barbe à papa. Nous ne risquions guère de faire tache dans la foule.

– Ça marche, dis-je. Et ensuite, nous pourrions aller manger un morceau.

– Vous voulez dire, autre chose que le service en chambre ?

– Autre chose que le service en chambre, en effet.

– Ouais ! (Elle sourit.) Bon alors, qu'est-ce qu'on attend ?

Nous arrivâmes de bonne heure à la fête. C'était le décor habituel : manèges, stands de tir, hot-dogs, boissons. Ça n'avait pas encore vraiment commencé, mais les gens déambulaient avec de joyeux sourires, des familles pour la plupart, enfants surexcités, adultes s'efforçant d'avoir l'air blasé. Au début, je restai un peu sur la défensive, imaginant des policiers et des espions partout, mais il ne me fallut pas longtemps pour commencer à m'amuser. C'était contagieux, cette impression de nuit imminente, avec des baraques rouges, bleues et jaunes illuminées tout autour de la place, bien qu'il fasse encore jour : tout début de soirée et déjà l'impression qu'il allait se passer quelque chose, une chose magique, peut-être, comme tourner au coin de la rue et trouver le monde entier transformé de façon inimaginable. Hazel éprouvait la même chose... du moins le pensais-je, tandis que nous nous promenions d'une baraque à l'autre, scrutant à l'intérieur des manèges encore éteints, nous attardant à côté des canards en plastique qui flottaient dans des bassins d'eau verte, phosphorescente, prêts à être pêchés et échangés contre un poisson rouge ou de gros nounours débonnaires. Nous ne faisions encore rien, toutefois, nous réservant pour plus tard, soucieux de ne pas renoncer au plaisir que nous anticipions, conscients que cette anticipation faisait pratiquement tout l'intérêt du lieu. Quand je regardais Hazel – par petits coups d'œil interrogateurs qu'elle trouvait gênants, je le savais –, elle souriait ou pinçait les lèvres comme pour dire : regardez-moi ça, c'est nul, hein ? Et je me disais qu'elle était heureuse. C'était peut-être idiot de ma part, mais je la croyais avec moi, en cet instant précis, vraiment avec moi, écoutant ce que je disais, me parlant à moi et à personne d'autre, et même, une fois, me touchant le bras lorsqu'elle voulut me montrer quelque chose. Ce fut un moment terrible, je le comprends à présent, mais je ne pus m'empêcher de me soumettre à ce geste fugace, qui n'avait sans doute aucun sens à ses yeux. Je me soumis, je m'abandonnai à cet instant d'un contact pour moi indélébile.

Puis, en quelques fractions de seconde, avant même que j'aie le temps de comprendre ce qui se passait, ce fut terminé. Hazel était toujours là, mais elle s'était replongée dans son humeur habituelle, préoccupée, et pendant un instant je crus avoir fait quelque chose qui l'avait heurtée. Peut-être les muscles de mon visage avaient-ils trahi quelque chose, quelque signe de plaisir indécent ou quelque fantasme possessif, décelable sur mes lèvres, dans mes yeux ou à la façon dont je tournais la tête. À un moment donné, elle m'avait regardé dans la pénombre et je m'étais démasqué. Je lui avais montré mon vrai fond, d'une façon ou d'une autre, alors même que j'ignorais complètement quel était mon vrai fond. J'avais trahi mes véritables sentiments, mes desseins inconscients. Je m'étais dénoncé… mais sous *quel* jour ? Celui du vieux satyre pour lequel elle m'avait pris au début ? Celui d'un sentimental, rêvant d'amour, de famille et de chaleur humaine ? D'un amoureux transi ? Je n'étais rien de tout cela et je voulais le lui dire, mais je n'y arrivais pas. Quand bien même j'aurais pu fournir une explication, je savais qu'elle ne ferait que me demander, avec son air détaché, perplexe, ce que je voulais vraiment, ou croyais vouloir, si je n'étais rien de tout ça… or, à la vérité, je n'en savais rien. J'étais un homme. Un homme d'âge plus ou moins mûr, se promenant dans une fête foraine en compagnie d'une jolie adolescente qui n'était sans doute pas, tout bien considéré, la fille qu'elle est en âge d'être pour lui. Un homme : sale, vieux, propre, jeune, quelle différence cela faisait-il ? Rien qu'un homme ; en d'autres termes : un assortiment de désirs, une collection de pulsions, une série de besoins dont seule une moitié était visible à ses propres yeux navrés. Si j'avais dit quoi que ce soit, elle n'aurait fait que me demander, à nouveau, ce que je voulais… or, en vérité, je l'ignorais. Je n'avais pas la moindre idée de ce que j'attendais d'elle, ni de moi, ni de la nuit.

Le charme de l'anticipation était maintenant rompu. Le ciel commençait à s'assombrir ; les lumières semblaient plus vives et, du même coup, moins innocentes ; les manèges étaient plus bruyants. Nous étions devant une des attractions, un manège qu'on aurait appelé la Pieuvre, de mon temps. Je regardai Hazel. Elle contemplait le crépuscule entre deux baraques.

– Tu veux essayer ? lui demandai-je.

Elle lâcha un rire cassant et secoua la tête.

– Non, merci.

– Bon, et que dirais-tu d'un tour d'autos tamponneuses, alors…

Elle s'arracha un instant à sa rêverie.

– Si vous alliez jusqu'à cette baraque, là-bas, pour me gagner un de ces gros nounours ? lança-t-elle en me montrant une rangée d'énormes ours en peluche argentés, dans un stand de tir, un peu plus loin.

Je souris pour tenter de recréer l'atmosphère enfuie. Je savais que je n'avais aucune chance de réellement gagner un de ces ours, qui n'étaient là qu'en guise de décoration, mais peut-être qu'en glissant un peu d'argent au type, il me laisserait faire semblant.

– C'est bon, dis-je. Allons-y…

Elle recula.

– Allez-y, vous, dit-elle. J'attends ici. Vous pourrez me faire la surprise.

À mon retour du stand de tir, Hazel avait de la compagnie. Il était évident, même au premier regard, qu'il s'agissait de gens qu'elle connaissait déjà. Des garçons un peu plus âgés qu'elle, au nombre de trois. Deux d'entre eux étaient banals, des gamins de champ de foire : du genre punk, mais vêtus de l'habituel équipement passe-partout, vaguement *sportif**, survêtement bon marché et baskets coûteuses, boucles d'oreilles, chaînes : des jeunes blancs tâchant d'avoir l'air racaille. Pris séparément, ni l'un ni l'autre n'auraient fait de mal à une mouche ; c'étaient des animaux de meute, des gamins-chiens. L'autre était différent, lui. Il était celui que la police désigne du nom de *meneur*, pas nécessairement parce qu'il est le plus fort ou le plus malin, mais parce qu'il n'a rien à perdre. C'était un *dur*: indépendant, avec ce regard soigneusement peaufiné de merdeux, que les autres admiraient et copiaient sans doute. Ils s'employaient d'ailleurs à le copier en ce moment même, en fait, ou à tâcher de le copier... mais chez eux, ça ne donnait rien. Lui était vêtu dans un autre style, en icône gominée d'une époque dorée, avec son jean cigarette assorti d'un blouson de cuir noir ouvert jusqu'au nombril pour laisser voir une chemise à carreaux rouges et blancs. Il avait le visage mince et long, un regard dangereux et le fameux, classique blouson de cuir, comme le *type* du beau gosse, dans le film de Louis Malle. Il s'était sans doute forgé cette allure en regardant de vieux films à la télé, tout comme le Beau Gosse, mais il avait une autre particularité, moins travaillée, une confiance solide fondée sur la conviction qu'il ne pouvait rien lui arriver, puisque c'était lui que tout le monde craignait. C'était lui, le danger, et lui qui commandait. Mieux encore, il n'avait rien à perdre et les autres, qui ne faisaient que semblant, savaient qu'il n'avait rien à perdre. C'est pourquoi ils étaient avec lui, parce qu'ils pensaient que son indifférence était contagieuse.

Quand j'arrivai, il se tenait à côté de Hazel, nonchalant, intouchable, mais se posant clairement en propriétaire. Il affirmait sa possession ; elle était à lui. En d'autres circonstances, ç'aurait pu être touchant, ou sociologiquement caractéristique, peut-être. Il était parfaitement immobile : une pose, certes, mais efficace, qui lui conférait le potentiel nécessaire, faisait de lui le cliché parfait : *tel un chat, prêt à bondir*. Tel un tireur. C'était un concentré de tous les jeunes durs de tous les films qu'il avait pu voir un jour. Elvis dans *L'Homme à tout faire* ; un des jeunes de la nichée de *La Fureur de vivre* ; qui sait, peut-être même Zbigniew Cybulski dans *Cendres et diamants*, ou Alain Delon et Jean-Paul Belmondo dans... *non*. C'était du pur Hollywood, avec les cheveux lissés en arrière à la gomina et la cigarette allumée pendant au coin de la bouche. Ce gars-là voulait être acteur ou rock star. Mais le plus étonnant, c'est qu'il était crédible. Il était crédible avec une allure pareille alors que n'importe qui d'autre aurait soulevé les rires de toute la fête, parce qu'il était authentique, il ne faisait pas semblant. Il n'avait réellement rien à perdre.

Et pourtant. Elle était parfaitement efficace, cette indifférence existentialiste de dur à cuire des années 1950, mais il y avait autre chose, dans son immobilité, dans ses yeux, qu'on ne décelait que de près. À distance, il était impressionnant, convaincant ; de plus près, je m'aperçus – et ce fut une vraie surprise – qu'il était laid. Ce n'était pas la laideur du mutant ou du difforme ; rien d'aussi flagrant. C'était une laideur d'intentions, une laideur d'aspirations. À un moment donné, ce garçon avait été battu et il avait décidé que dorénavant, ce serait lui qui donnerait les coups. Je regardai Hazel.

– Je crois qu'on ferait bien de s'en aller, dis-je. Il est tard…

– Où tu vas, mec ?

Un des sous-fifres cracha de biais en prononçant ces mots, sans me regarder, estimant que je n'en valais pas la peine.

Je regardai Hazel. Je ne voulais pas la quitter des yeux, mais mon attention se trouva détournée par la façon dont le meneur se tenait parfaitement immobile, sans rien dire, en se contentant de me fixer d'un air presque amusé.

– Hazel ? lançai-je.

– Allez-y, vous, dit-elle. Moi, j'ai envie de rester un moment. (Elle m'adressa ce qu'elle tenait sans doute pour un regard rassurant.) Je vous retrouverai plus tard.

– Il serait préférable qu'on s'en aille maintenant, insistai-je.

Il n'y avait aucune chance que je la décide à partir, et je le savais. Pas à cause de ces garçons, ou pas seulement à cause d'eux, mais à cause d'elle. Elle ferait strictement ce qu'elle avait envie de faire et maintenant que je la voyais avec le Beau Gosse, que j'avais un point de comparaison, je constatais qu'elle était exactement comme lui, qu'elle n'avait rien à perdre non plus. Elle n'avait rien et n'avait jamais rien eu à perdre. Elle était tout aussi indifférente, tout aussi distante que lui. Et bien sûr, il était évident – et je fus frappé de comprendre, tout à coup, combien il était ridicule de ma part de ne m'être douté de rien –, il était *absolument* évident que cet instant était celui qu'elle attendait depuis le début. Tout cela était prémédité. Je faillis rire tout haut ; puis je sentis mon estomac se contracter.

Le meneur ne prononça pas un mot. Normal : il s'y refusait, à moins d'être obligé. Mais je savais que, s'il venait à parler, je devrais agir ou battre en retraite, et vite. Sans doute la meilleure stratégie était-elle de se calmer un peu, en espérant que Hazel entende raison. J'arriverais à l'éloigner d'ici demain matin, me dis-je, mais pas maintenant. J'étais en position de faiblesse, somme toute. *Je crois que vous allez devoir nous accompagner au poste, Mr Humbert. Il semble que vous ayez quelques explications à nous fournir, monsieur.* J'acquiesçai, sans lâcher Hazel des yeux.

– Alors, pas trop tard, d'accord?

Un des garçons ricana et le meneur lui décocha un regard de mise en garde.

– À plus tard, lança Hazel.

Je hochai la tête.

– D'accord, dis-je. À tout à l'heure.

Elle m'adressa un drôle de sourire, à la fois indulgent et bizarre, comme si elle pensait à une chose terrible que j'aurais faite, longtemps auparavant, et que, tout à coup, en cet instant précis, elle venait de me pardonner.

– Où est passé l'ours? demanda-t-elle.

Je secouai la tête. Le meneur me regardait bizarrement aussi, à présent, avec une lueur peinée, presque triste, dans les yeux.

– Pas d'ours, dis-je. Pas cette fois.

Hazel haussa les épaules.

– C'est pas grave, dit-elle.

Puis elle se détourna et s'éloigna dans la fête, disparaissant dans la foule et les lumières.

Tout le long du retour à l'hôtel, je me demandai pourquoi je l'avais laissée partir aussi facilement. Ce n'était pas seulement pour m'éviter des ennuis superflus. Non: je crois que je commençais à comprendre quelle erreur j'avais commise. Il se pouvait que Hazel soit ma fille, mais ce n'était sans doute pas le cas – et je n'étais pas sûr d'avoir envie qu'elle le soit. Elle ne me plaisait pas, pour être franc. Elle avait un côté sale gamine et il semblait évident qu'elle me prenait pour un imbécile depuis le début. Je n'avais pas besoin d'elle, de toute façon. Je m'étais servi d'elle comme prétexte pour quitter Amanda, mais je n'avais pas besoin de prétexte. Amanda n'était pas vraiment ma femme ; je n'avais jamais vraiment été son mari. Nous jouions au couple, faisions semblant d'être ce que nous étions censés être, mais sans plus.

Le temps d'arriver à l'hôtel, j'étais complètement épuisé. Je n'arrivais plus à réfléchir et je n'avais plus envie de le faire. Je trouvai le bar, pris un grand whisky, puis un deuxième. Après quoi je montai dans la chambre. Je n'avais pas l'habitude de boire de l'alcool et, tout en errant dans les couloirs tapissés de moquette au gré d'une succession de portes identiques, je me demandais si j'allais vomir ou tomber de sommeil. À la vue du lit, j'optai pour la deuxième solution. Comme je ne m'attendais pas à revoir Hazel avant un bon moment, et peut-être même plus jamais, je vidai mes poches – portefeuille, clés, petite monnaie – sur la commode, me déshabillai rapidement, me glissai sous les draps et m'endormis presque aussitôt.

Je nageais. Dans un endroit où j'allais lorsque j'étais étudiant, un club privé de natation en rivière dans lequel je m'introduisais parfois, les soirs d'été. Quelqu'un d'autre en était propriétaire, mais c'est moi qui en profitais, retirant ma chemise à la lueur du clair de lune et me glissant dans l'eau noir d'encre, tandis que le froid me glaçait jusqu'aux os. Je m'éloignais du bord à grand renfort de battements de jambes pour aller me placer dans le courant, sentir les longues herbes aquatiques m'effleurer la peau, et j'éprouvais une étrange satisfaction, un genre de fierté, à l'idée que s'il était possible d'enclore cette portion de terre et de rivière, il y avait une chose que personne ne pourrait jamais enfermer, une chose dont, vraisemblablement, personne ne connaissait même l'existence. Pour en prendre connaissance, il aurait fallu la voler. Tout en fendant l'eau vers la berge d'en face avant de revenir à la flaque que formait le clair de lune au milieu de la rivière, je me sentais métamorphosé : on aurait dit que je m'étais coulé hors de ma personnalité habituelle pour devenir un esprit, une créature gracieuse et primitive, habile et nouvellement sensitive, communiquant avec autre chose au fil de l'eau, une chose pas tout à fait présente, mais presque, comme le personnage d'une histoire que quelqu'un raconte chemin faisant, imaginant au fur et à mesure, inventant sans cesse et la rendant crédible.

Je m'éveillai tout à coup. Il me fallut un long moment pour me rappeler où j'étais et ce qui s'était passé. Il faisait encore noir, mais j'aurais juré avoir entendu, un instant plus tôt, la camionnette d'un marchand de glaces passer sous la fenêtre. Une camionnette comme celle qui circulait dans Coldhaven les dimanches après-midi, faisant une halte inopinée sur le parking d'un hôtel, attendant un moment les clients, puis repartant dans le noir. Sa petite ritournelle de boîte à musique me trottait encore dans la tête, si bien que, pendant un long moment, j'eus l'impression que c'était cela – cet air tintinnabulant, banal – qui m'avait réveillé. C'était une mélodie que j'avais déjà entendue quelque part, une musique tirée d'un film, me dis-je, un truc mélancolique évoquant le vent dans les hautes herbes d'été, pas tout à fait adapté à la vente de glaces, bien qu'il produise l'effet bien spécifique d'engendrer la nostalgie d'une époque et d'un lieu qui n'avaient jamais existé ailleurs qu'à Hollywood et, par extension, la nostalgie d'une jeunesse passée qu'il fallait considérer, au mieux, comme éminemment invraisemblable.

Somewhere My Love. C'était ça. Une musique tirée d'une histoire d'amour, le vent dans les hautes herbes d'été. Ou peut-être la neige fraîche sur un châle, au retour d'un bal ? Ça n'avait guère d'importance, de toute façon, c'était né de mon imagination. Pourquoi quelqu'un irait-il vendre des glaces au beau milieu de la nuit, à l'approche de l'hiver, et sur le parking d'un hôtel appartenant à une chaîne de seconde catégorie, en plus de ça ? J'avais rêvé, c'était sûr, et je me surpris à me demander ce que j'avais bien pu rêver d'autre, comme cela arrive parfois lorsqu'on se réveille et que, même sans savoir où on se trouvait un instant plus tôt, on n'arrive pas tout à fait à chasser l'impression que le rêve, quel qu'il ait été, est plus réel que les meubles qu'on voit à présent autour de soi. Peut-être pas plus réel, simplement *mieux* – car quelque chose cloche et, depuis le début, sans même s'en rendre compte, on enregistre les signes avant-coureurs d'une catastrophe : un indice par-ci, un objet manquant par-là, un autre qui n'est pas à sa place.

C'est alors que je me rendis compte, enfin, que Hazel n'était pas dans la chambre. Le lit à côté du mien était inoccupé et encore fait. Je regardai la porte de la salle de bains : pas de lumière. Je regardai les fenêtres aux rideaux fermés : pas de doute, c'était le petit matin, beaucoup trop tard pour qu'elle soit encore à la fête et beaucoup trop tôt pour qu'elle soit descendue prendre son petit-déjeuner. Elle n'était pas là, de toute évidence. Pourtant, je n'avais toujours pas vraiment saisi, toujours pas totalement compris. Il ne me vint pas à l'esprit que quelque chose clochait ; je crus m'être trompé. Elle n'avait pas disparu, simplement elle était absente de cette chambre d'hôtel précise en cet instant précis, sans doute pour une bonne raison. Ce qui n'est pas tout à fait juste non plus, car en même temps, à l'instant précis où je justifiais son absence, je compris qu'elle était partie. Je l'avais su dès la seconde où je m'étais éveillé au son de la camionnette du marchand de glaces, et ce *trompe-l'esprit** n'avait été qu'une digression passagère, destinée à tenir à distance cette certitude. Je m'étais douté que cela arriverait avant que cela n'arrive : la veille au soir, en rentrant de la fête, je m'étais endormi en me disant que si je ne l'abandonnais pas le premier Hazel m'abandonnerait, peut-être pas le soir même mais sous peu. Je le savais depuis le début. Je l'avais même deviné dès le premier jour. Avant même l'incident à la fête, j'avais compris que tout cela, notre plongée commune dans le hasard, était voué à l'échec. Cela n'avait d'ailleurs jamais été une entreprise commune, pas vraiment. Nous aspirions à des dénouements différents depuis le début, alors même que ni l'un ni l'autre ne semblions savoir à quoi nous nous attendions.

Je me levai. Il faisait frais, l'atmosphère n'était pas celle, confinée, surchauffée, que l'on respire normalement dans les chambres d'hôtels, et cela m'étonna. Puis je m'aperçus que cette atmosphère captive d'hôtel était légèrement agitée, comme par un courant d'air. Je gagnai la fenêtre en quelques enjambées et écartai le rideau : la fenêtre était ouverte. Le parking était illuminé d'une lumière argentée crue, deux cents mètres carrés de bitume cernés de haies de cyprès taillées et de plantes couvre-sols, un parking semblable à n'importe quel autre parking d'hôtel – ni camionnette de marchand de glaces, ni musique, ni mouvement. Simplement un parking d'hôtel aux premières heures du jour. Il semblait si banalement lugubre qu'il me fallut un petit moment pour m'apercevoir que ma voiture n'était plus garée là où je l'avais laissée, à quelques mètres à peine de la fenêtre où j'étais posté pour l'heure, seul, trahi de la façon la plus ridicule qui soit. Plus de voiture et, quand je me tournai pour jeter un coup d'œil sur la commode, plus de portefeuille, plus de clés. En revanche, un bout de papier, soigneusement plié en deux. Un message, rédigé en grosses lettres anguleuses sur une feuille du papier à lettres de l'hôtel.

DÉSOLÉE D'AVOIR DÛ PRENDRE TOUT ÇA MAIS ON EN A BESOIN. VOUS VOUS EN SORTIREZ. ON A AUSSI EMPRUNTÉ LA VOITURE, MAIS ON Y FERA ATTENTION. VOUS LA RÉCUPÉREREZ. ET NE VOUS INQUIÉTEZ PAS, VOUS N'ÊTES PAS MON PÈRE, SI C'EST CE QUI VOUS TRACASSE. JE VOUS AI LAISSÉ CROIRE ÇA PARCE QUE J'AVAIS BESOIN DE M'EN ALLER. J'ÉTAIS PRÊTE À TOUT.

ÇA VA PEUT-ÊTRE FAIRE BIZARRE MAIS MERCI DE M'AVOIR AIDÉE. MAINTENANT JE VAIS POUVOIR ÊTRE HEUREUSE ET FAIRE CE QUE JE VEUX. J'ESPÈRE QUE VOUS SEREZ HEUREUX AUSSI.
BISE, HAZEL

Je restai figé, le message à la main – c'était une preuve, une confession, en fait. J'envisageai de le conserver, mais au bout d'un moment, je le froissai et le jetai à la poubelle. Puis, un peu affolé, je me mis à chercher mes vêtements. Pendant un instant, je craignis qu'elle – ou peut-être eux – ne les ait emportés, mais tout était encore là, en pile sur la chaise, près de la porte de la salle de bains. Elle m'avait laissé mes vêtements ; elle n'avait pris que ce dont elle et ses amis auraient besoin. J'étais encore stupéfait, stupéfait qu'elle m'ait détroussé, et qu'elle l'ait fait de son propre chef ou parce que ses amis de la fête l'y avaient poussée, je l'ignorais, mais tout choqué que je sois, cela m'était assez égal. Je n'étais même pas surpris. J'étais seul, nu, fauché, sans moyen de locomotion. Je m'étais fait rouler le plus banalement du monde, or c'était une chose que j'aurais pu prévoir, mais rien de tout cela ne me tracassait autant que l'écho de cette camionnette de glacier fantôme qui me tintait encore aux oreilles. J'essayai de la faire taire, j'essayai de me concentrer, de décider ce que j'allais faire, mais en vain. J'aurais dû appeler immédiatement la réception et déclarer le vol de mon argent et de ma voiture ; j'aurais dû appeler le service d'urgence de mes cartes de crédit pour faire opposition. J'aurais au moins pu fantasmer sur la vengeance ignoble que j'infligerais à Hazel et au Beau Gosse quand je les rattraperais. Mais la seule chose que je souhaitais vraiment, c'était retourner me coucher et finir mon rêve interrompu – du reste, c'est ce que je fis, au bout d'un moment.

Ou plutôt, ce que je tentai de faire. Je m'allongeai ; je fermai les yeux ; j'essayai de m'installer confortablement… mais je ne pus trouver le sommeil. J'étais trop épuisé, trop vidé. Je restai allongé un moment, à contempler le plafond. La chambre semblait soudain trop petite, étouffante, comme si, pendant la nuit, quelqu'un était venu rapprocher les meubles et que les murs s'étaient un peu resserrés pour s'adapter à la nouvelle disposition. Je m'assis au bord du lit et songeai à aller prendre une douche, mais bien que je me sente puant et crasseux, la peau et le visage bizarrement souillés, les yeux englués, je ne fis pas un geste et au bout d'un moment je me rendis compte que j'attendais le retour de la camionnette du marchand de glaces, celle que j'avais entendue en m'éveillant, un bruit qui semblait si réel sur le moment, alors qu'il émanait sans doute d'un rêve. Quel était cet air ? Je m'en souvenais un peu plus tôt et voilà que je l'avais oublié de nouveau. C'était un son étrange, un air pas vraiment adapté à ces sonorités tintinnabulantes. Je me souvenais de la mélodie, mais je n'arrivais pas à me rappeler son titre ni de quel film elle était tirée – *tout* est tiré des films –, et il me semblait que les paroles mentionnaient des chevaux. Des chevaux, le temps et l'amitié. Mais peut-être me trompais-je là encore ?

Finalement, il fut sept heures et demie et je descendis prendre un petit-déjeuner très matinal. Je crois que je m'attendais encore un peu à trouver Hazel en bas, attablée seule près d'une fenêtre devant un jus d'orange et des Rice Krispies. Mais en fait la salle à manger était déserte, à l'exception d'une jeune fille mince à l'air fatigué, en gilet rouge, à qui mon arrivée n'eut pas l'air de plaire. Elle s'avança pourtant.

– Une table pour une personne ? demanda-t-elle, conformément aux consignes du manuel, page 4, paragraphe numéro 3.

Je consultai le badge au revers de son gilet : il m'apprit qu'elle s'appelait Zoé et qu'elle était stagiaire.

– Pour deux, rectifiai-je.

Je le regrettai aussitôt en remarquant qu'elle me regardait bizarrement, comme le font les gens qui pensent vous avoir déjà vu quelque part, et l'idée me vint qu'elle savait peut-être quelque chose sur ce qui s'était passé pendant la nuit.

– Une table pour deux, répéta-t-elle avant de pousser un léger soupir. Par ici.

Je me suis toujours demandé, sans jamais m'y intéresser au point de poser la question, pourquoi, une fois qu'elles ont compris quel type de table il vous faut ou vous conviendrait, toutes les serveuses qui se respectent, dans quelque établissement que ce soit, du salon de thé au restaurant gastronomique, entreprennent ensuite de vous entraîner au-delà de cinq ou six tables parfaitement convenables – proches des fenêtres ou dans leur propre cercle de lumière ou d'espace, grandes, baignées de soleil – jusqu'à la table la plus minable, malpropre et exiguë de l'établissement. C'est un moment qu'elles savourent, quand elles regardent le malheureux client se glisser dans l'étroit et obscur espace entre pilier et mur, pas très loin de la porte des cuisines ou, pire, des toilettes, mais elles ont beau parfaitement savoir ce qu'elles font, elles ont toujours l'air affreusement vexées lorsqu'on résiste, comme si tout le talent et le discernement qu'elles mettent à s'acquitter de ce travail passablement insignifiant, peu gratifiant et dénué de tout charme, était mis en doute. Comme il fallait s'y attendre, Zoé se dirigea vers le fond de la salle, la zone néon et portes battantes. Je la regardai s'éloigner, puis m'installai à une table proche de la fenêtre, à quelques mètres de l'entrée. De là, je verrais Hazel si elle revenait. Non que j'aie grand espoir, mais je ne pus m'empêcher de faire comme si.

Un moment s'écoula avant que Zoé s'aperçoive que je n'étais pas là, puis un autre, légèrement théâtral, avant qu'elle se retourne, remarque mon absence et, poussant cette fois un soupir audible, rebrousse chemin en toute discipline jusqu'à la table que je m'étais choisie.

– Café ou thé ? demanda-t-elle d'un ton las, résignée à se plier à mon bon vouloir, revenue de tout.

– Café, s'il vous plaît, répondis-je, un peu ragaillardi par cette perspective.

Il était particulièrement réjouissant, tout d'un coup, de penser que je ne pouvais pas payer ce petit-déjeuner.

– Formule anglaise complète, continentale ou... (elle réfléchit un instant)... harengs fumés ?

– Je prendrai une formule complète.

– Des toasts ?

– Oui, merci.

– Pain de mie complet, blanc ?

– Quelques-uns de chaque, je pense.

Elle m'adressa un regard exprimant quelque chose comme de la pitié, mais assez d'agacement aussi pour qu'elle s'en trouve d'autant plus agacée à son propre égard, comme si elle s'avouait vaincue ou avait joué un mauvais coup dans je ne sais quel match absurde.

– Votre numéro de chambre, monsieur, je vous prie ? demanda-t-elle d'un ton où perçait le renoncement, signe qu'elle avait fait son devoir et pouvait maintenant aller s'occuper de choses plus importantes.

Je lui donnai mon numéro de chambre et, à ma surprise, elle eut un petit sourire satisfait. Ce fut léger mais perceptible, si bien que je ne pus douter qu'elle l'arbore pour une bonne raison. Elle était si sûre de sa bonne raison, de fait, qu'elle *exécuta* ce petit sourire : presque instinctivement, elle le dosa à la perfection, assez pour qu'on puisse le considérer comme un sourire innocent et l'ignorer, mais assez, aussi, pour que je sache qu'*elle* savait quelque chose à mon sujet que j'aurais préféré cacher. Elle eut même l'intelligence de ne pas s'attarder, ni de savourer son triomphe ; au lieu de quoi, elle me gratifia d'un bref hochement de tête dédaigneux et fila aussitôt à la cuisine pour transmettre ma commande.

Seul à nouveau, j'attendis en regardant par la fenêtre. Le jardin, un carré d'écorce concassée et de couvre-sol, était d'un gris doux, humide, légèrement poudreux dans les coins, comme fraîchement passé au tamis. Le ciel était un amas de nuages gris perle, légèrement ourlés de noir, mais par-delà le fond du jardin, au ras d'une mince ligne d'horizon, se devinait un soupçon de bleu ; à peine une promesse, mais visible cependant. Pour la première fois, je pensai à ce que j'allais faire, et le temps que mon petit-déjeuner arrive, une idée commença à s'ébaucher. C'était une bonne idée, qui me plaisait, mais une idée qui pouvait attendre pendant que je mangeais de bon cœur.

Jusqu'à ce moment-là, je n'avais pas vraiment eu faim. J'étais simplement descendu pour avoir quelque chose à faire et sortir de ma chambre exiguë. J'avais besoin d'une distraction qui m'aide à réfléchir. Peut-être même me serais-je contenté d'une tasse de café, d'un toast... mais dès que le petit-déjeuner parut, je me rendis compte que j'avais une faim de loup. Je n'avais pratiquement rien mangé la veille au soir et j'étais resté éveillé des heures, à ressasser tout ce qui s'était passé et à écouter le vendeur de glaces fantôme, sans cesser d'espérer que quelque chose se mette en place sans effort, une explication de mes agissements, située hors des limites de la pensée mais susceptible de faire surface de son propre chef, de surgir de mes nerfs, de mon sang ou de nulle part. Et jusqu'à ce moment-là, quand la fille méprisante revint des cuisines en m'apportant un grand plateau d'œufs au bacon, de saucisses, haricots blancs, boudin noir, champignons – *tout* –, jusqu'à ce moment-là, rien ne s'était produit. La seule pensée qui me venait à l'esprit, c'était que j'avais commis une terrible erreur, une ridicule erreur d'appréciation dont j'avais eu conscience tout le temps et dans laquelle j'avais persisté par pure obstination, l'aggravant d'heure en heure, de jour en jour, presque délibérément, comme par malveillance envers moi-même. Maintenant, en revanche, tandis que Zoé disposait l'assiette devant moi, j'étais envahi d'une soudaine bouffée, non de compréhension, ce n'était pas ce qu'il me fallait, mais d'affirmation, une sombre et suave bouffée d'acceptation envers le monde qui m'avait amené en ce lieu.

– Formule anglaise, annonça Zoé en se dressant de tout son mètre soixante-trois pour joyeusement me foudroyer du regard. Ça va vous permettre de garder la santé…

Il y avait un léger sous-entendu, bien sûr, mais il était trop tard. Je me moquais éperdument de ce qui se disait aux cuisines ou dans le petit bureau derrière la réception. Ils s'étaient trompés dans leurs suppositions, alors même qu'ils avaient peut-être vu juste – qu'est-ce que j'*avais voulu*, de toute façon ? Je n'en savais rien. Toutes sortes de choses. Rien. Ça n'avait aucune importance. En tout état de cause, rien de ce que Zoé pouvait imaginer. Je regardai les aliments gras, colorés, mouillés çà et là de jus de tomates – bien qu'il n'y ait pas de tomates sur l'assiette –, et m'emparai de mes couverts.

– Bien, lançai-je. Je *meurs de faim.*

De retour dans la chambre, je m'allongeai sur le lit et allumai la télé. L'image s'anima en papillonnant ; et voilà qu'un nommé Tony, type replet à la piètre mine, était en train d'avouer à sa femme qu'il fréquentait des prostituées depuis sept ans. La femme avait sans doute été attirée au studio à l'aide d'un subterfuge, mais elle parvenait plutôt bien à dissimuler son dégoût, son humiliation ou sa répugnance, quel que soit son sentiment. Elle y parvenait si bien, en fait, qu'elle avait presque l'air de s'ennuyer, aussi l'animateur, craignant que cet habile coup monté ne tombe à plat, entreprit-il de la cuisiner.

– Quels sentiments cela vous inspire-t-il, Irene ? demanda-t-il avec une sollicitude exagérée.

Irene lui adressa un regard vide, puis tourna la tête pour dévisager Tony. Quelque chose commençait à se faire jour dans son esprit ; elle commençait tout juste à comprendre qu'elle ne serait sincèrement pas aussi étonnée que tout le monde l'espérait. Elle commençait à émerger.

– Quels *sentiments* cela vous inspire-t-il, Irene ? Pouvez-vous dire à Tony ce que vous ressentez ?

L'animateur l'aiguillonnait, à présent, mais Irene avait déconnecté. Au bas de l'écran, pareille au slogan d'une publicité pour un savon, une légende clignotait :

VIENT D'APPRENDRE QUE SON MARI LA TROMPE AVEC DES PROSTITUÉES.

Je regardai encore un instant, puis j'appuyai sur la touche qui coupait le son. À voir Tony, je n'étais pas étonné qu'il couche avec des prostituées ; ce qu'il y avait de méprisable, c'est qu'il ait choisi de le révéler à Irene sur le plateau d'une émission de télé diffusée en pleine journée. C'était cela qu'elle n'arrivait pas à supporter, et à cause de cela qu'elle allait engager un avocat pour dépouiller Tony de tout ce qu'elle pourrait, parce qu'il la soumettait à *ça*. Je regardai pendant encore un instant remuer les lèvres sèches, légèrement charnues de Tony – vu son expression, il devait être en train de détailler un genre d'explication –, puis la caméra se tourna vers Irene et j'éteignis. Pendant que l'écran se mettait en sommeil sur un petit fourmillement électrostatique curieusement rétro, je m'allongeai sur le lit. Il manquait quelque chose. Il y avait encore à faire, une pièce à caser dans le puzzle. Puis je repensai au minibar.

Je n'ai jamais compris pourquoi les gens confessent leurs péchés. On dirait que le besoin de se confesser exerce un attrait irrésistible, et l'idée me vient, de temps à autre, que les gens, pour la plupart, commettent des péchés dans le but d'avoir quelque chose à raconter. Quoique je ne comprenne pas vraiment ce qu'est un péché, de toute façon. Une faute, une erreur, *une bêtise**, un acte de folie, un mauvais calcul : oui. Un accident fortuit : *bien entendu.* Mais un péché : non. Mes aberrations, mes fautes, mes actes de folie restent les miens, et si je peux choisir d'en endosser ou pas la responsabilité, cela reste strictement mon affaire. Alors que les péchés sont publics, et doivent être avoués et pardonnés. “Mea culpa”, dis-je, et je préserve par là une partie de moi-même, de ma bonne foi, mais mon péché appartient au monde et la seule façon de le rattraper consiste à obtenir le pardon. Telles étaient, ou à peu de choses près, les considérations qui m'occupaient l'esprit, quand je repris l'idée qui m'était venue dans la salle à manger et décidai très vite, logiquement, plutôt que demander de l'aide, de faire *à pied* les quelque cent cinquante kilomètres, selon mon estimation, qui me séparaient de chez moi. Décision que je pris sans émotion ni dramatisation tout en ingurgitant, assis par terre, le contenu du minibar : toutes les petites bouteilles, cannettes et sachets de cellophane crépitante, pareils à des joyaux, étalés devant moi. Au début, l'idée me parut insensée : je me rappelle m'être esclaffé, moqué de moi-même d'y avoir seulement songé. Après la deuxième petite bouteille verte cependant, je commençai à en entrevoir la logique. Ce n'était pas une pénitence que je projetais, ça n'avait rien d'un concept théâtral d'autohumiliation, comme Raskolnikov au jardin public, déclarant son humanité. C'était une affaire totalement personnelle, un secret que je tenais à garder par-devers moi. C'était un des finales possibles de la succession d'événements qui m'avait amené jusque sur le sol de cette chambre d'hôtel, un finale parmi bien d'autres, certes, mais celui qui pour l'heure me semblait le plus authentique. Tandis que je faisais passer un Toblerone miniature à l'aide du contenu d'une petite cannette jaune, l'idée fit son chemin. Quand j'en fus à couper de Coca le contenu des petites bouteilles transparentes dans un verre en plastique d'aspect malléable, elle s'était imposée. Après la dernière des petites bouteilles dorées, accompagnée d'une poignée de pistaches rances, j'allai dans la salle de bains et vomis. La rapidité à laquelle cela arriva fut étonnante, et je restai agenouillé sur place, médusé, tandis que les fragments à demi digérés d'allumettes au fromage et de chocolat, mêlés aux reliefs du petit-déjeuner, disparaissaient. Je m'endormis alors sur le sol de la salle de bains et restai totalement immobile jusqu'à ce que la femme de chambre me réveille, aux alentours de midi.

Je souffris de violentes nausées pendant les douze heures qui suivirent. Jamais je n'avais connu un calvaire pareil. Je vomissais, le souffle coupé, hoquetais ; on aurait dit que quelque chose me déchirait la gorge, lacérait quelque fine membrane que je n'aurais même pas su nommer. Que quelque chose se débattait pour sortir de ma poitrine ; une chose noire, épaisse, qui remontait en force dans ma gorge. Durant les brefs et pénibles instants entre les spasmes où je restais pantelant, je tendais l'oreille, me demandant si j'avais fait beaucoup de bruit, agenouillé sur le sol de la salle de bains, tandis qu'un reste de l'écho de cette acoustique tout en carrelage et céramique me tintait encore aux oreilles. Je craignais que quelqu'un entende et vienne voir ce qui se passait. Non pour m'aider, mais pour m'accuser de je ne sais quel crime obscur.

Puis, sur le coup de minuit, un calme glacé tomba. Mes muscles et mes os étaient saturés de douleur ; il me semblait même pouvoir sentir la souffrance se déplacer dans mes veines : poison rare, spontanément engendré, se frayant un chemin d'une cellule à l'autre, d'un globule à l'autre. Les haut-le-cœur, cependant, cessèrent enfin. Je me traînai jusqu'à la chambre. J'étais glacé, à présent, mais quand même trempé de sueur. Je regagnai le lit à quatre pattes. M'allonger fut un soulagement indescriptible. Je dus dormir encore une heure ou deux, mais il faisait toujours noir quand je m'éveillai. L'hôtel était silencieux. Je me levai, passai à la salle de bains et m'observai dans le miroir où je me voyais presque en pied. J'avais l'air étonnamment normal. Les cheveux collés par la sueur et le teint blafard, mais après m'être rincé le visage à l'eau tiède, je retrouvai une mine tout à fait acceptable. Je n'avais pour tout bagage que les vêtements que je portais et le manteau que, sans savoir pourquoi, j'avais remonté de la voiture le jour d'avant ; je posai donc la carte-clé de la chambre sur le bord du lavabo et me dirigeai vers la porte.

TRAFFIC FROM PARADISE*

Je décidai de marcher jour et nuit, d'abord simplement pour rester en mouvement et donc éviter de me refroidir, puis, plus tard, parce que l'obscurité me plaisait, surtout sur les routes de campagne dépourvues d'éclairage public. La lune était apparente et la visibilité généralement bonne ; quand il faisait trop noir pour que je voie où j'allais, je m'arrêtais puis repartais lentement, un pas après l'autre, en sondant les ténèbres, guidé par un sens interne de l'obscurité que j'acquérais peu à peu, sens qui établissait ses propres lois chemin faisant, guidé en cela par le froid ou quelque chose ressemblant à la gravité, la masse et la densité d'un objet qui barrait la route inscrite quelque part et qu'il m'appartenait de déchiffrer. Je me trompais, mais quelle importance si je roulais dans le fossé de temps à autre ? Quelle importance si je tombais de tout mon long et restais face contre terre sur la route, avec l'odeur du bitume gelé sur les lèvres ? Je me moquais d'avoir un bleu ou deux sur les tibias ou les avant-bras ; je ne considérais pas les blessures que j'endurais comme des souffrances au vrai sens du terme. C'était surtout amusant. Quand je tombais, j'avais envie de rire tout haut. Quelle importance ? C'était les prémices de la vision nocturne, me disais-je. Qui se souciait que je tombe une fois de temps en temps quand on aurait dit un enfant tombant d'une bicyclette ou un nageur buvant la tasse à la piscine, le nez empli de chlore ? J'apprenais à marcher dans le noir, comme un chat ou un renard. Du moins, le croyais-je.

En général, la nuit était vaste et paisible. Vaste, tranquille, sûre ; une forme de couvert. Cela semble contraire à l'instinct de dire que la nuit est sûre, mais ce n'est pas vraiment à la protection contre les lésions physiques, les accidents ou je ne sais quelle terreur ancestrale des bêtes sauvages que je pense ; ce que j'entends par *sûre*, c'est un rempart contre le bruit, l'agitation et la simple visibilité du grand jour au sein de la foule. Ce que j'entends par là, c'est un rempart contre la façon dont les choses se passent en présence des autres. Un rempart contre l'impression que d'autres savaient qui j'étais et où j'habitais. Un rempart contre la peur d'être découvert. Un rempart contre la peur d'être démasqué. Peut-être ne me sentais-je pas à l'abri *de*, mais à l'abri *en*, à l'abri *en tant que*. Je me sentais à l'abri *dans* le noir, *en tant* qu'individu. Je me sentais ininterrompu. Tout en marchant, je commençai à mettre en pratique une idée : j'allais cesser de penser continuellement ; j'allais faire taire les voix dans ma tête, les futilités sans fin, l'absurde dialogue intérieur qui se déroule sans relâche. L'inutile erreur que sont toutes ces ruminations intérieures, lesquelles ne font pas partie de la véritable personnalité, mais y ont été introduites, ont été apprises. Cela se comprend-il ? Sinon, je ne sais de quelle autre façon l'exprimer. Je ne sais comment convoyer cette notion, car elle appartient au cheminement nocturne et aux bruits que je faisais en marchant, celui de ma respiration, celui de mes pieds, l'occasionnel faux pas et la cavalcade consécutive, le silence quand je m'arrêtais, de temps à autre un cri d'oiseau ou d'animal, dans la campagne.

Il allait neiger de bonne heure, cet hiver : la seule incertitude, c'était quand. Parfois, le ciel devenait livide, les nuages se teintaient de lueurs dures, métalliques, qui ne se dissolvaient que peu à peu en pluies brèves, noir d'encre, qui laissaient les haies et les bas-côtés sombres et détrempés. Plus près de chez moi, j'aurais sans doute continué de marcher quoi qu'il advienne et j'étais contrarié chaque fois que la pluie interrompait mon avancée. Cela semblait important, pour une raison que j'ignore, de continuer, comme si c'était l'élan, et non le retour, qui m'était nécessaire. Si tôt dans mon voyage, cependant, je n'avais pas d'autre choix que de me blottir dans le premier abri que je trouvais quand la pluie devenait diluvienne. L'ennui, c'est qu'alors mes pensées recommençaient aussitôt à galoper, à ressasser les habituels raisonnements et conjectures, papier peint mental d'un esprit résolument beige. Je continuais de penser à la pénitence et à ce que signifiait cette marche alors que j'aurais dû me contenter de poursuivre, sans raison particulière – car, si nouvelle que soit pour moi cette notion, je sentais que la pénitence, ou tout autre but que je poursuive, devait être une affaire quotidienne, un abandon choisi du prestige du péché. En d'autres termes, je ne voulais pas me voir marcher, je ne voulais pas glorifier cette entreprise. Ce qui comptait à mes yeux, par exemple, c'était que si on me voyait sur cette route, j'aie l'allure d'un homme dont la voiture est tombée en panne et qui fait à pied les quatre ou cinq kilomètres jusqu'au prochain garage. Et plus encore, bien sûr, de ne pas être vu. Il fallait que je sois invisible, même à mes propres yeux, tant que je marcherais. Je devais me fondre dans le banal.

Seulement voilà, lorsqu'on marche assez longtemps, dans le froid, ou sous une pluie battante, ou face au vent, on se met à percevoir un autre marcheur, au loin, quelque part : un écho, une réplique exacte de celui que l'on est mais qui reste cependant un animal distinct, un corps différent. Je m'en tenais aux routes menant chez moi, essayant d'éviter les villes, pris dans l'étrange discipline qui consistait à presque se perdre pendant que, quelque part, cet autre animal marchait aussi, dans les dunes, ou traversait une étendue de marais. Seul, et pourtant compagnon des oiseaux et des animaux qui l'accompagnent sans se montrer, il vit d'expédients. Il vit de mannes, de ce qu'il perd et de ce qu'il trouve, pommes, eau, champignons et aumônes. C'est lui qui court le danger de se perdre à tout jamais, lui qui risque à tout moment de se transformer en statue de sel. Et surtout, c'est lui qui doit porter le nom du diable dans sa mémoire, les os du diable dans ses os, le sang du diable dans ses veines – et pour la durée de cette marche, il fut mon véritable compagnon : *mon semblable, mon frère**. Ce n'était, bien sûr, que délire.

J'essayais de prendre des routes de campagne, mais de temps à autre il était plus facile de tout simplement couper vite à travers une ville. Les villes constituaient une distraction, avec les lumières et la chaleur que dispensaient les moindres boulangeries et cafés de gares routières ; les villes, en outre, grouillaient de monde, or je tenais à éviter les gens. J'aspirais à la discipline propre, dure, de la route de campagne : les oiseaux, les haies, les champs, le calme. En arrivant à Stonefield, toutefois, je m'aperçus que les préparatifs de Noël étaient déjà en bonne voie et je m'attardai un peu, juste pour regarder les illuminations. J'étais arrivé en début de soirée sous une pluie lente et indistincte, mais tout était déjà allumé, les rues mouillées scintillaient d'éclaboussures rouges, bleues et vertes sous les lumières. Je jugeai sans risque de prendre mon temps pour traverser la petite bourgade – la foule n'était pas très dense et les illuminations me ragaillardirent, qui se reflétaient dans les flaques et les caniveaux. Je gardais la tête basse, m'efforçant de rester invisible, fantôme de passant, quand, à une dizaine de mètres, devant un passage clouté, je vis Hazel, dans son habituelle petite veste bleue et sa courte jupe rouge plus adaptée à l'été qu'à une froide soirée de décembre. C'était bel et bien sa tenue. Le seul changement, c'étaient ses chaussures noires, remplacées par une paire éculée de baskets à semelles compensées. Elle avait les cheveux et le visage trempés, mais semblait heureuse. Sereine. Tandis que je regardais, incapable de faire un geste, incapable d'appeler, une voiture approcha, ralentit jusqu'à presque s'arrêter, et la portière du côté passager s'ouvrit. Au même instant, elle jeta un coup d'œil derrière elle, mais pas pour me regarder ni regarder quoi que ce soit de particulier : juste une fille jetant un regard alentour par une soirée d'hiver pluvieuse pendant que quelqu'un propose de lui faire faire un bout de trajet – et comme elle se glissait à l'intérieur, je fus envahi d'une bouffée de chagrin, d'une vague de quelque chose ressemblant à une véritable douleur, qui se répandit dans tout mon corps, et je compris, pour la première fois, à quel point j'étais totalement perdu. Simplement parce que cette fille – cette belle fille impossible qui n'était pas Hazel, finalement, mais une autre fille, toute semblable à elle et totalement différente – se retourna et me regarda au travers d'un rideau de pluie froide.

Je dus m'avancer sur la chaussée, à ce moment-là, lui emboîter involontairement le pas, sans me rendre compte que je venais d'entrer dans la trajectoire d'une camionnette qui arrivait. Elle n'allait pas très vite, mais elle me percuta, m'évitant juste assez pour se contenter de me faire basculer, et je m'affalai par terre sans grâce, dans une gerbe d'éclaboussures, comme un clown. L'incident interrompit la circulation, tandis que je m'efforçais de me relever et que le chauffeur, un grand type bouffi aux sourcils noirs très épais, descendait de son véhicule pour voir si j'étais blessé. Un petit attroupement se forma et d'autres automobilistes ralentirent pour regarder en passant. J'étais indemne, un peu choqué, un peu étourdi. Debout sur le trottoir, je chancelais un peu, tâchant de discerner une issue parmi tous ces corps.

– Ça va, vieux ? lança le chauffeur de la camionnette en me prenant par le coude.

Je me dégageai.

– Ça va, dis-je. Je n'ai rien.

Quelqu'un s'avança de la foule d'un pas traînant.

– Il faut faire un peu plus attention, dit une voix, une voix féminine, vulgaire et grincheuse, dont les accents évoquaient un peu une poissonnière.

– Tout va bien, dis-je.

Sur quoi je tentai de m'engager dans une brèche de la foule.

Ma réponse sembla irriter le chauffeur de la camionnette.

– C'est bon, lança-t-il, on cherche juste à aider. Vous nous avez fait une belle frayeur, sur ce coup-là, à vous avancer sur la chaussée comme ça.

– Il faut qu'il fasse un peu plus attention, renchérit la poissonnière. Qu'il regarde où il va au lieu de reluquer je sais pas quelle fille.

Je regardai autour de moi, pris de panique. Quelle fille ? Où était-elle partie ? Avait-elle assisté à toute la scène ? Je me retournai dans la direction où je l'avais vue pour la dernière fois, mais la voiture et elle avaient disparu. Je regardai le chauffeur de la camionnette.

– Excusez-moi, dis-je. Je suis fatigué, c'est tout.

– Pas de problème, vieux, répondit le chauffeur, un peu plus détendu, qui n'avait aucune envie de causer des ennuis. Du moment que vous allez bien.

Il me donna une petite tape sur le bras et se détourna. Sa camionnette bloquait le passage, à présent.

– Il faut qu'il regarde où il va, lança la poissonnière en s'éloignant, mécontente.

Elle avait espéré davantage, mais Noël approchait et les gens avaient mieux à faire.

À la suite de cette mésaventure, j'évitai tout à fait les villes, quand bien même cela rallongeait mon trajet. Jusque-là, j'avais suivi les routes principales ; à un moment donné, j'avais même longé un bout d'autoroute, de nuit, en restant près du bord de la chaussée mais sur le bas-côté, dans le no man's land délimité par l'éclairage routier argenté et l'obscur arrière-pays de saules et de pâturages, au-delà. Je me mis alors à rechercher les sentiers et les routes secondaires traversant bois et terres agricoles, et quand je ne trouvais pas d'autre débouché, je coupais par les champs ou les marais, me frayant un chemin dans la gadoue et la bouse, à la faveur du clair-obscur du couchant ou du petit matin. En milieu de journée, je me trouvais un abri, quel qu'il soit : j'avais envie d'être seul à présent et la plupart du temps je faisais en sorte de rester quasi invisible. De temps à autre, je voyais des gens au loin : un groupe de marcheurs ou un fermier sorti avec sa carabine et deux de ses chiens, et même une bande d'enfants qui détalèrent en me voyant arriver. Je devais maintenant avoir pour eux une allure étrange, peut-être même effrayante : celle du sale type dont leurs parents leur disaient de se méfier. Mais ça ne me dérangeait pas. Je me disais que, plus j'aurais l'air intimidant, plus j'avais de chances qu'on me laisse tranquille.

Passé les quelques premiers jours, je cessai de souffrir de la faim. Ce fut moins dur que je l'aurais imaginé, une fois les premières crampes surmontées ; le pire, pour moi, était l'incertitude concernant l'abri, le fait que, où que j'aille et quel que soit le couvert que je trouvais, je risquais toujours d'être débusqué. Étant donné que je faisais le plus gros de mes déplacements de nuit pour ne pas me refroidir, je me trouvais un coin abrité aux alentours de la mi-journée et piquais un petit somme, pas plus d'une heure ou deux à la fois. Cela me permettait de dormir un peu, mais guère. Il faisait encore froid, même les jours de beau temps. Le principal était de prendre du repos, de continuer à me ménager ; dormir venait en prime. Mais quand je dormais, c'était d'un sommeil profond, noir, sans rêve. L'avant-dernier jour, je trouvai ce qui aurait pu être une cachette idéale, une église minuscule, presque miniature, en pleine campagne, loin de toute habitation visible. Elle était entourée de son propre petit enclos peuplé de houx, d'ifs et d'une poignée de pierres tombales de guingois datant des premières années du XXe siècle, et même de l'extérieur elle semblait ornementée, comme une chapelle d'épopée arthurienne. J'allai tranquillement jusqu'à la porte, touriste parti faire une promenade hors saison, et actionnai la poignée, m'attendant à trouver la porte fermée à clé. Aussitôt, sans presque aucun effort de ma part, elle s'ouvrit et j'entrai.

– Il y a quelqu'un ?

L'écho de ma voix retentit légèrement au fond de la nef, juste au-dessus de l'autel, mais personne ne répondit. Je risquai quelques pas. L'air y était sec, sans la moindre humidité, pourtant il semblait n'être venu personne ici depuis des mois. Cette chapelle n'avait jamais été une église paroissiale visiblement ; peut-être faisait-elle partie d'un ancien domaine ou s'agissait-il d'une folie érigée à la mémoire d'une défunte épouse par un aristocrate mort de longue date. On y respirait indéniablement cette atmosphère particulière, l'atmosphère d'un lieu jadis prisé, d'un lieu qui fut la tendre folie d'un homme. Elle était décorée dans ce que j'aurais appelé le style préraphaélite, avec des fresques de taille modeste mais colorées tout autour de l'autel. Bien qu'elle ne soit ou ne semble plus en usage, elle était étonnamment propre et bien entretenue. Peut-être quelqu'un venait-il en voiture, une ou deux fois par mois, pour nettoyer. Peut-être un groupe de bénévoles, quelque club voué à sa conservation. Cela semblait probable, surtout au vu de l'absence d'humidité.

– Il n'y a personne ? insistai-je.

Silence. Je gagnai le milieu de la petite nef et m'assis sur un des bancs qui faisaient face à l'autel. Je n'avais pas l'intention de m'endormir, mais je pourrais me reposer un moment et, si quelqu'un devait me trouver là, je ne serais qu'un randonneur venu s'abriter du froid. Ou un visiteur étranger ayant fait le déplacement pour voir cette curiosité architecturale. L'église méritait certes une visite, avec son tableau d'autel terne et austère représentant le Christ ressuscité, l'homme que Marie prit pour le jardinier, marchant dans une allée d'arbustes noirs et d'arbres fruitiers indéfinis, dans les ors d'un matin palestinien. Il y régnait un silence absolu et je me sentis calmé, tranquillisé, la fatigue de mon corps se muant en un poids concentré, supportable, au bas de mon dos, comme quelque exagération de la gravité. Ce moment-là, j'avais envie de le prolonger sinon à tout jamais, du moins un petit peu plus longtemps. Un quart d'heure de plus ; une heure. C'était à cela que j'aspirais quand je m'étais mis en route : ce moment-là. Ou plutôt, je n'avais sans doute aspiré à rien : tout ce que je savais alors, c'était qu'une fois certaines choses arrivées, d'autres choses doivent se passer pour qu'une partie de l'histoire s'achève. Et pourtant, quelque part, tout au fond de mon esprit, je m'attendais un peu à cela. Il ne s'agissait pas de confort, pas d'absolution ; rien de tel. Simplement... du fait d'être *présent*, d'être dépouillé de tout faux-semblant. D'être enfin moi-même, les mains vides, sans rien à défendre.

Je ne me souviens pas de m'être assoupi – je ne m'endormis pas à proprement parler, je me mis simplement à glisser, à dériver dans un demi-monde d'ombres et de rêveries – mais je suis presque certain qu'il ne s'écoula pas plus d'une ou deux minutes avant que j'entende une voix, sur ma droite, et que je m'éveille en sursaut ; la masse compacte de ma fatigue se brisa en centaines de minuscules esquilles de douleur dans mes muscles et mes os. Je regardai autour de moi. Je crus d'abord qu'il n'y avait personne ; puis, tel un mirage ou une hallucination, une silhouette apparut entre les bancs, une silhouette noire, fine, qui s'incarna peu à peu en femme.

– Excusez-moi, dit-elle. (Elle semblait âgée d'à peu près quarante-cinq ans et avait un long visage mince, des cheveux fins blond cendré.) Je ne voulais pas vous faire peur.

Je secouai la tête.

– Vous ne m'avez pas fait peur, dis-je.

J'eus envie de lui dire que je ne dormais pas, mais je ne trouvai pas les mots qui m'auraient permis de formuler cela de façon convaincante à ses yeux ainsi qu'aux miens.

– Tout va bien ? demanda-t-elle.

Je me levai.

– Très bien, répondis-je un petit peu trop fort, avant d'ajouter, pour compenser ma brusquerie : c'est moi qui devrais m'excuser. Je ne voulais pas…

– Mais non, mais non, coupa-t-elle. Ne vous en faites pas. Vous étiez fatigué, Il vous a dispensé le repos.

Je la regardai. Elle portait un twin-set original, démodé ; non loin de là, son manteau, en tweed semblait-il, était jeté sur le dossier d'un banc, à côté d'une brassée de branchages et de fleurs. On aurait dit une rescapée de *Brève rencontre*. J'en conclus qu'elle faisait partie de ces femmes qui entretiennent les églises, époussettent les bancs, disposent les fleurs, s'occupent de l'autel. Une femme d'une foi bienveillante et simple, vaguement désinvolte. Dix ou peut-être quinze ans plus tôt, elle était encore assez jolie, le genre de jeune femme d'âge mûr qui porte *L'air du temps** et des foulards de soie, et n'est jamais vraiment à son avantage en été ; aujourd'hui, elle était devenue plus raffinée, transformée par un chagrin récent, une joie durement conquise ou peut-être même une caresse de l'ange, en une beauté tard épanouie.

– Quelle est cette église ? lui demandai-je.

Elle sourit. J'eus le sentiment qu'elle lisait dans mes pensées, guettait la moindre remarque saisie au vol, le moindre détail que je remarquais sur sa personne, le moindre jugement que je formulais.

– Ce n'est pas une église, répondit-elle. Pas officiellement.

Elle n'en dit pas davantage et je restai là, à scruter son visage, attendant : mais elle garda le silence. Elle commençait maintenant à comprendre que je n'étais pas tout à fait le randonneur fatigué pour lequel elle avait tout d'abord décidé de me prendre et je crois que je la déconcertais ; elle sentait que j'avais des ennuis ou un problème quelconque et avait envie d'apporter de l'aide, mais il aurait été impoli de s'imposer. Il fallait attendre d'être sollicité. Au bout d'un moment, son visage s'éclaira et elle posa gentiment la main sur mon bras.

– Ça ne vous ferait aucun mal de boire quelque chose, je suppose, dit-elle. (Sans me laisser le temps de répondre, elle prit une bouteille thermos dans son manteau et versa un liquide fumant et clair dans une petite tasse en plastique bleu qui parut surgir de nulle part, comme la vaisselle des réceptions du Pays des Merveilles.) Tenez, dit-elle. Voilà qui va vous réchauffer.

Je pris la tasse et bus. Contrairement à ce que j'avais pensé, ce n'était pas du thé, mais du jus d'orange. Du jus d'orange coupé d'eau chaude, tout comme mon père en préparait pour moi quand j'étais enrhumé, enfant. Je serrai la tasse au creux de mes paumes pour en savourer la chaleur et gardai le silence un moment, le temps de boire. La femme m'observait. L'idée me traversa l'esprit que nous aurions pu rester là à tout jamais, tels que nous étions, comme une des fresques qui entouraient l'autel. Dans le même temps, toutefois, il y avait quelque chose qui rendait tout ajout superflu, quelque chose d'irrévocable entre nous, qui devenait presque palpable. Je lui tendis la tasse.

– Merci, dis-je.

Elle me gratifia d'un sourire éperdu.

– Je vous en prie, dit-elle.

Nous restâmes un instant silencieux. Figés. Un tableau.

– Bon, lançai-je finalement. Je crois que je ferais bien d'y aller. (Je jetai un coup d'œil en direction de son bouquet hivernal de fortune.) Vous avez à faire.

Elle n'essaya pas de me retenir. Pendant un instant, je crus pourtant qu'elle le ferait. Mais elle sourit à nouveau et me tendit la main.

– Je suis ravie d'avoir fait votre connaissance, dit-elle. Ne manquez pas de revenir, si vous passez à nouveau dans les parages.

Je lui pris la main. Elle était très chaude dans la mienne, mais peut-être avais-je simplement très froid.

– Ç'a été un *plaisir* de faire votre connaissance, dis-je.

J'aurais voulu ajouter autre chose, mais je ne trouvai rien à dire. Je regagnai la porte, gêné. Il y avait une chose que j'aurais voulu lui faire comprendre, mais je n'avais pas envie de m'imposer plus qu'elle-même ne l'aurait fait. Ou plutôt, j'avais envie de la toucher d'une manière délicate, innocente, tout en restant un parfait inconnu. Finalement, alors que j'entrebâillais la porte et sentais l'air froid se couler à l'intérieur, je me retournai.

– Joyeux Noël à vous, lançai-je.

Je n'étais pas sûr de la date, mais je savais que Noël n'était plus très loin.

Elle hocha la tête.

– À vous aussi, répondit-elle.

Puis elle retourna à son travail et je fermai la porte derrière moi, pour que la chaleur reste à l'intérieur.

Si froid qu'il ait fait auparavant, une certaine douceur subsistait, une sorte d'effluve automnal tardif flottant dans l'atmosphère quand j'étais entré dans la petite chapelle. Peut-être pas tout à fait automnal, mais suave, néanmoins, suave et doux, presque transparent, comme du beurre fondu. À présent, tandis que je repartais, dépassais le champ voisin en empruntant un sentier qui contournait l'étendue labourée ceinte de haies, l'hiver survint subitement. Ce devait être la fin d'après-midi, mais l'horizon et les vides entre arbres et haies commençaient déjà à s'assombrir ; au-dessus de ma tête, il n'y avait pas un nuage dans le ciel de céladon terne. Je gravis rapidement la longue pente douce du champ qui me conduirait, d'après ma meilleure estimation, à moins de vingt kilomètres du littoral mais, en marchant, je me rendis compte que le temps allait beaucoup se détériorer d'ici au lendemain matin. J'allais devoir prendre une décision claire et nette : je pouvais marcher encore et trouver un couvert un peu plus discret que la chapelle où passer le pire de la nuit, ou alors continuer, avancer pour ne pas me refroidir, en espérant couvrir le reste de la distance avant de m'arrêter pour m'abriter du froid. Il semblait plus avisé de trouver un refuge abrité et dissimulé où faire un feu, mais d'un autre côté je ne pouvais pas attendre plus longtemps, aussi décidai-je de continuer.

Il allait neiger, c'était certain. Je le flairais, je le décelais dans l'air environnant, une neige précoce arrivait et c'en serait une vraie. Quand j'atteignis le sommet de la côte, le vent me cueillit de plein fouet, un vent charriant un froid mortel. Tout autour, les champs et les bois s'enfonçaient dans le crépuscule et, pas très loin de là, au bout du champ voisin, des cerfs, une famille, supposai-je, étaient sortis en groupe, en quête de nourriture, et se tenaient à découvert mais proches de la haie, sur le qui-vive, à l'écoute de tout, conscients malgré la distance d'être observés. Leur soudaine présence donnait à tout cela l'air d'une apparition magique, d'un tour complexe mais illusoire, en fin de compte, comme ces parties du jeu qu'on nomme téléphone arabe dans lesquelles plus la formule est répétée, plus elle est distordue. Pendant un instant, j'envisageai même qu'ils ne soient pas réels, que la femme de la chapelle n'ait pas été réelle, que l'arrière-goût d'orange chaude sur ma langue et l'odeur de neige que charriait l'air n'aient rien de réel, et je sentis la panique m'envahir tandis que je regardais alentour, cherchant quelque chose de solide et d'indiscutable sur quoi me concentrer. À ce moment-là, les cerfs filèrent, comme s'ils avaient perçu mon état d'esprit, à moins qu'ils n'aient décelé quelque chose que je ne sentais pas, quelque ombre, quelque effluve, quelque son traversant le champ dans leur direction, ou dans la mienne, une chose prompte et hostile qui, au moment où je tournai la tête, sembla presque fondre sur moi, présence preste, impitoyable, qui me balaya le visage. Pendant un instant, je fus perdu ; pendant un instant, je fis ce que j'avais toujours voulu faire : je ne pensai à rien. J'appelle cela de la panique, aujourd'hui, chez moi, dans la sécurité de mon fauteuil, mais la panique n'est qu'un mot, or il s'agissait de tout autre chose. C'était l'abandon total. C'était le doigt d'un dieu raclant l'intérieur de mon crâne.

Quand je me rendis compte de ce que je faisais, j'étais en train de courir. Je courais dans la semi-pénombre, gagnai la route en trébuchant, en pleine trajectoire du premier véhicule susceptible de passer par là à cette heure de la soirée. Un professeur rentrant chez lui tard avec une pile de copies sur le siège du passager ; un médecin de campagne partant en visite, son stéthoscope dans la poche de son manteau. N'importe qui aurait pu déboucher du sommet de la côte à ce moment-là et me percuter tandis que je courais sans rien voir, au mépris de toute prudence, au beau milieu de la chaussée. Il n'y eut rien. Je courus ainsi quelques instants – plusieurs minutes, davantage, qui sait – jusqu'à ce que j'aie suffisamment repris mes esprits pour me rendre compte de ce que je faisais. Je me jetai alors sur le bas-côté, comme pour éviter un véhicule qui surgirait de la nuit et me foncerait dessus. Un long moment s'écoula avant que je m'asseye, haletant, un sanglot noué dans la gorge, incapable de se libérer. Et un moment de plus avant que je me relève, épuisé, vidé, par-delà même la peur, et reparte dans la nuit.

Mon père me raconta tous nos ennuis de voisinage juste avant de mourir, tout : des amas de feuilles décomposées, pluie et déjections canines mêlées qui surgissaient pendant la nuit sur notre paillasson, à Cockburn Street, jusqu'aux imprécations marmonnées au téléphone au petit matin. Il me raconta que Peter Tone avait menacé ma mère une fois et qu'ensuite, quand ils déclarèrent l'incident à la police, aucune mesure ne fut prise.

– À votre place, je laisserais tomber, avait dit le sergent de service. Il a dû dire ça sous l'emprise de la boisson.

Mon père avait décidé de suivre ce conseil. Il savait que c'était plus sérieux qu'il n'y paraissait : peut-être ces propos avaient-ils été tenus sous l'emprise de la boisson, dans le cas de Peter, mais ce dernier avait le soutien d'une grande partie de la communauté. Il avait leur approbation, toute tacite qu'elle soit.

– Mais pourquoi ? lui demandai-je.

Je ne comprenais pas. J'étais convaincu que ma mère et lui avaient dû faire *quelque chose* pour mériter un tel venin. En dépit de ce que j'avais subi avec Malcolm Kennedy, je n'arrivais pas à croire que tout cela était arrivé – que ma mère était morte – simplement parce qu'ils venaient d'ailleurs.

– Je n'en sais rien, répondit mon père. Je n'ai jamais réussi à comprendre. (Il était assis près de la fenêtre, ses jumelles sur les genoux, peu avant sa mort. Il avait l'air presque transparent, l'air d'un jeu de lumière.) Je crois que, dans l'ensemble, je préfère les oiseaux aux humains.

Je ne répondis pas. Je me demandais combien de fois il m'avait proposé d'aller longer la pointe avec lui, quand j'étais enfant. Juste histoire de regarder quelques oiseaux. J'avais l'impression de l'avoir sciemment rejeté – bien qu'il n'en ait jamais manifesté de ressentiment. Pas même passagèrement.

– Quoi qu'il en soit, reprit-il, ce qui est arrivé est arrivé. Tout ça appartient au passé, à présent. (Il contempla le large.) Je n'ai guère le temps de beaucoup repenser au passé, ces jours-ci. Et aucune raison particulière de penser à l'avenir. (Son regard revint se poser sur moi et il me sourit.) La seule chose qui compte, de toute façon, c'est le présent. C'est la seule chose qui compte, car le présent est la seule chose qui existe. La lumière. La mer. Le vent. Quel que soit le moment où on s'arrête pour regarder, il n'y a que le présent. Le présent dure toujours.

Je secouai la tête. Je ne le croyais pas. Ou plutôt, je ne croyais pas que *lui* croie ce qu'il disait. Il avait beau me confier un témoignage de mourant, je crus qu'il ne faisait que philosopher.

J'arrivai à la colline qui surplombe Coldhaven au petit matin. Entre-temps, il avait neigé par intermittence, mais je ne m'attendais pas au spectacle qui m'accueillit quand je fis halte en haut du sentier qui contournait le terrain de golf et descendait en serpentant jusqu'à l'ouest de la ville. Il était inhabituel de voir de la neige tenir sur cette partie du littoral : la couche pouvait atteindre trois centimètres d'épaisseur deux kilomètres plus loin, à l'intérieur des terres, mais ici, les années normales, la neige saupoudrait les toits et les petites venelles qui couraient jusqu'au port d'une moire argentée avant de fondre, presque sitôt tombée, en ne laissant qu'un reflet noir d'encre sur les tuiles et les fenêtres. Ce matin-là, en revanche, la neige était profonde, paisible et totalement intacte, paysage hollandais de ville en hiver : le clocher, la mairie et même la jetée du port, enfouis sous la blancheur, toutes choses plongées dans le silence, toutes choses illuminées de l'intérieur, la côte entière, aussi loin que portait le regard, immobile et éternelle. La ville était endormie, comme elle l'avait été lors de cette fameuse nuit, cent ans auparavant, quand le diable sortit de la mer et déambula d'une rue à l'autre, laissant des traces dures, noires, sauvages dans la neige. Sauf qu'à présent, c'était moi qui descendais la colline et entrais en ville, passais devant le Waterside, la pharmacie et la blanchisserie, devant l'ancienne bibliothèque, et poursuivais dans Shore Street, avec le port sur ma droite, les bateaux sur cale poudrés de neige, le feu de signalisation, au bout du quai, affichant un rouge cerise froid. Je m'arrêtai là un instant, pour tout contempler : l'estuaire vide, les lumières au bout du port, les vitrines peintes, les bateaux amarrés le long du quai – une ville typique de la côte est de l'Écosse, pendant la semaine précédant Noël, figée dans la perfection de la neige et du silence. Tout cela aurait dû être douloureusement familier, mais j'y revenais, à présent, en étranger – et je voyais tout cela comme pour la première fois.

Quelques mètres plus loin dans Shore Street, la boutique de fleurs qui avait autrefois appartenu à Mrs Collings débordait de poinsettias et de couronnes de Noël, semblables à ceux qu'elle-même vendait jadis. La boucherie d'à côté avait fermé – c'était maintenant un salon de coiffure – mais une autre s'était installée à l'angle de la venelle adjacente, Stills Wynd, et quelqu'un avait ouvert un magasin d'encadrement et de cadeaux un peu plus loin, en face du nouvel immeuble à étages. La pêche ne se pratiquait presque plus, à présent, mais elle était remplacée par des expéditions de plaisance dans des embarcations propres, pimpantes, dotées de noms tels que *Arcturus, Khayyam* ou *Braveheart.* Ce qui ne changeait rien. C'était la même mer, la même grève. En été, les hirondelles fouillaient les parois du port à la recherche des mouches qui vivaient dans les algues ; pour l'heure, même les mouettes étaient absentes, parties vers l'intérieur des terres en quête d'abris, de même que les courlis et bécasseaux qui s'en allaient et revenaient au gré des marées, apparaissant sur la plage une fois la marée retirée pour y récolter les vers et les coquillages échoués, puis gagnant l'arrière-pays quand la marée remontait pour trouver leur pitance dans les champs fraîchement labourés ou les pâturages qui s'étendaient juste au-dessus de la ville. Il y avait un rythme dans tout cela et même lorsque ce rythme était rompu, un autre se mettait en place, comme surgi de nulle part, insistant, neutre, autonome. Je savais cela et je crois que pendant ces quelques instants au moins je m'en réjouis, mais je ne pus réprimer, exactement au même instant, un sentiment presque insupportable de regret vis-à-vis de ce qui était passé, de ce qui passait, de ce qui était encore à venir et pourtant voué à passer.

Ce fut peut-être ce mélange de sensations, cet amalgame d'émotions qui produisirent cet effet, mais j'eus l'impression, tandis que j'étais là, dans Shore Street, au petit matin, que quelque chose que j'avais tenu intact et dissimulé au fond de moi, quelque fiole de bile et de nostalgie scellée au fond de ma gorge, venait de se briser et qu'un goût amer, chaud, m'emplissait la bouche et la poitrine. Quand j'y repense à présent, je vois bien que j'étais épuisé. J'avais couvert cent cinquante kilomètres, voire plus, sans presque rien manger, en ne prenant qu'un repos haché, et pourtant le souvenir que j'en garde est celui d'un moment où je me sentais bien, je me sentais vivant, conscient de tout avec une acuité presque douloureuse, le corps au diapason du froid, ramené à un état essentiel par la fatigue et la faim, et je me rappelle avoir pensé – oh, certes, j'étais épuisé, j'étais brisé et ému, mais je me rappelle non pas avoir pensé, mais avoir su, sans me sentir ni réconforté ni troublé par cette pensée – que, moi aussi, je faisais partie de ces vastes rythmes éternels, de ces lois qui guidaient les oiseaux, les marées, le climat, et qui m'avaient ramené chez moi : le rythme, la loi qui maintenaient toutes choses en mouvement, et le rythme qui permettait à tout cela de s'entrouvrir, à peu près une fois par siècle, pour laisser entrer le diable.

Tout d'abord, je ne remarquai pas les traces. Elles devaient être légères, au début, mais au bout d'un moment je discernai très clairement une empreinte noire dans la neige, puis une autre, et encore une autre, très espacées, puis plus rapprochées, trop rapprochées pour être celles d'un homme, tellement rapprochées et petites, en fait, que je me dis qu'il s'agissait d'empreintes d'enfant – un enfant de six ou sept ans, marchant sur la pointe des pieds au cours d'un de ces jeux sérieux auxquels jouent les enfants lorsqu'ils essaient de leurrer le monde entier. Je me rappelle l'avoir fait moi-même, petit garçon, avoir essayé de rouler mon entourage, de devenir quelque chose que je n'étais pas. À l'âge de neuf ans, juste avant que nous ne déménagions pour la maison de Whitland, je jouais à faire le mort, je m'étendais sur mon lit, des pièces de monnaie sur les yeux et un drap blanc tiré sur le visage... or c'était maintenant le même genre de jeu, la ruse habile d'un gamin ayant entendu la vieille légende, une ruse juste assez bénigne et innocente pour être presque crédible. Presque, mais pas tout à fait. Mais ce n'était pas cela qui comptait : le but d'un jeu n'est pas de remplacer une réalité établie par une autre ; l'idée consiste à suggérer une variante, une possibilité. Comme lorsqu'on raconte une histoire. On ne cherche pas à être véridique mais il faut rester vrai, il faut que le récit *coule*.

Mais comment pouvait-il s'agir d'un enfant ? La neige commençait tout juste à tenir et l'heure était matinale, assez matinale pour un livreur de journaux, sans doute, mais les gamins qui se chargeaient de la distribution avaient autre chose en tête, par exemple s'acquitter de leur tournée le plus vite possible pour retourner au chaud. Du reste, en y regardant de près, je constatai qu'il ne s'agissait pas de banales traces dans la neige. Elles avaient des caractéristiques, de fines stries, assez nettes dans la neige fraîche, pareilles à des traces d'animal – de renard ou de chat, par exemple. Elles étaient pourtant trop grandes pour appartenir au moindre animal susceptible de passer par là, si près de la mer ; trop grandes, sans doute, pour tout animal autre que pensionnaire d'un zoo. Je ralentis à nouveau pour examiner les empreintes ; puis je compris que, quel qu'en soit l'auteur, animal ou humain, il était passé par là à peine quelques minutes plus tôt. Cette certitude en tête, cet espoir d'arriver, peut-être, à apercevoir la créature mystérieuse, je pressai l'allure et poursuivis, emboîtant le pas aux traces le long de la route côtière puis remontant, dépassant l'église baptiste, l'ancienne boulangerie, et prenant Toll Wynd, d'où ma promenade coutumière bifurquait vers le sentier qui longeait la côte, quittant la chaussée.

Voici l'histoire que je me racontai des années durant : une nuit, pendant que les gens de Coldhaven dormaient, le diable sortit de la mer, remonta par l'ouest de la grève, suivit Shore Road, dépassa le versant de colline qui menait à ma porte d'entrée, en se dirigeant vers l'intérieur du pays, vers une destination dont nul ne savait rien. Personne ne savait où il allait, ni pourquoi il choisit cet endroit précis pour manifester sa présence de façon visible. Personne ne savait non plus d'où il était venu, mais je suppose qu'on pensait à je ne sais quelle autre dimension, quelque endroit ténébreux sous la terre, quelque ligne de faille où la terre rejoint la mer, une béance entre ce monde et un autre royaume, un autre territoire, un monde à part comme celui où Dieu demeure, à tout jamais dans le temps présent. Mais il n'y avait pas de monde à part, il n'y avait que ceci : l'air, le ciel, la neige, ces marques étranges, la mer, une bouffée de vent me parvenant de temps à autre tandis que je suivais les traces jusqu'à l'endroit où elles cessaient tout à coup, à l'emplacement précis où mon sentier quittait la route. Cela dit, il n'y avait pas d'autre monde ; peut-être n'y en avait-il jamais eu. Mais comment le diable avait-il pu disparaître ? J'avais toujours pensé qu'il – ou elle – n'était qu'une invention, la déformation de quelque présence plus ancienne et plus raffinée, quelque dieu de la terre, quelque esprit assemblant toutes choses, les assemblant à l'aide de sève, de sang, de chants d'oiseaux, et en faisant un tout. Avant qu'il ne devienne diable, cet esprit avait été autre chose – un ange, Pan, le *genius cucullatus*, un souffle vagabond de vent ou de lumière qui effleurait parfois les hommes lorsqu'ils travaillaient les basses terres ou menaient leur bateau à travers les zones de pêche, loin au large. Les gens le connaissaient, jadis, et le respectaient ; puis étaient venus les prêtres, qui en firent autre chose. Ils s'emparèrent de cet esprit vif et sombre et l'appelèrent Satan, Belzébuth, Baal. Le diable. Eux *ne voulaient pas* être assemblés aux rochers, aux pierres, aux arbres, ne voulaient pas partager leur monde avec les animaux, les oiseaux, les elfes.

Ils voulaient être seuls et à part. Ils voulaient posséder la terre et faire de leur Dieu un homme, comme eux, pour qu'il puisse leur octroyer la domination des animaux de la terre. Je me racontais cette histoire parce qu'elle était simple et contenait même un fragment de vérité mais il en était une autre, une histoire exactement semblable à la première, si ce n'est qu'elle prenait en considération la possibilité que ces prêtres et propriétaires terriens d'autrefois aimaient la terre et qu'ils avaient, eux aussi, été effleurés par le souffle de l'esprit, mais que cela les avait empreints d'un effroi qu'ils ne purent surmonter, si bien que leur amour se mua en peur.

Et voilà que, dans cette nouvelle histoire, ils s'éveillaient la nuit et sentaient une présence dans leur chambre, à côté du lit, et s'apercevaient, à leur grande horreur, que cette *chose* qu'ils avaient croisée dans les champs ou dans la zone de pêche pouvait les suivre jusque chez eux et s'installer durablement sous leur propre toit. Ils avaient cru qu'elle n'existait que là-bas, tombe tourmentée dans les prairies où reposait l'esprit d'autrefois. À présent, ils découvraient qu'elle *avait été* enterrée mais n'était pas morte, ne pouvait l'être, ne pouvait être que cachée. Au prix d'un effort considérable et d'une indifférence délibérée à l'égard des choses qui se mouvaient dans la nuit, dans l'herbe et dans leur propre chair, elle pouvait être dissimulée presque indéfiniment – du moins l'espéraient-ils. Mais elle ne pouvait l'être pour toujours et bientôt elle commença à se manifester au travers de toutes sortes de signes et gestes, d'indices détournés, fugaces, d'une effroyable beauté et d'une effrayante sauvagerie. Le diable qu'ils connaissaient, et celui qu'ils ne connaissaient pas. Et peut-être y eut-il des moments où ils se doutèrent que le diable n'était pas du tout un diable, mais une chose bien pire. Pourquoi voyaient-ils la possession chez tant de leurs pairs ? Pourquoi étaient-ils si prompts à noyer et brûler des vieilles femmes innocentes sur leurs places du marché et leurs fronts de mer ? Parce que c'étaient *eux* qui craignaient d'être possédés, *eux* qui croyaient qu'un jour viendrait où, pendant que l'honnête citoyen vaquait à ses affaires quotidiennes, marchait dans ses champs ou menait son bateau hors du port, le diable arriverait et lui toucherait l'épaule, le sortirait du rang et l'entraînerait à l'écart pour qu'il puisse voir, entendre et sentir sa propre et véritable personne. Il dut y avoir des moments, dans la vie de chacun de ces hommes droits et intègres, où ils envisagèrent de lâcher tout ce qui assurait leur solidité pour se laisser sombrer dans le calme incandescent de l'authentique possédé. Ils devaient le savoir tout proche : ils en sentaient l'odeur de soufre, la chaleur des flammes. Ils étaient la propriété du diable, ses élus. Ils savaient au fond de leur cœur que les simples d'esprit et les boucs émissaires qu'ils jugeaient et brûlaient n'étaient qu'innocents impies. Ils savaient, car ils décelaient le goût du diable sur leurs propres lèvres, sentaient son odeur sur leurs propres mains. Ils s'éveillaient la nuit et une chose venue des champs les avait suivis jusqu'en leurs plus intimes profondeurs pour y attendre son heure. La seule chose à faire, c'était pour eux d'ouvrir leur cœur.

Je n'avais pas la clé de la maison. C'était Hazel qui l'avait, de même que mon argent et mes clés de voiture. Je restai un moment sur mon propre seuil, à réfléchir à ce que je pourrais faire : je crois que j'y passai un long moment avant de me rappeler que depuis toujours je laissais une clé de la porte-fenêtre sous un pot de fleurs de la terrasse. Il faisait un froid mordant et encore nuit, mais je trouvai la clé, réussis, au troisième essai, à ouvrir la porte-fenêtre, puis – en fin de compte, avec la sensation de reprendre le cours d'une vie suspendue pendant des années – j'entrai. À l'intérieur, il faisait froid et sitôt entré, je sus non seulement que la maison était vide, mais qu'elle l'était depuis un certain temps. Amanda était partie. Pas sortie pour la soirée ni pour passer la nuit chez une des filles, mais *partie.* Je traversai la cuisine pour aller dans le salon puis dans le vestibule. Le froid, le calme, le silence régnaient. Dans le noir, je trouvai les commandes du chauffage central et mis tout en marche. Puis je regagnai la cuisine, allumai la lumière et remplis la bouilloire.

Ce fut seulement après m'être fait du thé que je remarquai les changements. Tout était rangé et propre, comme si Mrs K était passée à peine quelques heures plus tôt, mais je sentais que quelque chose clochait. Je retraversai les pièces, le salon, le vestibule, le bureau du rez-de-chaussée qu'Amanda tenait absolument à appeler le boudoir. Et peu à peu, non sans effort, à vrai dire, je remarquai qu'il manquait certaines choses. Des meubles, quelques tableaux, des objets décoratifs. Amanda avait dû en emporter quelques-uns en partant, ce qui signifiait vraisemblablement qu'elle ne reviendrait jamais. J'allai me poster au pied de l'escalier et tendis l'oreille. Je me demande bien pourquoi je prenais tant de précautions ; il était parfaitement évident que la maison était vide. Mais j'étais nerveux et, en même temps, je devenais superstitieux : je reprenais *bel et bien* le cours de ma propre vie, cette vie mise de côté lorsque Amanda était venue vivre avec moi, la vie dont mes parents m'avaient fait don et que je ne voulais laisser gâcher par rien. Je refusais de rester dans l'incertitude. Je montai les marches de l'escalier. Quelque part, dehors, comme dans la bande-son d'un vieux film de série B, une chouette hulula. Elle était perchée dans l'allée, quelque part dans les arbres qui protégeaient notre maison de la route, et je me dis qu'il devait s'agir d'une chouette hulotte, mais je n'en étais pas sûr. Naturellement, mon père l'aurait su.

À l'étage, les changements étaient encore plus importants. Ma petite pièce cubique était exactement telle que je l'avais laissée, mais dans les autres pièces, la majeure partie du mobilier qui n'était pas cloué au sol ou aux murs avait disparu. Dans ce qu'Amanda appelait toujours la chambre principale – sans doute parce qu'au début de notre mariage, c'était la pièce dans laquelle nous dormions ensemble – la moindre pièce de mobilier, le moindre objet de décoration, la moindre gravure, tout avait été emporté. Même les abat-jour étaient partis. Ce qui n'avait guère d'importance à mes yeux. Elle avait toujours considéré ces affaires comme les siennes et, pour être honnête, c'était elle qui avait passé des heures à faire le tour des magasins d'ameublement dans les grandes zones commerciales de Dundee et Édimbourg, à repérer ce qui lui plaisait et décider quelles pièces *allaient ensemble*. Ç'avait toujours été un mystère pour moi, les critères permettant de décréter que telle chose allait avec telle autre, hormis quelques règles primaires de couleur et de style, mais je ne m'en occupai guère et laissai ce soin-là à Amanda avec grand plaisir. L'ennui, c'est que quand les nouveaux meubles commencèrent à arriver, on se débarrassa des anciens, d'une façon ou d'une autre, pour faire de la place. L'ancien lit de mes parents, par exemple, avait disparu désormais, expédié dans une salle des ventes à St Andrews, ce qui signifiait que je n'avais pas de lit où dormir. Mon propre lit d'enfant, un étroit petit lit une place, était probablement au grenier, où je l'avais remisé. Amanda aurait voulu s'en débarrasser mais je ne pus me résoudre à le laisser partir. Une chance aujourd'hui, me dis-je.

Je n'étais pas déçu. Je ne me sentais pas abattu. Je ne pouvais tenir pour responsable de la situation que moi-même et je n'avais certes pas envie qu'Amanda revienne. Pourtant, j'avoue que j'éprouvai une tristesse passagère, dans cette chambre vide, en contemplant le rectangle d'épaisse poussière grise, à l'emplacement du lit. J'allai me poster à la fenêtre, à côté du rectangle de poussière plus petit mais tout aussi dense qui marquait l'endroit où se trouvait sa coiffeuse, et regardai dehors. C'était une des pièces que je préférais dans la maison, tout en haut, au troisième étage, avec un grand bow-window surplombant la pointe. Que de fois je m'étais tenu là, à contempler les étoiles ou les lumières des bateaux, la nuit, qui se rendaient vers les zones de pêche ! Je me tenais là pour écouter le vent, les soirs de tempête, quand je ne pouvais pas dormir, ou assis là, dans le grand fauteuil à côté de la fenêtre, pendant qu'Amanda dormait, après que nous avions passé la moitié de la nuit à discuter et faire l'amour, les premiers jours, des jours presque heureux. À présent, il n'y avait plus rien ou plutôt, il y avait à la fois pire et plus beau que rien, car dans ce coin de la pièce flottait un léger mais indéniable parfum, le parfum d'Amanda sous tous ses aspects, près de huit années à s'asseoir devant son miroir pour mettre du parfum et quelques touches discrètes de maquillage, huit années de brefs échanges, silences, et mises en beauté, parfaitement cartographiées sur le sol de la pièce. J'examinai l'endroit où s'était trouvée la coiffeuse et constatai qu'il ne s'agissait que de poussière – il n'y avait là ni éclaboussures de parfum, ni traînées de fard à lèvres ou d'eye-liner, pas la moindre trace de rouge, de mascara ou de ces poudres exotiques dont je ne savais même pas le nom – mais cette poussière était imprégnée du parfum que cette femme-là possédait, un mélange de peau, de cheveux, de lèvres se fondant en années de pratique experte, d'intempéries, de hasards. Je regardai ; je humai tout ; j'inspirai l'odeur – et, c'est vrai, notre minuscule échec particulier m'attrista un instant, ainsi que les promesses que nous avions espéré tenir, des années avant d'apprendre que, non seulement nous n'avions rien en commun, mais que nous donnions tous les deux à ces promesses un sens fort différent l'un et l'autre.

Amanda m'avait laissé un mot. J'ignore pourquoi, mais en entrant, tout poudré de neige, le visage et les mains engourdis de froid, je ne l'avais pas vu. Je crois que, d'emblée, j'avais perçu les changements dans la maison, le vide du salon et du bureau, l'atmosphère nue, presque dénuée de poids, des pièces de l'étage, et que cela m'avait distrait. À présent, tout en remplissant la bouilloire dans la cuisine – j'étais vraiment content qu'elle n'ait pas emporté la bouilloire –, je remarquai l'enveloppe, sur la table, et l'ouvris en attendant que l'eau se mette à bouillir. Elle n'y disait pas grand-chose. Elle l'avait écrit pour elle-même, en fait, en guise de justification, ou peut-être d'ultime geste de dévouement. Elle ne me devait pourtant rien et n'avait pas besoin de se justifier. Tout ce qui m'était arrivé, j'en étais le seul responsable. Le message était assez long et je ne pus le lire jusqu'au bout, mais il commençait bien et j'en fus heureux pour elle. Malgré tout, je n'en lus que quelques lignes : ce qu'elle avait à dire m'était passablement indifférent. Elle était partie, voilà tout ce qui comptait. J'espérais qu'elle trouverait quelqu'un d'autre, ou même une autre forme de bonheur, mais en vérité Amanda appartenait déjà à un lointain passé. Ce qui comptait, pour l'heure, c'était un thé, de la chaleur, des toasts, du beurre, un endroit où dormir. Bien entendu, il n'y avait pas de beurre ni de pain ; mais il y avait encore du thé dans le placard, dans la boîte ancienne que ma mère utilisait autrefois, et du sucre, ce qui compenserait l'absence de lait à cette heure matinale, avant l'ouverture des magasins. Je n'avais pas l'intention d'aller faire des achats, bien sûr. J'étais épuisé, et si affamé que je sois dormir restait la priorité.

Toutefois, je ne pus me retenir de faire encore une fois le tour de la maison avant d'aller dormir. Ç'avait été la maison de mes parents, la maison où j'avais grandi, puis mon refuge solitaire, un lieu à part qui n'avait jamais totalement rejoint le monde, même quand Amanda était arrivée de la ville et s'était mise à acheter tous ces rideaux et ces meubles. C'était mon foyer, le seul que je possédais et pourtant, pendant un moment, je ne le reconnus pas vraiment. J'allai d'une pièce à l'autre, enregistrant calmement ce qui avait disparu et ce qui restait. Les choix d'Amanda étaient, pour la plupart, des choix que j'aurais pu prédire : elle avait emporté tout ce qu'elle avait amassé au fil des années et laissé le peu qui subsistait du temps de mes parents. Çà et là, cependant, je remarquais de curieuses négligences et omissions : certains de ses vêtements étaient restés dans la penderie et, en bas, dans le vestibule, l'imperméable qu'elle s'était acheté à l'occasion d'un voyage que nous avions fait à Bruxelles était toujours pendu à sa patère habituelle. Elle avait emporté toutes les photos personnelles, sauf une, quoique je ne comprenne pas pourquoi elle avait laissé ce cliché-là, sur une étagère, dans son cadre en bois de hêtre : une photo de nous deux, accompagnés de gens que je ne reconnaissais pas, dans le type de tenue que les gens portent lors des grandes occasions. Je n'avais aucun souvenir qui puisse être associé à cette photo, pas même la plus vague idée de qui avait pu être baptisé, fêter sa majorité ou se fiancer ce jour-là. Je n'avais aucun souvenir de l'événement lui-même, de l'endroit où il s'était déroulé ou de l'époque de l'année. Je ne me rappelais pas qui nous avait invités ni qui d'autre se trouvait là. Je ne me souvenais même pas d'avoir déjà vu cette photographie, mais ce que je remarquais, à présent, c'était que si je regardais droit vers l'objectif, Amanda, elle, regardait la personne qui se tenait derrière, quelqu'un avec qui, c'était évident, elle partageait un secret – et tout à coup, dans cet éclair de reconnaissance, à l'instant où je compris soudain qu'elle me trompait depuis le début, je fus envahi d'une étonnante bouffée d'affection, de tendresse même, pour la femme de la photo. J'avais été marié avec elle pendant près de neuf ans et, aujourd'hui, tandis que je la regardais sur ce cliché, elle me semblait à peine plus qu'une vague connaissance : familière, oui, mais pas particulièrement marquante. Je me sentis brusquement plein d'affection, de ce qu'on pourrait considérer, je pense, comme de l'empathie. Puis je remontai, jetai quelques couettes et couvertures par terre, dans la chambre principale, et m'endormis.

Je m'éveillai de bonne heure et constatai qu'il neigeait encore à la lueur grisâtre, pareille à celle que produit une ampoule de quarante watts sur les murs. Je restai couché un moment – quelques minutes, une demi-heure, difficile d'évaluer –, puis je me levai et allai à la fenêtre. J'eus une vision, soudaine et incongrue, de mon père passant ses dernières semaines dans cette pièce, plus ou moins seul, mais heureux, je crois, de sa situation. Il me semblait que, sur la fin, il avait opté pour un ordre différent, un schéma différent de celui qu'il avait connu tout au long de sa vie. Il savait depuis le début quel serait le prix à payer, mais il n'avait pas eu le choix. Il aurait pu regretter cet isolement, mais il avait ses photos et, même si personne ne les avait jamais vues ou même si les gens voyaient ses travaux et passaient complètement à côté de leur portée, cela n'avait pas d'importance. Il n'avait pas eu le choix, voilà tout. Ou plutôt, il avait fait le seul choix possible pour lui : se retirer des schémas moins élevés, plus restreints, afin d'accéder par le travail à quelque chose de plus vaste. C'était le seul choix possible pour lui, non parce qu'il avait perdu la foi à la mort de Thomas Mallon ou parce qu'en arrivant à Coldhaven ses voisins l'avaient déçu, mais parce que ce qu'il en était venu à considérer comme son véritable travail, sa vocation, exigeait un retrait calculé, une solitude sans aucun témoin. C'était un choix qui aurait aussi bien pu s'opérer à Londres ou New York ; il n'y avait eu aucune urgence de fuir quoi que ce soit. Mais il avait eu besoin de la symbolique du déplacement, besoin de trouver un lieu où rien n'avait d'importance pour lui, un lieu qui n'avait rien à lui offrir, rien d'autre que la lumière. C'est pourquoi il était venu d'abord à

Coldhaven, puis à Whitland : pour la lumière. C'était un choix qu'il aurait dû faire même s'il n'avait pas été photographe. Il lui fallait se fermer d'un côté pour s'ouvrir de l'autre.

Telles étaient mes pensées, ce matin-là, quoique *pensées* ne soit pas vraiment le mot qui convient. Mi-pensées, mi-rêves, c'était un état intermédiaire dans lequel le temps ne fonctionne pas comme à l'accoutumée, une courte brèche dans la conscience qui entrave la compréhension. Je n'avais jamais compris mon père ; je n'avais jamais compris ni l'un ni l'autre de mes parents, mais je me dis que je les avais connus, et que les connaître avait suffi. J'ignore complètement, à ce jour, s'ils crurent jamais me connaître. Je ne pense pas qu'il y avait grand-chose à connaître, en vérité, bien que je sois convaincu qu'ils firent de leur mieux. Pour ma part, je ne pouvais me défendre de penser que, pour la première fois, je savais où j'étais et où j'en étais, et j'avais la certitude, tout à coup, que c'était ce que je voulais depuis toujours. Ce que je n'avais jamais compris, à quinze ans, ou trente, ou même deux mois plus tôt, c'était que j'avais toujours souhaité arriver là où je me trouvais à présent : la pénombre d'un matin d'hiver dans les rues et les maisons, pénombre sur la pointe, la lueur des étoiles au-dessus de l'estuaire, contrepoint parfait des bateaux rentrant de la pêche nocturne, et quelqu'un observant tout cela du plus haut de sa maison, un homme qui aurait fort bien pu être quelqu'un d'autre mais qui, en l'occurrence, se trouvait être moi : un homme tranquille, solitaire, dans un monde éclairé par la nouvelle neige, penché vers la fenêtre, effleurant la vitre sombre, vide, pour sentir une fraîcheur qui ne soit pas celle de la nuit, se remémorant ses doigts grâce au verre.

Je m'éveillai à nouveau, au milieu de la matinée, semblait-il, dans une clarté pâle, citronnée, que je pris tout d'abord pour la lueur du jour. Il faisait très chaud et cette lumière étrange donnait l'impression de s'éveiller un matin d'été : chants d'oiseaux, sensation de verdure quelque part, goût de sève nouvelle flottant dans l'atmosphère. Pendant quelques instants, je restai allongé sans bouger, en apesanteur : puis je me rappelai où j'étais et ce qui s'était passé. Je me redressai. La lumière jaune venait des fenêtres, mais ce n'était pas la clarté du jour ; quelqu'un avait accroché une paire de rideaux fins, presque transparents, et laissé par terre, à côté de mon lit de fortune, des fleurs dans un vase – ou plutôt que des fleurs, des brindilles et branches des arbustes du jardin, mêlées de quelques chrysanthèmes fatigués et d'œillets mignardises forcés. J'étais dérouté. Je ne me souvenais pas de ces rideaux, qui n'étaient certes pas du goût d'Amanda, et ce vase était tout aussi étranger, quoique moins inattendu, un grand récipient de verre presque classique qu'Amanda aurait pu acheter. Il était plus déroutant de constater que quelqu'un était passé pendant mon sommeil. Amanda était-elle revenue ? Pourquoi ne m'avait-elle pas réveillé ? Ce n'aurait pas été son genre de me laisser dormir pour que nous puissions discuter raisonnablement au matin. Or si ce n'était pas Amanda, qui était-ce ?

Je me levai. Je me sentais poussiéreux et un peu crasseux, à cause de la chaleur et parce que j'avais dormi tout habillé. Normalement, il aurait dû y avoir un réveil dans la pièce, un radio-réveil dont Amanda se servait pour se lever et partir au travail, le matin. Elle l'avait branché sur Radio 1, parce qu'elle aimait cette radio, ou peut-être parce que je ne l'aimais pas. Mais l'appareil avait maintenant disparu : ce n'était pas une grande perte, mais j'eus tout à coup besoin de savoir quelle heure il était, ce qui se passait dans le monde, quel temps il allait faire. J'allai jusqu'à la fenêtre et tirai les rideaux. Peut-être s'y trouvaient-ils quand je m'étais couché et ne les avais-je tout simplement pas remarqués ? Peut-être… mais j'en doutais. Il me semblait me rappeler la nuit, derrière les carreaux, une vague clarté d'étoiles, un semblant de neige. En regardant dehors, je m'aperçus qu'il avait abondamment neigé pendant mon sommeil. Le jardin avait disparu, tout ce qu'il restait des massifs et de la pelouse, et même des arbres, c'était un épais manteau immaculé de nouvelle neige fraîche et, bien qu'une douce lueur orange et gris perle se discerne au loin, il était clair qu'il allait encore neiger. J'en fus étonné, car il semblait s'être passé bien des choses en l'espace de quelques heures… et alors, pour la première fois, l'idée me vint que j'avais peut-être dormi plus longtemps que je ne le croyais. Au même instant, j'entendis un bruit et tournai la tête vers la porte.

C'était Mrs K. Elle se tenait sur le seuil, un tablier pendu au cou, pas encore noué.

– J'ai vu que vous étiez revenu, dit-elle de son ton terre à terre habituel.

– Quelle heure est-il ? demandai-je.

J'étais étrangement soulagé ; j'avais presque cru que ce serait Amanda ou même, quoique l'idée n'ait rien de logique, Hazel.

Mrs K sourit – toute seule, visiblement – et secoua la tête.

– Quel jour on est, vous voulez dire, répondit-elle.

– Pardon ?

– C'est jeudi aujourd'hui, dit-elle. Vous êtes rentré dans la nuit de lundi, sauf erreur de ma part.

Je la dévisageai. Elle semblait changée, remarquai-je, un peu plus mince, un peu moins sévère. Je fis le calcul et secouai la tête.

– C'est impossible, dis-je.

– Vous pouvez me croire, insista-t-elle, et je vis qu'elle ne plaisantait pas. Vous avez perdu un petit morceau de votre vie. Enfin, quand le corps demande à dormir, il faut dormir. (Elle m'examina un instant, sérieuse, détachée, un peu curieuse, puis finit de nouer les cordons de son tablier.) Bon, alors, vous devez avoir faim, lança-t-elle. (Ce n'était pas une question.) Je vais vous faire de la soupe. (Elle se tourna pour repartir.) Prenez une douche, ajouta-t-elle. Tout était coupé après le départ de Mrs Gardiner, mais je vois que vous avez rallumé le chauffage et il y a autant d'eau chaude qu'on veut. (Elle entreprit de descendre l'escalier pour regagner sa cuisine.) C'est bien que vous soyez rentré, lança-t-elle doucement, tant pour elle-même, semblait-il, qu'à mon intention.

Il s'est écoulé presque un an depuis. Je n'ai pas changé grand-chose à la maison : elle est plus agréable à demi vide et, d'ailleurs, je n'aurais voulu combler les vides laissés par Amanda qu'avec les anciens meubles de mes parents, meubles disparus depuis longtemps. Brûlés sur les feux de joie de Halloween, bradés à des étudiants louant des chambres ou entassés dans les maisons meublées qu'habitaient les Gillespie et les Hutchison, ils auraient été méconnaissables de toute façon. Je m'étonne aujourd'hui d'avoir accepté de me débarrasser de tant des affaires de mon père en particulier ; cela dit, je devais être d'une manière ou d'une autre attaché à Amanda et j'étais en outre – je le vois aujourd'hui, après tout ce temps –, j'étais et je suis toujours affecté par la mort de mon père. J'avais donc tenté d'apaiser mon chagrin en embrassant une nouvelle façon de vivre, en créant une nouvelle maison, en devenant un homme neuf – comme si le chagrin pouvait être apaisé, comme si une maison pouvait être transformée, comme si un homme pouvait devenir autre chose qu'une version plus authentique de lui-même. J'étais un idiot et je choisis une curieuse façon de le révéler. J'aurais pu rester ici, dans cette pièce surplombant la pointe, le visage à la fenêtre, et tirer les choses au clair par moi-même. La seule chose que j'avais à faire, c'était apprendre à cesser d'y penser.

Pour autant que je le sache, Hazel a disparu. Nul n'a jamais rien su de notre brève expédition, on se borna à supposer qu'elle s'était enfuie avec le Beau Gosse. Il y eut bien du remue-ménage au sujet de la voiture et de mes cartes de crédit, du fait que je n'avais pas déclaré ces vols plus tôt, et de l'endroit où je me trouvais lorsqu'ils s'étaient produits. Pendant quelque temps, je crus même qu'on me soupçonnait, non pas d'avoir enlevé Hazel, mais d'escroquerie. L'affaire dura un certain temps et je connus des moments difficiles : je n'avais aucune envie d'avoir des ennuis, mais je ne voulais rien dire ni faire qui permette d'établir un lien entre Hazel, ses amis et moi. Je voulais simplement rentrer chez moi et vivre en paix. De fait, mes petits entretiens avec le Dr Gerard furent une aide : les autorités finirent par considérer que je souffrais de dépression au moment de la disparition de ma voiture et de mon portefeuille si bien que, plus tard, quand on retrouva la voiture abandonnée sur le terre-plein d'un rond-point – vandalisée, bien sûr, mais Hazel ne pouvait pas deviner les intentions de ces types – les représentants de l'assurance adoptèrent une position étonnamment clémente. Mes cotisations augmentèrent et j'eus plusieurs autres affaires à régler. Mais je n'y attachais pas d'importance. Il faut du temps pour clore certains chapitres, même lorsqu'ils sont terminés. Il y a toujours deux fins à tout : l'une, intime, et l'autre, patente. Le reste du monde met un certain temps à s'en rendre compte, c'est ainsi, mais quand la fin patente eut rattrapé la fin intime, je me retrouvai seul et rien d'autre n'avait d'importance.

Mrs K gravit la colline de temps à autre, mais pas pour faire le ménage. Plus maintenant. Nous prenons le thé en mangeant quelques gâteaux secs et elle me livre tous les derniers potins. Elle a l'air enjouée, pour ainsi dire, un peu plus joyeuse et, même si c'est difficile à décrire, un peu plus jolie. Elle a l'air d'être davantage elle-même, j'imagine ; un jour, peut-être, elle me racontera ce qui est à l'origine de ce changement. Ce que je peux affirmer, c'est que, désormais, je ne vois plus jamais le fantôme d'Ingrid Bergman sur ses traits. Elle n'est plus que Mrs K.

Après ma longue marche de retour, tout a semblé repartir de zéro. J'ai été malade quelque temps, ce qui en était sans doute une conséquence, mais même une fois rétabli j'étais pareil à un enfant qui apprend ce qu'il aime et n'aime pas : certains aliments que je mangeais auparavant n'avaient plus aucun attrait, d'autres, des choses que je n'aurais jamais pensé avaler, devinrent les éléments de base de mon nouveau régime. La musique n'avait plus le même son. Les goûts, les odeurs, les sensations étaient devenus différents. À la suite de cette première nuit, je me mis à dormir par terre. Je redisposai les meubles restants tels qu'ils l'étaient initialement. Tout est à moi, désormais. J'habite ici.

Plus loin, sur la côte, les échassiers se rassemblent. Bécasseaux, courlis, tourne-pierres, huîtriers pies pêchant leur pitance dans les trous d'eau. C'est là-bas que m'entraîne ma promenade, ces jours-ci. J'essaie de ne pas déranger les oiseaux, de m'approcher sur la pointe des pieds sans leur faire peur, de façon à commencer d'apprendre ce que je n'ai jamais pris la peine d'apprendre pendant toutes ces années passées sur la côte. Les couleurs de leurs plumages respectifs. La taille et le cri de chacun. Ce qui les distingue les uns des autres. Ce qu'ils mangent. Dans quelles conditions ils s'accouplent. J'ai pour m'aider les jumelles et les guides de mon père. Je suppose que je répare ainsi quelque chose à son égard, mais cela ne se limite pas à ça. Je veux réellement connaître ces noms, ces formes, ces chants. Je veux savoir ce qu'il voulait dire lorsqu'il affirmait que le bécasseau cocorli était son oiseau préféré. Je veux savoir ce qu'il éprouvait, en plein vent, de bon matin, en observant les oiseaux, en respirant le même air qu'eux.

Je ne vais plus que rarement à Coldhaven, désormais. Quelquefois, en hiver, quand le vent du large est coupant et glacial, je vais flâner dans les petites venelles, sur le bord de mer, je longe les boutiques, l'église baptiste, l'ancienne bibliothèque. Quand il neige, je sors de bonne heure, j'emprunte l'itinéraire habituel mais sans vraiment chercher de signes. Quelquefois, j'aperçois Tom Birnie dans le froid du petit matin, le visage miné par la maladie et les déconvenues. Apparemment, ce n'est pas le diable, somme toute ; c'est juste un homme. Peut-être sort-il de bonne heure parce qu'il a besoin d'espace pour réfléchir, pour tirer au clair ce qu'il est advenu de sa vie. Peut-être cherche-t-il à mettre au point une sorte de pénitence ou d'explication, voire d'excuse. J'ai de la peine pour lui, je crois. Je ne lui parle jamais, je ne laisse transparaître aucun signe révélant que je sais qui il est, mais parfois j'ai envie de l'emmener là-bas, sur la pointe, pour lui montrer les oiseaux.

Bibliothèque écossaise
dirigée par Keith Dixon

John Burnside
La Maison muette
Une vie nulle part
Les Empreintes du diable

Dominic Cooper
Le Cœur de l'hiver

Lewis Grassic Gibbon
Sunset Song
La Vallée des nuages

Alasdair Gray
Lanark
Le Faiseur d'Histoire

James Kelman
Le Poinçonneur Hines
Le Mécontentement
Faut être prudent au pays de la liberté

James Meek
Un acte d'amour

James Robertson
Le Fanatique
Le Nègre de Dundee

Suhayl Saadi
Psychoraag

Alexander TROCCHI
Young Adam

Louise WELSH
Le Tour maudit

Brian Aldiss
À l'Est de la vie
La Mamelle de Némésis
Mars blanche
Supertoys
Super État
Jocaste

Mary Caponegro
Star Café

Jim Grimsley
Les Oiseaux de l'hiver
Confort et Joie
L'Enfant des eaux
Dream Boy

Sally Morgan
Talahue

Pat O'Shea
Les Chiens de la Morrigan

Francine Prose
Visites guidées de l'enfer
Blue Angel
Un homme changé

Cet ouvrage a été composé par
Atlant'Communication
aux Sables-d'Olonne (Vendée)

Achevé d'imprimer par
Corlet imprimeur
N° d'édition : 2517001 – N° d'impression : 108566
Dépôt légal : janvier 2008

Imprimé en France